# 마음의 앙가주망

ENGAGEMENT OF PASSION

두두

비평의 바다 5

# 마음의 앙가주망

ENGAGEMENT OF PASSION

문학의 정치를 탈환하기 위한 마음의 진지전

박형준

두두

# 파롤의 개활지를 탐사하는 문학의 원정대

## | 문학/비평은 존재해야 하는가

두 번째 문학/비평집 『마음의 앙가주망』을 세상에 내보낸다. 심경이 복잡하다. 첫 번째 문학/비평집을 출간할 때는 이렇지 않았다. 나는 확신에 차 있었고 당당했다. 그런데 지금은 잘 모르겠다. 문학/비평이란 무엇이고, 또 무엇을 할 수 있을 것인지 고민이 많다. 비평가로서 새롭게 출판되는 문학 작품을 모니터링하고 충실하게 검토하고자 노력하지만, 가끔은 이게 무슨 의미가 있는지 회의에 빠지곤 한다.

대학에서 학생들을 가르치기 시작한 지 벌써 10년이 지났다. 주로 문학비평과 문학교육 관련 수업을 담당하고 있다. 그러나 학생들은 문자언어 기반의 문예양식보다 디지털 플랫폼에 기반한 이야기 콘텐츠에 더 관심을 가진다. 이것이 어떤 쓸모가 있는지, 학생은 물론이고 나 자신조차 설득하기가 쉽지 않다. 문학과 교육의 효용적 가치를 부정하고자 하는 게 아니다.

이 순간에도 문학 창작과 비평은 이루어지고 있다. 이유는 모르겠지만, 코로나19 상황에서도 대면 '작가와의 만남'이 진행되기도 한다. 많은 이들이 문학 작품을 읽지 않는 시대에 그게 무슨 의미가 있는지, 제발 누군가 이야기를 해줬으면 좋겠다.

## | 이 무력한 문학/비평을 어찌하면 좋을까

모두가 디지털 미디어를 통해 정보를 습득하고 감정을 교류한다. 정보통신 기술의 발달과 혁신은 이러한 의사소통 방식을 추동하고 심화하는 물적 기반이 되었다. 기술과 문화 사이의 긴밀한 관계를 생각한다면, 그리 새삼스러운 일이 아니다. 다만, 문화산업이라는 명분으로 인간의 이성적 사유를 마비시키는 자극적인 서사와 이미지를 생산/소비하는 현상이 약간 우려스럽기도 하다.

문화산업은 자본주의의 물신욕망과 기득권의 지배질서를 입안하고 재생산하는 장치로 기능한다. 굳이 아도르노를 인용하지 않더라도, 이는 문화 향유자의 비판적 사유를 마비시킬 수 있음을 알고 있다. 따라서 현대 사회를 살아가는 이들에게는 매스미디어를 통해 전파되는 문화의 상품성과 속물성을 '거절'할 수 있는 능동적 태도가 요구된다. 혹, 문학/비평의 존재 가능성을 여기서 찾을 수는 없을까.

아무래도, 자신이 없다. 19세기 이후 서구 교양주의가 대량문화에 맞서는 엘리트주의로 귀결된 것처럼, 문학비평과 교육은 자칫 현실과 괴리된 지식인/예술가의 나르시시즘적 행위에 머물 수 있기 때문이다. 또한 우리가 사용하는 일상언어는 이미 국가 자본주의의 재현체계 속에 포섭/오염되어 있다. 이와 같은 상황 속에서 문학/비평은 무력하기만 하다.

## | 문학/비평의 필요성과 역량을 다시 묻는 일

문제는 문학/비평 자체가 아닐 수도 있다. 나는 사십 대 중반이 되었고, 기성세대가 되어가고 있다. 비루하다. 때로는 부끄럽다. 현실에 안주하고 싶은, 불의와 타협하고 싶은, 기득권과 지배집단의 통치 논리를 거스르지 않는 순응적 태도가 내 일상 곳곳에 둥지를 틀고 있다. 이런 마음을 마주하고 대면한다는 것은 유쾌한 일이 아니다. 타인의 개조가 아니라, 자기 혁명으로서의 문학/비평이 필요한 순간이다.

문학/비평은 해석과 판단을 통해 인간의 온갖 못난 마음과 대결하는 상징적 쟁투의 장이다. 문학/비평은 인간 양심의 마지막 보루이자, 최후의 진지陣地라고 할 수 있다. 이것이 여전히 의미 있는 이유는, 문학이 자기 자신과의 싸움을 통해 개인과 사회를 변화시키는 '용기勇氣'를 길어올리는 사유/행위이기 때문이다.

문학/비평은 시, 소설, 수필, 희곡, 평론 등과 가깝지만, 결코 문학 장르에만 국한되지 않는다. 문학/비평이 필요한 이유는 '시적인 것'을 체험하고 사유할 수 있는 문화적 마중물이 되기 때문이지, 문학 자체가 숭고하고 절대적인 문화예술 형식이기 때문은 아니다. 문학/비평은 '시적인 것'의 가치를 사유하고 경험하게 하며, 그것을 바탕으로 우리 삶을 변화시키는 '정치적인 것'의 격발을 가능하게 한다.

문학/비평은 자기 마음의 전선戰線에서도, 가장 어둡고 약한 참호를 사수하는 일이며, 그 진지를 딛고 약진하며 인간적 희망과 공동체의 가치를 탈환하는 일이다. 그래서 문학/비평은 용기를 필요로 하는 '마음의 진지전'이다. 각박한 세상살이에서도 그러한 싸움을 포기하지 않는 마음을 사수하고 탈환할 수 있다면, 지금과는 다른 '시적인 삶'이 우리 곁에 도래할 수 있지 않을까.

이것이 문학이 (불)가능한 시대에 '문학/비평의 역량'을 다시 묻는 이유이다.

## | 시적인 것과 정치적인 것, 혹은 마음의 앙가주망

두 가지 보충 설명이 필요할 듯하다. 첫째, '시적인 것'은 지배질서의 규범체계를 벗어난 자유의 최전선이다. 구조주의 언어학에는 '랑그Langue'와 '파롤Parole'이라는 개념이 있다. 랑그가 체계적인 규칙을 기반으로 사회적 소통에 이르고자 하는 '말의 질서'라면, 파롤은 개개인이 처한 상황과 맥락에 따라 새로운 어법을 창조하고자 하는 '말의 자유'이다. 파롤은 항상 범람한다. 시적인 것은 파롤의 개활지를 탐사하는 사유와 실천이다.

둘째, '정치적인 것'이다. 문학의 정치란 문학/비평의 정치적 도구화가 아니다. 문학의 정치성이란 프로파간다의 내용과 형식이 아니라, 국가/자본의 지배적 감성체계를 어긋내고 기각함으로써, 또 다른 삶의 가능성을 정초하는 사유와 실천이다. 나는 이것을 '정치적인 것'인 동시에, '마음의 앙가주망'이라 부른다. 기득권의 규범과 질서를 기각하고, 새로운 말/삶의 가능성을 탈환하는 문학의 정치는 '시적인 것'의 회복으로부터 시작될 수 있다.

부족한 점이 없지 않지만, 이러한 생각을 지난 10여 년간 꾸준히 진척시켜 왔다. 1부에서 4부까지 수록된 원고의 내용을 간단하게 요약하면 다음과 같다. 1부는 문학/비평 주체의 '비판적 인식'에 주목한 글이다. 시적인 것과 정치적인 것의 동시대성을 중심으로 문학/비평의 역량이 무엇인지 연작 형식으로 탐구해 보았다. 2부는 문학/비평 주체의 '수행적 행위'에 초점을 둔 글이다. 실천적인 것과 정치적인 것의 과제를 노동 혐오에 맞서는 노동문학의 정치성이라는 주제로 모색해 보았다. 3부와 4부는 문학/비평 주체가 배치되어 있는 공간과 시간을 중심에 놓고, 지역과 역사의 정치성을 토대로 문학/비평의 필요성을 입증하고자 한 글들을 묶었다.

그리고, 그동안 썼던 리뷰 중에서 각 부의 주제에 부합하는 '현장 비평'을 보론 형식으로 제시하였다. 『마음의 앙가주망』이라는 평론집을 준비하면서 상당히 수정/보완한 원고도 없지 않지만, 대부분의 글은 발표 당시의 내용과 크게 다르지 않다. 지금의 입장에서 보면, 생각이 달라진 부분도 적지 않아 얼굴이 붉어지기도 하지만, 당시 부족했던 부분을 스스로 반성하고 책임지겠다는 각오로 내용 자체는 크게 다듬지 않았다. 더 정진하도록 하겠다.


## | 결별과 만남, 혹은 파롤의 개활지를 향하여

작년 하반기, 10년 동안 활동해왔던 작가 단체, 비평 매체, 그리고 문화운동 커뮤니티를 모두 그만두었다. 대부분의 반응은, 왜 그러세요? 왜 전화를 받지 않아요? 혹은, 누구랑 싸웠어요? 나는 아무하고도 싸우지 않았지만, 어쩌면 싸우고 있었던 것인지도 모르겠다. 바로, 내 자신과 말이다. 나는 더 이상 특정한 작가 단체의 박형준도, 장구한 역사를 지닌 비평 매체의 박형준도, 또 이런 저런 인문/교육 플랫폼의 박형준이고 싶지도 않은 것이다.

그 모든 인연과 역사의 소중함을 부정하고자 하는 게 아니다. 나는 새로워지고 싶고, 내 자신과 누군가에게 용기를 주는 글을 쓰고 싶다. 나를 약하고 부드럽게 만드는 모든 문화적 소속감과, 결속감과, 연대감과, 또 단단함과 결별함으로써…… 깊고 깊은 고독을 기반으로 새로운 삶/문학의 자리를 모색하고 싶은 것이다. 어쩌면, 이러한 결별 선언은 수많은 불화를 감당해야 하는 일일지도 모른다. 그러나 나는 더 외로워질 것이다.

나의 삶이 고독해질수록, 나의 글은 조금 더 누군가에게 가까워지기를 바란다. 공부하고, 기록하고, 또 그것을 함께 나누며……. 파롤의 개활지를 탐사하는 문학의 원정대는 당신의 마음에 당도하기를 소망한다. 이 소박한 '마음의 앙가주망'이 단 한 사람의 마음에라도, 정말로, 그 자리에 가닿을 수만 있다면, 지역에서 살아가는 시민이자 비평가로서 조금은 부끄럽지 않았다고 말할 수 있지 않을까.

2022년 1월, 부산 동래에서 박형준

| Special thank U

부족한 원고를 훌륭한 기획 비평 에디션으로 구성하고 디자인해 주신 허태준 에디터와 전혜정 디자이너께 감사 말씀을 드립니다. 그리고 귀한 사진 작품을 표지 이미지로 사용할 수 있도록 허락해 주신 정남준 작가님과 지역에서 공부하는 후배를 격려하기 위해 감동적인 추천사를 써 주신 이성철 교수님께 존경과 감사의 마음을 전합니다. 마지막으로, 각박한 출판 환경 속에서도 문학/비평집 『마음의 앙가주망』의 출간을 흔쾌히 허락해 주신 장현정 대표님께 깊이 깊이 감사드립니다.

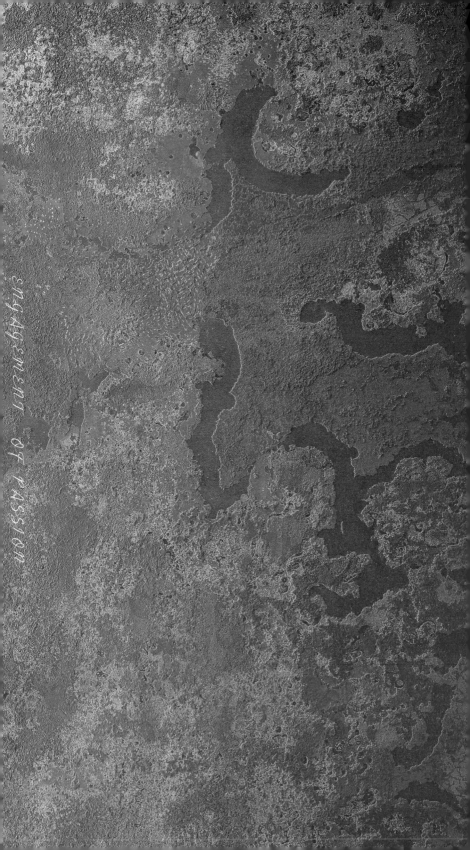

# E. 포기할 수 없는 마음

## 어떤 쓸모: 문학의 존재 이유로부터

문학이란 무엇인가. 우리가 학교에서 가르치고 배우며, 또 그러하리라 믿고 있는 '문학'은 본래부터 존재한 개념/양식이 아니다. 국민국가의 언문일치 형식으로서의 문학Modern literature이 성립된 것은, 놀랍게도 100년 밖에 되지 않는다. 근대적 형태의 글쓰기 스타일, 다시 말해 근대시와 근대소설이라 불리는 문학 텍스트가 출현하고 특정한 장르 규범을 확보하게 된 것은 불과 한 세기 전의 일이다.

한국문학의 역사적 기원을 언급할 때 자주 호명되는 이름이 있으니, 주요한과 이광수이다. 작가론의 측면에서 보자면 공과가 없지 않지만, 양자의 초기 작품이 새로운 문학 형식에 대한 고민을 보여준 것만큼은 부정할 수 없다. 「불놀이」나 「무정」의 기념비적 입지를 반복하고자 하는 게 아니라 두 사람을 통해 문학의 성격과 역할이 무엇인지 질문하고자 하는 것이다.

우리는 학교에서 오랜 기간 문학을 배운다. '최초'라는 의장이 붙은 자유시(주요한)와 장편소설(이광수)도 그곳에서 습득했다. 십 년이면 강산이 변한다고 했는데, 분명 한 번쯤은 변하고도 남을 만큼 문학을 공부했다. 그러나 긴 시간동안 문학을 배우면서도 시나 소설을 즐겁게 향유하거나 주체적으로 해석하는 경험을 갖지는 못했다. 이미 불가해한 의미로 규정되어 있는 '해석의 결과물=정답'이 선험적으로 주어져 있기 때문이다. 오해하지 말 것은, 이는 문학교육 현장에 대한 문제 제기가 아니다.

국어교과서에 수록된 문학 텍스트는 문학제도와 교육제도의 승인을 거쳐 정당화된 지식 체계이며, (해석의 여지를 표백하여) 오차 없는 해답으로 창안된 것이다. 그래서일까. 문학사가의 간택을 받은 시, 소설은 일정한 절차를 거쳐 '문범文範적 지식'이 되는 영광을 누리지만, 오히려 문학으로서의 다양성은 폐기되는 아이러니한 상황에 처한다. 그러므로 토론의 아젠다가 되어야 하는 것은, '문학적 지식'의 전수 시스템이다. 문학을 가르치고 배우는 이들에게 책임을 묻는 것은 어불성설이며, 자기 작품이 교과서에 수록되었다고 해서 기뻐할 일도 아니다.

이제 민요나 설화와 같은 구술문학의 전승 가능성은 희박해졌으며, 문자문학도 주류 커뮤니케이션에서 밀려난 지 오래다. 스펙터클한 디지털 영상이 인간의 오감을 지배하고 뒤흔들며, 유튜브가 '보모' 대신 아이들을 돌보고, 증강현실의 버추얼리티가 일상생활의 리얼리티를 대체하면서 현대인의 심리적 결여와 욕망을 대리보충하고 있다. 이런 세상에서, 문자언어를 사용하는 문학이 어떤 의미를 지닐 수 있을까. 그저, 무력하기만 하다. 매체언어와 다른 문자언어Written language만의 고유한 임무와 가치가 있다며 위무해 보아도, 문학적 언어의 왜소화는 피할 수 없다.

작금의 문학 출판 위기를 타계하기 위해 민음사가 대중의 기호에 맞는 경장편 시리즈('오늘의 젊은 작가' 총서)를 기획한 것이나 현대문학사에서 경량화된 시와 소설을 엮은 '핀PIN' 총서를 출간한 것은, 모두 문학의 축소 지향성을 방증하는 역설적 징후로 볼 수 있다. 미메시스 출판사의 '테이크아웃 시리즈'나, 『릿터』와 『문학3』과 같이 독자를 '필자화'하는 매거진 전략의 경우도 마찬가지이다. 출판사와 문예지의 볼륨 감축과 형식(웹진)적 변모는 더 많은 독자들과 소통하기 위한 노력이라 말할 수 있지만, 근본적인 문제 해결 방식은 아니다.

# 기원 탐구: 문학, 그것은 본래 '마음이 하는 말'

문학 작품의 분량을 줄이고 난해함의 무게를 덜어낸다고 해서, 텍스트가 감당해야 하는 언어적 탐구와 구성적 실험에 대한 책무가 변제되는 것은 아니다. 이는 작가주의에 입각한 '문학의 내성화'를 지지하는 발언이 아니며, 동시에 대중독자와의 접촉면을 확장하기 위해 문학이 세속화되어야 한다는 주장 역시 아니다. 문학 텍스트가 담보해야 하는 최소한의 '미학적 자질'은 양보할 수 없는 부분이며, 독자로부터의 '소외'를 어느 정도 감수해야만 하는 일이다.

그래서 문학하는 이는 외롭다. 일상적 대화를 하고 싶으면, 이웃에게 말을 건네면 될 일이다. 그 처절한 외로움을 감당할 수 있는 사람만이 문학을 한다. 수용미학이나 독자반응이론을 언급하면서 문학이 탈권위적인 의사소통의 도구가 되어야 한다고 강조할 수는 있지만, 그것이 작가 본연의 외로움을 해소시켜 주는 치유책이 되는 것은 아니다.[1] 그렇다면 현대 사회의 문학은 자족적일 수밖에 없는 것인가. 대중독자와 단절된 채 문학 창작과 비평적 대화를 이어가는 나르시시즘적 표현은 어떤 의미가 있을까. 예술이면 그만인 것일까. 일제강점기나 군부독재시기처럼 문학이 닫힌 세상의 진실을 폭로하고 까발리는 중핵매체의 기능을 담보하지 못하기에, 문학의 존재 이유는 더욱 쪼그라들 수밖에 없다. 이에 대한 고민과 성찰 없이, 빛나는 언어적 수사나 정치적 언술을 창안하는 것이 무슨 소용이 있을까.

이 글에서 약간의 불편함을 감수하고서라도, 이광수와 주요한을 다시 호명하는 것은 그 때문이다. 지금이야말로, 문학이 무엇인지 새롭게 물어야 한다는 것. 아니, 문학은 무엇을 할 수 있는지 되물어야 하는 것. 이를 위해 한국문학의 시발始發점에 놓인 작가들을 재소환하는 것은 불가피하다. 그러나 이는 문학사적 지식을 나열하기 위한 것이 아니며, 시인/소설가의 생애와 문학 창작 활동을 재평가하기 위한 것도 아니다. 그러므로 강단비평에서 사용하는 학술적 내용과 수사는 이 글의 고려 대상이 아니다. 우리가 문학이라고 배워온 것, 다시 말해 한국어를 모국어로 삼는 문학이 무엇인지 점검함으로써, 동시대의 문학적 사명을 자각하는 것. 그것이야말로, 비평적 대화를 포기하지 않는 핵심 이유이다. 이를 위해 우리는, 100년 전의 '문학의 정의'를 다시 들춰볼 수밖에 없다.

문학의 기원을 논하는 자리에서 빠질 수 없는 평문이 있으니, 바로 이광수의 「문학이란 하何오」이다. 그에 대한 문학사적 평가나 오호를 떠나서, 문학에 대한 개념과 장르적 특질을 촘촘하게 정의하고 있는 1916년의 문예비평은 지금도 여전히 유효하다. 표준국어대사전에 기술되어 있는 문학에 대한 사전적 정의를 참조하며("사상이나 감정을 언어로 표현한 예술. 또는 그런 작품. 시, 소설, 희곡, 수필, 평론 따위가 있다"), 아래의 인용문을 함께 읽어 보자.

문학이란 특정한 형식하에 인人의 사상과 감정을 발표한 자를 위함이니라. 차此에 특정한 형식이라 함은 이二가 유有하니 일一은 문자로 기록함을 운云함이니, 구비전설口碑傳說은 문학이라고 칭키 불능하고 문자로 기록된 후에야 비로소 문학이라 할 수 유有하다 함이 기일其一이요. 기이其二는 시詩·소설小說·극·평론 등 문학상의 제諸 형식이니, 기록하되 체제가 무無히 만록萬綠한 것은 문학이라 칭키 불능하다 함이며, (…중략…) 문학은 마치 자기의 심증을 독讀하는 듯하여 미추희애美醜喜哀의 감정을 반伴하나니 차감정此感情이야말로 실로 문학의 특색이니라. (…중략…) 상술함과 여如히 문학은 정情의 기초상에 입立하였나니, 정情과 오인吾人의 관계를 종從하여 문학의 경중이 생生하리로다.[2]

이광수가 한 세기 전에 썼다는 「문학이란 하何오」이다. 백여 년 전 '문학의 정의("문학이란 특정한 형식하에 인人의 사상과 감정을 발표한 자를 위함이니라")'와 현재 국어사전의 정의가 거의 다르지 않음을 확인할 수 있다. 소설가가 쓴 논평이라 하더라도, 이광수의 비평적 식견을 무시할 수는 없다. 한국문학의 기원을 탐색할 때 언제나 첫 자리에 놓이는 작품을 발표했기 때문이 아니다. 주지하다시피, 비평Criticism은 분석의 대상이 되는 예술/텍스트에 대한 정의, 해석, 분류, 가치평가의 잣대가 된다. 그러므로 'Literature'의 번역어로서 '문학'이라는 용어를 정의하는 것은, 이론과 비평에 입각하여 마련될 수밖에 없다. 또한 그것을 창작적 성과로 입증할 때, 비평의 타당성과 신뢰성이 확보된다. 얄밉게도 춘원은 그 두 가지를 동시에 보여주고 있다.

「문학이란 하何오」가 중요한 까닭은, 조선의 문학을 서양의 문학이론에 입각하여 정의하고 있다는 한계에도 불구하고, 그것을 하나의 전문적인 장르예술로 인식하고 있다는 점이다. 근대의 문학이 특수성과 전문성을 갖춘 분과예술로서의 성격을 지니고 있음을 기억한다면, 문학을 "과학"(혹은 "물리·박물·역사·지리·법률·윤리 등 과학적 지식")과 구분되는 "특정한 형식"으로 정의하였다는 것은 상당히 주목할 만한 성과라 하겠다. 그렇다면 문학과 과학을 구분할 수 있는 핵심 근거는 무엇인가. "문학이란 특정한 형식하에 인人의 사상과 감정을 발표"하는 것, 즉 문학은 인간의 생각과 감정을 표현하는 형식이라는 점이다. 이를 조금 더 풀어서 얘기하자면, 문학이란 '마음이 하는 말'이라는 뜻이 된다.

여기에서 마음은 '생각'과 '감정'을 포괄하는 용어이다. 문학은 "학學이 아니"라 "정情"이기 때문에, "모某 사물을 연구함이 아니라 감각"하는 것이다. 즉, 문학은 마음이 하는 말이며, 문학을 향유한다는 것은 마음이 하는 말에 귀를 기울인다는 뜻이다. 합리적 의사소통 규칙이 지배하고 있는 세계에서는 발화될 수 없는 '마음의 말', 바로 그 언어적 회통을 가능하게 하는 것이 문학인 셈이다.

"지知·정情·의意" 중에서 문학의 기반이 되는 "정情"은 언제나 미천賤한 것이었으나, 근대에 이르러 매우 중요한 요소로 자리 잡게 되었다. 문학은 지식이나 도덕이 아니라 마음을 통해 세계와 사물을 새롭게 감각하는 방식이다. 이광수의 『무정』(1918)이 '자유연애'라는 새로운 정情의 형식을 바탕으로 근대적 서사양식을 입안했다면, 주요한의 「불놀이」(1919)는 자유로운 정념情을 통해 정형적 율격을 넘어선 시적 형태를 창조할 수 있었다. 두 사람은 모두 봉건적 감성 구조로부터 해방된 마음의 상태를 지향하였다.

이광수나 주요한이 한국문학을 논하는 자리에서 기념비적 위치를 차지할 수 있는 것은—여러 가지 이유를 보태거나 반박할 수 있지만—, 문학이 '마음'을 다루는 장르라는 사실을 이해하고 선구적으로 보여주었기 때문이다. 두 작가의 친일 행적에 대해 더욱 엄중한 비판이 제기되는 것도, 어쩌면 이런 이유이다. 제국 일본의 대동아전쟁에 부응하고 협력한 이광수와 주요한의 마음은 매우 '어긋난 결단'에 기초해 있다는 것. 이러한 선택에 준엄한 역사적 평가가 내려져야 하는 것은, (이들이 제국 일본의 협력적 지식인이었기 때문이기도 하지만) 두 사람 모두 문학이 마음의 언어라는 것을 잘 알면서도, 식민지 백성의 마음에 '노예적 패배주의'를 입안하였기 때문이다.

## 마음이라는 은총: 은총이 사라진 시대를 사는 힘

문학은 어느 누구에게도 구속되지 않는 마음의 자유를 추구한다. 이광수/주요한의 퇴행과 몰락은 일제에 대한 부역 행위 탓만이 아니라, 멸사봉공의 언어로 타인의 마음에 족쇄를 채운 결과이다. 반역(者)의 마음이란 이런 것이다. 한 작가의 삶을 단순히 '친일'이나 '부역'이라는 자극적 용어로 폄훼하려는 것이 아니라, 문학이 마음의 문제라는 것을 지적하는 것이다. 제국 일본에 대한 저항과 협력도 결국은 마음의 문제이다.

한 세기 전부터 문학은 '마음의 말'로 정의되어 왔음에도 불구하고, 우리는 그 속에서 여전히 지식知과 도덕意을 찾고 있다. 약간의 비평적 도약이 허락된다면, 문학이 마음의 문제라는 점이 망각되거나, 혹은 그 마음의 언어가 사회적으로 유효한 문화적 커뮤니케이션이 되지 못할 때, 문학은 '종언'을 맞이할수밖에 없었던 것이 아닐까. 가라타니 고진의 『근대문학의 종언』을 인용하지 않더라도, 마음의 말을 직조하는 문학의 역할이 끝났다는 선언은 적잖은 당혹감을 주기에 충분하다.

2010년대 전후, '문학의 종언'이 불러온 파장을 수습하고 돌파하기 위해, 자크 랑시에르의 '정치적인 것(감성의 분할)'과 프랑코 베라르디 비포의 '봉기의 감수성Sensibility'이 조명되기도 했다. '문학의 정치'적 가능성에 대해 진지하게 성찰하면서, 그것이 지배질서의 감성체계를 전복하고 새로운 마음의 상태를 입안하는 것이라는 주장이 제기되었다. 마음의 구조와 체계야말로 주체의 일생생활을 직조하는 중요한 생의 조건으로 이해되었기 때문이다. 세기말의 '종언담론'은 문학이 더 이상 필요하지 않다는 상징적 선언처럼 보이지만, 역설적으로 문학이 마음을 다루는 언술 형식이라는 것을 지각하게 하는 사건이었다.

'종언 담론'은 문학이 종말에 이르렀다는 것을 의미하는 것이 아니라, 이제더 이상 문학이 유력한 사회적 미디어가 아니라는 것을 인정하게 하는 문화적징후였다. 앞에서 살펴본 바와 같이, 문학은 여전히 지식知과 도덕意의 모멘텀으로 전수되고 있다. 다만, 우리가 망각하고 있는 것이 있다면, 문학이 마음을 다루는 언어예술이라는 사실이다. 법률과 문학의 경계에서 마음의 위치와 작용 양상을 탐구하고 있는 마사 누스바움이 새삼 주목되는 이유이다. 그녀는 『시적 정의』라는 책에서 감정에 대한 부정적 견해를 반박하면서, 인간의 마음이나 감정은 맹목적인 충동이 아니라 "그 자체 내에 대상을 향한 방향성을 내포"하고 있으며, "대상에 대한 특정한 믿음과 긴밀한 관련이 있"[3]는 것이라고 주장했다. 즉, 감정 혹은 마음은 느낌과 믿음, 그리고 판단을 포함하는 것이다.

'마음'이 무질서하고 비합리적 감정이라고 보는 것은 서구 이성주의의 환상적 돌림병이다. 마음의 유형과 기능은 무척 다양하지만, 마사 누스바움이 특히 주목하는 것은 '공감'이다. 그녀는 '통계학적이고 계산적인 사고'를 초과하며 개인의 사연과 동기, 의도 등을 섬세하게 이해하는 '공감Compassion'의 상상력을 강조한다. 그것은 타인의 고통과 아픔에 눈 감지 않는 태도이며, 공동체 내 취약성을 감지하게 하는 관계역량이다. 그래서 공감은 방종의 감정이 아니라 해방의 윤리이다. 이는 사상과 이론의 자리에서만 입증되는 것이 아니라, 문학 작품을 통해서도 얼마든지 설명 가능하다. 장편소설 『경애의 마음』이 대표적인 예다.

> 그러면서도 모든 것이 끝났다고는 할 수 없다고 생각했다. 마음이 끝나지 않았다면 아무것도 끝나지 않은 것이 아닌가. 대체 끝이라는 것을 사람들이 어떻게 실감하고 확신하는지 알 수 없었다. 끝이 만져진다면 모를까. 느끼는 것이고 상상하고 인식하는 것인데 지금 내가 그렇지 않은데 어떻게 끝을 말해. (…중략…) 마음을 폐기하지 마세요. 마음은 그렇게 어느 부분을 버릴 수 있는 게 아니더라구요. 우리는 조금 부스러지기는 했지만 파괴되지 않았습니다. 우리는 언제든 강변북로를 혼자 달려 돌아올 수 있잖습니까. 건강하세요, 잘 먹고요, 고기

도 좋지만 가끔은 채소를, 아니 그냥 잘 지내세요. 그것이 우리의 최종 매뉴얼이에요. (…중략…) 서로가 서로를 채 인식하지 못했지만 돌아보니 어디엔가 분명히 있었던 어떤 마음에 관한 이야기였다.

　　　　　　　　　　　　　　　　　—김금희, 『경애의 마음』 부분[4]

　이 작품은 문체의 밀도가 높고 서술 방식도 가볍지 않다. 최근에 유행하는 경량화된 장편소설과 비교하자면, 그리 읽기 쉬운 텍스트는 아니다. 그러나 김금희 소설가가 〈작가의 말〉에 남긴 문장에서 확인할 수 있듯("마음을 다해 썼다"), 『경애의 마음』은 우리가 결코 "폐기"해서는 안되는 마음에 관한 이야기를 들려주고 있다. 작가가 "마음을 다해 썼"기에, 독자 역시 마음을 다해 읽어야 한다.

　이 작품의 핵심 인물은 '박경애'와 '공상수'이다. 조금 거칠게 정리하자면, 두 사람은 사회생활 부적응자다. 경애는 직장("반도미싱") 내의 파업에 참가했다가, 노조와 회사 양쪽에서 따돌림을 당하는 처지("외톨이")이다. 상수는 '회장 낙하산'으로 입사했으나 이제는 끈 떨어진 '팀장 직무대리'이다. 어느 날 상수가 회사에 팀원 배정을 요청하면서, 두 사람은 함께 일하게 된다. 경애와 상수의 심적 거리는 좀처럼 좁혀지지 않다가, 해외지사 파견을 계기로 달라지기 시작한다. 오해하지 말 것은, 이 작품은 신파조의 연애소설이 아니다. 그러니 『경애의 마음』을 달콤한 사랑 이야기로 읽어서는 곤란하다. 이 소설은 타자의 슬픔을 잊지 않겠다는 애척哀戚의 메모리이다.

　두 사람에게는 '은총'이라는 친구가 있다. 그는 고교시절 갑작스런 화재로 세상을 떠났다. 경애와 상수는 은총의 죽음을 납득하지 못한 채, 생존자의 부채감에 시달리고 있다. 두 사람은 본래 서로를 알지 못했으나, '은총'을 매개로 조금씩 가까워진다. 이 둘을 매개하는 것은 은총에 대한 마음이다. 힘겨운

'마음-씀'을 포기하지 않는 친구가 있다는 것. 이러한 마음의 공통성이야말로, 고단한 세상을 버티게 하는 힘이다("우리가 눈으로는 볼 수 없는 어떤 힘").[5] 물론 '마음을 쓴다는 것'은 너무나 힘든 일이라, 때로는 망각하거나 도피하고 싶은 경우도 없지 않다. 아니, 정확히 말해 은총이 왜 세상을 떠났는지에 대한 마음을 폐기하고 싶을 때도 있다("그 모든 것을 느끼는 마음 따위는 차라리 없어졌으면 좋겠다고 생각하는 경애가 있었다").[6]

이와 같이, 타자에 대한 '마음-씀'은 따뜻하고 인간적인 행위이지만, 일상을 유지하기 어려울 만큼 힘든 일이기도 하다. 마음에는 존재하지만 현실에는 실존하지 않는 '은총'은, 그래서 문학적 메타포가 된다. 이 은유는, 신의 '은총恩寵'이 사라진 시대에 인간이 무엇을 의지하며 살아야 할 것인지를 질문하는 알레고리이다. '은총'의 ID는 'E'이다. 작가는 'E'의 풀네임을 쓰지 않고 있지만, E가 이모션Emotion이라는 것을 눈치채지 못할 독자는 없을 것이다. 인간을 구원하는 신의 '은총'이 사라진 시대에, 현대인의 각박한 삶을 버티게 하는 것은 오직 '마음(E)'뿐이며, 그것을 폐기하지 않도록 붙잡고 있는 것이 문학이다.


## 마음의 양가주망: 고통의 스팟을 감지하는 시와 마음의 공통성


『경애의 마음』은 문학의 본질과 기능을 상기하게 한다. 지금, 우리 시대에 필요한 시의성 있는 작품이라 할 수 있다. 그러나 마음의 언어를 통해 구축된 문학은 개인의 심리적 결핍을 보충하거나 치유하는 역할에 그치는 게 아니다. 문학은 고단한 현실 속에서도 인간이 폐기해서는 안 되는 마음에 관한 기록인 동시에, 공동체를 구성하는 타자에 대한 '공통의 말 건넴'이다. 그러므로 문학이 무엇인지 다시 묻는 일은, 문학에 대한 학술적 정의가 아니라 문학이 하는 일(마음-씀)을 다시금 성찰하는 것이다. 필자가 주제비평이나 강연에서 종종 인용하는 사르트르의 문장은 좋은 길잡이가 된다.

장 폴 사르트르는 『문학이란 무엇인가』의 머리말에 해당하는 「무엇이 문제인가?」의 첫 단락 첫 문장에서 "당신이 자신을 스스로 구속하고 싶다면 어째서 바로 공산당에 가입하지 않습니까?"[7]라고 얘기하고 있다. 김붕구 교수는 사르트르의 비평적 언술을 다소 거칠게 직역하고 있다. 번역을 문제 삼고자 하는 것이 아니라, 통상 '앙가주Engager'는 '사회참여'로 번역된다. 이와 달리, 그는 'Engager'를 "구속(속박)하다"라고 번역했다. 실존주의 철학의 배경이 고려된 것일 테다. 꽤 오랜 시간이 지난 번역이지만, '구속(속박)하다'라는 표현은 '사회참여'라는 번역에 크게 뒤지지 않는 듯하다. 아니, 오히려 '참여'의 주체적 행위성에 대해서는 더 세심하게 이해하는 계기가 되기도 한다. 우리가 당대 현실의 모순과 부조리를 회피하지 못하도록 옭아 매고 '속박'시키는 것이야말로, 사회적 적폐를 직시/청산하는 정치적 응전이기 때문이다. 이러한 자기 구속이야말로, 불확실한 미래를 향해 인간의 유한한 삶을 기투하는 실천 행위이다.

그렇다면, 다시 사르트르의 첫 문장으로 돌아가 보자. "당신이 자신을 스스로 구속하고 싶다면 어째서 바로 공산당에 가입하지 않습니까?"라는 물음이 우리에게 시사하는 바는 무엇인가. 그것은 세계의 변혁이 현실정치로의 투신("공산당에 가입")이 아니라, 마음을 변화시키는 데서부터 시작될 수 있다는 전언에 있다. 고루한 문학사상서로 취급받기도 하는 『문학이란 무엇인가』에 '문학의 기능'과 '역할'을 묻는 통찰이 담겨 있다는 것은 놀랍다. 사회운동이나 현실정치에 직접 참여하는 것도 의미 있겠으나, 문학을 통해 부조리한 현실을 감지하고 지배질서에 대한 저항 가능성을 정초하는 것 역시 중요하다 사르트르는 문학의 자유 의지와 전복적 상상력이 이를 가능하게 한다고 보았다. 문학은 독자(인간)의 마음에 "호소"하는 행위이며, 특히 시는 경계를 넘어 타인과 조우하는 표현양식이다. 이는 주홍글씨처럼 새겨져 있는 '사적 트라우마'를 '공통의 트라우마'로 전환하고자 하는 마음에서 비롯된다.

제주에서 시작詩作 활동을 하고 있는 이종형 시인의 『꽃보다 먼저 다녀간 이름들』(삶창, 2017)을 보면, 마음의 공통성이란 무엇인지 잘 알 수 있다. 이 시집은 단순히 고통스런 역사적 소재를 다루고 있는 것만이 아니라, 과거의 슬픔과 대면하면서 현재적 삶의 성찰 지점을 제시해 주고 있다. 잭 바바렛이 이야기했던 것과 같이, 마음은 "자기가 관여하는 세계와의 직접적 접촉"[8]이다. 「통점」을 예로 들어 보자.

햇살이 쟁쟁한 팔월 한낮

조천읍 선흘리 산 26번지 목시물굴에 들었다가

한 사나흘 족히 앓았습니다


들짐승조차도 제 몸을 뒤집어야 할 만큼

좁디좁은 입구

키를 낮추고 몸을 비틀며

낮은 포복으로 엉금엉금 기어간 탓에 생긴

통점 때문만은 아니었습니다

그해 겨울

좁은 굴속의 한기寒氣보다 더 차가운 공포에

시퍼렇게 질리다 끝내 윤기 잃고 시들어 간

이 빠진 사기그릇 몇 점

녹슨 솥뚜껑과

시절 모르는 아이의 발에서 벗겨진 하얀 고무신

—이종형, 「통점」 부분[9]


시적 화자는 '제주4·3사건'의 고통을 자기화하고 있다. 이 작품에 나오는 "조천읍 선흘리 산 26번지 목시물굴"은 지정학적 좌표가 아니라, 한국 현대사의 굴곡진 역사를 입증하는 슬픔의 스팟Pain spot이다. 현대 사회에서도 시詩가 존재할 수 있다면, 그것은 멋들어진 레토릭을 통해 일상생활과 다른 언어감각을 창안해내기 때문이 아니라, 시가 타인의 아픔을 이해하고 공감하는 '마음-씀'을 포기하지 않기 때문이다.

「통점」이 주목되는 것은 이런 이유이다. 개인적인 것이든, 역사적인 것이든, 고통의 스팟("통점")을 정확하게 감지하고 포착하는 것이 시(인)의 역할이다. 누구도 말하지 않으며, 때로는 권력에 의해 은폐되기도 하지만, 사회 속에 내재해 있는 통점을 찾아 그 속에 담긴 슬픔의 내력을 이해하고자 하는 것이 현대 서정시이다. 무력하긴 하지만, 타인의 아픔/슬픔에 눈 감지 않는 것. 한참을 잊고 지내다 갑자기 고통이 밀려오는 '통점'처럼, 시적인 것은 사회적 통증의 장소를 발견하고 치유하는 일이다. 그것이야말로, 시의 현재적 가치라 하겠다. 「바람의 집」이라는 작품도 마찬가지이다. "4월"이 되면, 일상 속에 숨겨져 있던 역사적 통증이 되살아나는 것처럼("수의 없이 죽은 사내들과/ 관에 묻히지 못한 아내들"), 시는 고통의 스팟을 감각하는 언술양식이다. 이종형 시인이 투어리즘의 공간과 홀로코스트의 장소를 분별하는 것은—"그대 다시 제주에 오시는 길이거든 저 숲을 향해 가볍게 목례해주시길/ 숲의 이름은 도령마루였다고 기억해주시길"(「도령마루」)—, 일상 속에 숨겨져 있던 통점을 발견해 내는 시적 탐색이라 하겠다.

'제주4·3사건'과 '여순사건'은 한국 근현대사의 통점이다. 70주기를 즈음하여 피해자 진상조사와 진실 규명 작업이 조금씩 개시되고 있으며, 문단에서도 관련된 작품들이 제출되고 있다. 김석범 선생의 대하소설 『화산도』1-12권이 완역되었고, 이 작품에 대한 역사적, 문학적 평가도 새롭게 이뤄지고 있다. 또한 여순사건을 다룬 김진수 시인의 『좌광우도』(실천문학사, 2017)가 출간되기도 했다. 이 시집에 관해서는 4부에서 자세히 리뷰할 예정이다. 4·3/여순사건 희생자의 목소리는 아직도 오롯이 복원되지 못했다. 문학이란 세계와 사물을 이해하는 차원을 넘어, 타자의 슬픔을 공부하고 또 공동 추론하는 과정이다. 법률적 판결과 역사적 진실은 다르다. 우리가 문학을 통해 만나게 되는 것은, 과잉된 선善의 형상이 아니라, 지금은 잠복해 있지만 언제 급성 발작이 올지 모르는 '사회적 통점'이다.

참고로, 시인은 언제든 독자와의 소통불능 상황에 빠질 수 있다. (쉬운 내용의 시라고 해서 독자가 배가되는 것이 아닌 것처럼) 본래 '시적인 것'은 일반 의사소통의 문법으로는 교류될 수 없는 이질적 체험을 통해 창조된다. 시는 일상적 청자(독자)와의 단절을 각오하는 말 건넴이다. 중요한 것은, 사물과 언어의 안정적 관계를 부정교합하는 수사적 전략이 아니라—독자와의 결별을 감내하면서도—, 지배질서의 억압적인 마음 구조를 타격하고 어긋내는 일이다. 그러기 위해서는, 문학의 사회참여 역시 과잉된 '열정의 언어'를 나열하는 방식으로 이루어져서는 안 된다. 좋은 시인은 지배질서의 감성체계에 포섭되지 않기 위해 언어적 갱신을 게을리 하지 않는다.

시든, 소설이든, 문학은 '공동 추론'의 과정을 통해 타자에 대한 이해를 돕는 마음의 번역 장치이다. 장 폴 사르트르의 지적처럼 문학하는 자는 사회운동단체나 정치정당에 가입하지 않더라도, 생의 변혁을 가능하게 하는 마음의 앙가주를 정초할 수 있다. 연약하고 미약한 마음이지만, 각자의 삶을 변화시킬 수 있는 'E'를 폐기하지 않는 것이 정말로 가능하다면, 문학의 임무는 여전히 막중하다 할 것이다.

1부 시적인 것과 정치적인 것

ENGAGEMENT OF PASSION

# 알레테이아의 총구

## —시와 시적인 것의 동시대성에 대한 비평적 전망·(1)

### 포에지의 통념 부수기

시는 개인의 사상과 감정을 표현하는 언어예술이다. 근대적인 대중독자를 열광시킨 문학장르는, 허구와 현실의 역리 관계 속에서 서사적 흥미소와 이념성을 발명한 '소설'이라는 재현 양식이(었)지만, 문학의 급진적 언어 혁신을 가능하게 하는 것은 여전히 '시'라는 표현양식이다.

동서양 시학의 사례를 열거할 것도 없이—플라톤의 '시인 추방론'이나 아리스토텔리스의 '시학', 혹은 동양의 『시경』 등을 언급하지 않더라도—, 문학적 언어의 정수는 시이다. 특정한 이야기를 전달하기 위해 언어를 지렛대로 삼는 산문과 달리, 시는 언어에 대한 탐구 그 자체가 목적이기 때문이다.

시는 모국어를 통해 구현되는 언어예술의 정수인 까닭에, 다른 문학 장르를 추구한다고 하더라도 시에 대한 이해는 필수적이다. 오해하지 말 것은, 이는 특정한 문예 스타일에 대한 편파적 선호가 아니라, 시가 지향하거나 추구하는 새로운 언어 경험의 창조성과 변혁성을 재확인하는 말이다.

시는 사물과 언어 사이의 통속적인 관계 맺기를 거절하는 데서부터 시적인 가치를 발아한다. 그러나 모든 시가 창조성과 변혁성을 성취하는 것은 아니다. 문학평론가 유종호가 이미 30여 년 전에 간명하면서도 명쾌하게 정리한 바와 같이, 시 이해의 즐거움과 정도正道는 시의 소재나 형식이 아니라 '시적인 것'에서 모색되어야 한다.

그렇다면 시적인 것이란 무엇인가. 딱 잘라 말하기는 어렵지만, 그것의 토대가 되는 것은 시적 언어의 창조와 향유이다. 여기에서 시적 언어는 유종호가 『문학이란 무엇인가』에서 '포에지'라고 명명한 것, 다시 말해 "일상언어로부터의 거리와 거기서 유래한 상대적 모호성 또는 기계적 유창성"을 "거절"하는 "말의 반짝임과 울림"[10]을 의미한다.

그의 말처럼, 일상언어와 시적 언어 사이에 놓인 감각적 차이를 감지하는 것이 포에지에 대한 통념이다. 하지만 포에지Poesy는 단순히 일상언어의 미감이나 정취를 쇄신하는 수사적 기술 혁신을 지칭하는 것이 아니다. 비유와 상징이 차이의 감각을 발명하는 가장 손쉬운 방법이긴 하지만, 생경한 메타포가 반드시 시적인 것은 아닌 까닭이다.

시인(들)의 작품 창작 과정에서 급진적 언어 실험이 동반될 수밖에 없는 것은—시적 언어에 대한 탐구가 시적인 것의 결정적 요소이기 때문이 아니라—, 시적인 것의 의미나 가치가 획일적으로 규정되어 있는 것이 아니기 때문이다. 그러므로 시 창작 과정에서 요구되는 수사적 연마는 시적인 것의 필요조건이지 충분조건은 아니다.

시적 언어는 사물과 언어의 클리셰한 공모관계에 파열음을 내는 능동적 의사소통 행위이며, 시적인 것의 가능성 역시 그러한 향유 경험으로부터 발아되는 것이 분명하다. 그러나 그것만으로 시적인 것의 필요성과 동시대적 과제가 완결되었다고 말할 수는 없다. 그러므로 시적인 것의 탐문은 보다 다층적이고 다중적인 방식으로 이루어져야 한다.

# 밥 딜런과 장정일의 역설: 시적인 것의 탈규범성

시에서 언어적 연마는 중요하다. 그러나 시적 언어에 대한 혁신 의지나 성과가 곧 '시적인 것'의 가치를 확고부동하게 담보해 주는 것은 아니다. 역으로, 시적 언어에 대한 연마 과정을 무시하거나, 사물과 언어의 관계를 새롭게 사유하려는 노력Defamiliarization에 게으른 시인/독자는 시적인 것을 포착하거나 경험할 수 없다.

여기에서 시詩와 시적詩的인 것의 관계를 새롭게 이해할 필요성이 제기된다. 양자는 매우 가까운 관계처럼 보이지만 사실 그렇지 않다. 대부분의 시는 시적인 가능성이 열려 있으나, 동시에 모든 시를 시적이라 말할 수는 없다. 오히려 제도화된 시의 관습이나 규범은 시적인 사유나 경험을 방해한다. 심지어, 시를 공부하면 할수록, 시적인 것에서는 더욱 멀어지기도 한다.

참으로 역설적이지 않은가. 문학개론이나 시(창작)론 입문에서 학습한 시의 개념과 특징, 이를 테면 시의 함축성, 음악성, 회화성 등에 대한 이해와 관념이 오히려 시적인 것의 사유와 발현을 막아서고 있다는 사실 말이다. 문학의 한 갈래나 학문 분과로서 개념화되고 관습화되는 시의 '장르 규범'이야말로, 시적인 것의 융기를 차단하는 문화적 임계(시의 장르≠시적인 것)이기도 하다.

밥 딜런의 노벨문학상 수상에 대한 적절성 논란을 예로 들 수 있다. 이 사건은 문학적 관습과 장르 관성이 얼마나 견고한 것이며, 또 반反시적인 것일 수 있는지를 보여주는 사회문화적 증례이다. 적지 않은 시인과 평론가들이 밥 딜런에게 왜 '문학상'을 주는지에 대한 질문을 제기하였고, 이에 대한 비아냥거림과 불만을 토로하기도 하였다.

그러나 이와 같은 장르 보존적 태도야말로, 문학적인 것의 범주와 의미를 협소하게 결박시키며, 현대시가 추구해야 하는 시적인 것의 가치와 정신을 보수화한다. 밥 딜런의 삶과 음악이 '시적'이라 말할 수 있는 것은, 그가 가수치고는 꽤 문학적이라거나 한 인간으로서 자유로운 생을 살았기 때문이 아니다. 딜런은 당대 사회의 주류 문화에 대한 비판과 함께, 그것을 정치적 진영 논리 속에 포섭하고자 하는 프로파간다와도 지속적으로 싸워 왔다.

노벨문학상 심사위원회가 밥 딜런의 음악(예술)이 '시적인 것'에 근접했다고 판단한 근거는, 그의 1960~70년대 음악이 지배이데올로기에 대한 저항 담론으로 기능했기 때문만이 아니라, 그의 노래가 특정한 예술의 장르 규범을 공고히 하는 데 끊임없이 저항해 왔기 때문이다. 딜런은 음악이 대중 정치적 도구로 전유되는 것에 대해 경계했다. 인간과 음악의 자유를 속박하는 것에 대한 갈등과 쟁투. 이것이야말로, 그의 노래가 시적일 수 있는 이유인 것이다.

밥 딜런은 포크음악이 민중음악으로 도식화되는 정치적 틀을 거부하였다. 손광수는 딜런의 음악이 "아웃사이더의 미학"이자,[11] 시적 실천이 될 수 있는 이유를 여기에서 찾았다. 그렇다면 시적인 것이란 문학 장르로서의 '시의 속성'을 지칭하는 것이 아니라, 우리 사회의 인습적 질서를 재생산하는 상징체계에 대한 도전이자 투쟁이라 할 수 있다. 시적인 순간을 꿈꾸며 산다는 것은, 일상적인 의사소통 규칙과 단절하는 '역설적 만남'의 과정이다.

장정일의 글은 이를 잘 보여주는 문화적 예이다.

시를 쓰고 있는 현역 시인들은 시집을 읽어야 한다. 당연히 그들의 연구자들도 시집을 읽어야 한다. 앞으로 시를 쓰려는 사람들도 시집을 읽어야 한다. 그 외의 사람들은 시집 같은 걸 읽을 필요가 없다. 특히 젊은 사람들은 삶의 지혜와 우주의 비밀에 귀의하기 위해, 그리고 공동체에 봉사하기 위해 선택할 수 있는 많은 방편에 대해 생각해 보아야 한다. 과학도 종교도 그 어떤 시민운동도 좋으며 젊은 혼을 바쳐 탐구할 만한 일이면 또 다른 무엇도 좋다. 시는 그 방편 가운데 극히 작은 일부인데도 총명하고 집념 있는 젊은이들이 모조리 시인을 꿈꾸는 것은 실망스러운 일이다. 우리나라처럼 시집을 지천으로 읽는 청년이 많은 나라는 미래가 없다. 알 듯 말 듯한 걸 읽으며 거기에 생을 거는 청년이 많을수록 요기가 많은 인도처럼 저주 받으리라.[12]

장정일은 "시집을 읽어도 좋은 세 종류의 사람들"에 대해 언급한 바 있다. 그는 현대 사회에서 누가, 왜 시(집)를 읽고 쓸 수 있는지에 대해서, 예의 그 유쾌하면서도 기발한 문장을 통해 이야기하고 있다. 그러나 시집을 읽어도 좋을 세 부류에 대한 통찰, 저 깊이 있는 문필가의 문장에 담긴 역설을 제대로 독해한 이를 발견하기란 쉬운 일이 아니다.

그는 「시집」과 「시인」이라는 짧은 글에서, "시집이란 대개 그 분량이 얄팍하고 크기가 작"아서, "대부분의 사람들은 이것으로 지하철을 타고 이동을 하거나 친구를 기다릴 때 혹은 통유리로 둘러싸인 패스트푸드점에서 나르시시즘에 빠지기 위해 사용"한다고 말했다. "한 권의 시집을 읽"는다는 것은, 프티부르주아적인 "지적 허영과 교양인의 대열에 끼어 면피나 했다는 포만감"을 남길 뿐이기 때문에, 청년(들)이 시를 읽거나 쓰는 일로 인생을 허비해서는 안 된다는 비판이다.

이는 시인이나 청년 독자를 직접 타격하는 독설이 분명하지만, 장정일의 의견에 반대한다 하더라도 그리 분노할 필요는 없다. 왜냐하면 개인과 공동체의 삶을 풍요롭게 하는 데 골몰("봉사")해야 하는 청년(들)이 '시'라는 "저주"에 걸려들지 않도록 노력해야 한다는 독설에는—혹은 시를 쓰거나 읽는 이들이 자기만족감과 허위의식에 빠져 있다는 시니컬한 비판에는―, 괴팍한 비주류 문사의 기행奇行적 발언만으로 치부하고 넘길 수 없는 역설적 의미가 담겨 있기 때문이다.

'시집'과 '시인'에 대한 장정일의 냉소와 불신은―『햄버거에 대한 명상』이나 『길안에서 택시잡기』의 시적 언어 전략에서 확인할 수 있듯이―, 시적인 것의 잠재적 심상이 무엇인지를 상상하게 한다. 그러므로 독설의 분노 효과는 함정이다. 이 글의 핵심은 누가 시집을 읽고 써야 하는지, 혹은 시(집)의 사회적 가치나 효용 여부에 있지 않다. 중요한 것은, 시적인 것이 애매모호함("알 듯 말 듯한 것")의 독毒을 품고 있다는 패러독스이다.

장정일은 청년(들)이 "삶의 지혜"를 깨닫기 위해 과학도, 종교도, 시민운동도 아닌 애매모호한 것에 열광하고 있다고 말한다. 왜 그럴까? 시는 허무맹랑한 상상이나 자기 과시일 수도 있지만, 곰곰이 생각해보면 그것은 현실 논리에 포섭되지 않는 불명확한 언어의 마법("알 듯 말 듯한 것")과 지배질서의 규범을 넘어서는 상상의 도약을 가능하게 하기 때문이다. 그래서 동시대의 청년(들)은 아직도 시를 포기하지 않는 것이다.

## 횔덜린의 비가: 좌파 하이데거주의와 시적인 것의 탈은폐성

두 사례에서 보듯, 시는 탈규범적이다. 현대시가 자아와 세계의 조화로운 합일을 추구하는 동일성의 원리에 입각해 있다는 점을 감안한다고 하더라도― 김준오의 『시론』에서와 같이 "동일성에 대한 열망"이 "질서와 안정에 대한 인간의 본능"이라고 전제하더라도―, 이러한 화해 의지는 언제나 분열될 수밖에 없다. 시론 연구나 강단 비평에서 배운 '동일성Identity의 시학'은 그래서 실제 시 창작이나 비평 경험 속에서는 적용되지 않는 경우가 허다하다.

시, 아니 시적인 것은 인간의 정신과 신체를 구속하는 상징체계와 끊임없이 대립한다. 그러므로 시적인 것의 모색은 세계와 자아의 아름다운 조화Harmony 가 아니라, 오히려 세계와의 지속적인 불화Trouble 과정 속에서 융기할 수밖에 없다. 그러나 자아와 세계가 분열된 채 살아갈 수밖에 없다는 비극적 생의 조건/인식은, 후기자본주의 사회를 살아가는 현대인에게만 적용되는 이야기 History가 아니다. 마르틴 하이데거는 프리드리히 횔덜린을 통해 이미 시적인 것의 핵심을 포착하고 통찰한 바 있다.

비가Elegie라는 명칭이 붙어 있는 「귀향」이 대표적인 예이다. 횔덜린의 비가 悲歌, 혹은 「귀향」의 슬픔은 일종의 고향 상실(감)이다. 하이데거에게 시인이란, 세계와 분리된 인간의 근원적 상실감을 지각하거나 감각하는 존재이다. 그가 말하는 「귀향」은 물리적이고 기하학적인 공간 감각이나 망향望鄕 정서를 의미 하는 것이 아니라, 인간 존재의 근원적 상실(감)을 의미한다. 그래서 횔덜린의 귀향은 자신이 살던 고향으로 돌아온다고 하더라도 완결되지 않는다.

「귀향」이라는 詩는 즐거운 귀향길을 묘사하는 포에지Poesie, 詩歌일 수도 있으리 라. 하지만 '근심Sorge'이라는 말에 조음調音되고 있는 마지막 연에는 아무 근심 도 없이 고향으로 돌아가는 자의 즐거운 기쁨은 조금도 보이지 않는다. 이 詩의 마지막 낱말은 준엄하게도 '않으리라Nicht'이다. 그러나 알프스 산맥을 명명하 는 첫 연은 그 자체가 시구詩句 중의 산맥이긴 하지만, 아무런 매개도 없이 거기 에 있다. 그것은 고향적인 것이 가져다주는 환희의 기쁨에 대해서는 아무것도 보여주지 않는다. 고향적인 것과는 전혀 무관한 '광활한 일터'의 '메아리'가 '울려 퍼진다'. (…중략…) 성스러운 것은 과연 나타나지만, 신은 멀리 머물러 있다. 찾아야 할 귀한 것이 비축된 상태로 숨어 있는 시대, 그 시대는 신이 결여되어 있는 세계 시대dsa Weltalter이다. 신의 '결여Fehl'는 '성스러운 이름'이 결여되어 있다는 것에 대한 근거이다.[13]

인간의 귀향은 언제나 미완이다. 하이데거가 귀향의 불가능성을 노래한 횔덜린을 위대한 시인으로 호명한 것은 이 때문이다. "고향은 얻기 힘든 것"이며 "닫혀 있는 것"이다. 이는 "고향의 근원은 그에게 닫혀 있기에, 고향을 찾으려는 시인의 노력은 언제나 헛된 수고가 되고 만다"는 문장에서 더욱 명확해진다. 그러므로 횔덜린의 귀향론은 소박한 회귀주의나 시원을 향한 과거 지향적 탐색에 있지 않으며, 현대인이 상실한 신성의 회복(동일성의 회복)과도 관련이 없다.

하이데거에 따르면, "신의 결여"는 "결핍"이 아니다. 그래서 그는 인간의 결여를 메우기 위해, 혹은 자아와 세계의 동일성을 회복하기 위해 애쓸 필요가 없다고 말한다. 왜냐하면 시인은 낭만적 언술 행위를 통해 인간 생의 결여를 메꾸거나 치유하는 존재가 아니라, 오히려 각자에게 기입되어 있는 결여를 가까운 곳에 두고 이를 사유와 성찰의 계기로 삼는 존재("결여에의 가까움 속에 오랫동안 참고 기다리는 것")이기 때문이다.

정리하자면, 고향에 가까이 있지만 가까워질 수 없다는 근원적 슬픔, 혹은 그 간극을 사유하는 것이 '비가悲歌'인 셈이다. 시적인 것이란 그 귀환의 불가능성을 인간 존재의 유한성 속에서 탐문하고 또 발견하는 계기이다. 그러므로 시 혹은 시적인 것을 고향 상실에 대한 결핍을 극복하는 치유와 화해('귀향')의 여정으로 오해하게 만드는 '동일성의 시학'은 제고되어야 한다. 실제로, 하이데거에게 '시 짓기'란 문학의 하위장르로서의 '시 창작'을 의미하는 것이 아니라, 그리스적인 맥락에서 말하는 '포이에시스'에 가까운 것이다.

시의 본질은 예술의 본래적 활동과 다르지 않으며, 그래서 창조적인 것은 모두 그 자체로 시적인 것이다. 이처럼, 하이데거의 시론은 횔덜린의 「귀향」에 대한 해석으로부터 출발한다. 실제로, 저명한 하이데거 연구자인 티머시 클라크는 인간 본질로서의 '귀향'을 어떻게 이해할 것인가, 하는 관점이 우파 하이데거주의와 좌파 하이데거주의를 가르는 분기점이 된다고 말한 바 있다.

우파 하이데거주의 역시 세계 속에 던져진 인간의 근원적 결여와 소외 가능성을 전제하지 않는 것은 아니지만, 이들은 각 개인의 존재를 의미 없는 차이로 환원함으로써 '부분의 총합을 초월'하는 일자一者로 전체화한다. 독일민족의 숭고화를 통해 열등한 타자를 발명하고자 했던 나치즘은 그러한 결속성(동일성)을 폭력의 근거로 삼은 극단적 사례이다. 이와 같이 우파 하이데거주의는 귀향의 수사학을 전체주의의 이론적 틀로 전유한 역사적 사례이자, 위험하기 짝이 없는 해석의 정치이다.

이와 달리, "사회 비판의 기초로서 하이데거적 해체의 힘에 더 관심을 갖는" 입장이 좌파 하이데거주의이다.[14] 하이데거는 자크 데리다의 '해체(론)'와 모리스 블랑쇼의 '문학의 공간', 그리고 폴 드 만의 '탈구성적 텍스트' 이론 등에 지대한 영향을 미쳤다. 그들이 하이데거의 시론에 주목하는 것은, 시적인 것이 "지시하면서 개방 가능한 방식의 어떤 말함"이기 때문이다.[15] 개방 가능하다는 것, 다시 말해 시적인 것의 개방성은 획일화된 세계관에 의해 추상화되어 전달되는 것이 아니라, 늘 새롭게 '인식'과 '사태'의 관계를 지각하고 재구축하는 과정 속에서 형성되는 사건임을 의미한다.

즉, 하이데거에게 시적인 것이란, 형이상학적이거나 본질주의적인 진리가 아니라 존재의 드러냄을 의미한다. 이것이 그 유명한 '알레테이아Aletheia', 혹은 탈은폐의 과정인 것이다. 시인 김수영이 시의 본질을 두고 "개진과 은폐", 혹은 "세계와 대지의 양극의 긴장 위에 서 있는 것"[16]이라고 말한 것도, 그 속에 시적인 것(사건)이 잠재적 계기로 자리하고 있는 까닭이다.

## 시적인 것의 봉기: 바로, 그 '괴물'을 마주하는 시의 역능

시와 시적인 것은 가까운 관계이지만, 반드시 일치하는 것은 아니다. 종종 시적인 것은 우리가 알고 있는 시의 규정 방식이나 장르적 속성을 부수고 초극하는 방식으로 난폭하게 출현한다. 시적인 것은 세계와 자아의 합일을 통해 상처받은 존재의 결핍과 상실감을 치유하는 동일성의 형식이 아니라—그러므로 서정시를 동일성의 형식으로 개념화하고자 하는 시도는 늘 실패할 수밖에 없는데—, 오히려 타자의 고통이나 빈곤을 은폐하고자 하는 세계와의 갈등 과정이다.

시인이라는 존재는 지배질서에 의해 오염된 언어적 관계와 표상체계를 어긋내는 존재이며, 시는 언어적 혁신을 통해 그러한 언술체계와 불화하는 문화적 실천이다. 대중독자와의 가슴 찢어지는 결별을 감내하면서도, 지금까지 시가 존재할 수 있는 것은 그 때문이다. 그러나 이를 기술적 모더니즘과 혼동해서는 곤란하다. 서정시의 존재 양상이 심각한 언어적 해체 작업이나 장르 실험에만 국한되는 것은 아닌 탓이다. 시는 언어에 대한 진지한 탐구와 함께, 우리가 보지 않으려는 것, 혹은 우리가 애써 외면하고자 하는 것(들)을 다시금 감지하고 사유하게 한다.

마르틴 하이데거가 제작주의적 예술관, 다시 말해 모방/재현 예술로서의 시를 거부하는 것은 이 때문이다. 시는 소외된 사물과 장소를 감각하고 가시화하는 것이지, 이상적이고 완전한 이데아를 모방하는 것이 아니다. 즉, 시는 기술이나 재현의 문제가 아니라, 오히려 세계를 올바르게 정초하는 동시에, 세계의 '낯섦'을 발견하는 실천적 행위이다. 그러므로 시인은 현실 속에서 진리처럼 모사되는 사물을 기록하는 것이 아니라, 오히려 주변화된 인간 삶과 풍경을 언어 속에 '사건화'하고자 한다. 그래서 시적인 것을 성취한 시는 탈규범적인 동시에 탈은폐적일 수밖에 없다.

이러한 언어/사유의 이해 속에서, 시적인 것의 가능성은 새롭게 구성되고 또 봉기할 수 있다. 2017년 언론과 대중으로부터 이례적인 주목을 받은 「괴물」이라는 시를 예로 들어볼 수 있을 듯하다.


En선생 옆에 앉지 말라고

문단 초년생인 내게 K시인이 충고했다

젊은 여자만 보면 만지거든


K의 충고를 깜박 잊고 En선생 옆에 앉았다가

Me too

동생에게 빌린 실크 정장 상의가 구겨졌다


몇 년 뒤, 어느 출판사 망년회에서

옆에 앉은 유부녀 편집자를 주무르는 En을 보고,

내가 소리쳤다

"이 교활한 늙은이야!"

감히 삼십년 선배를 들이박고 나는 도망쳤다

En이 내게 맥주잔이라도 던지면

새로 산 검정색 조끼가 더러워질까봐

코트자락 휘날리며 마포의 음식점을 나왔는데,


100권의 시집을 펴낸

"En은 수도꼭지야. 틀면 나오거든

그런데 그 물이 똥물이지 뭐니"

(우리끼리 있을 때) 그를 씹은 소설가 박 선생도

En의 몸집이 커져 괴물이 되자 입을 다물었다


자기들이 먹는 물이 똥물인지도 모르는

불쌍한 대중들


노털상 후보로 En의 이름이 거론될 때마다

En이 노털상을 받는 일이 정말 일어난다면,

이 나라를 떠나야지

이런 더러운 세상에서 살고 싶지 않아

—최영미, 「괴물」 부분[17]

최영미 시인이 『황해문화』에 발표한 「괴물」이라는 작품은 사회적으로 큰 이슈가 되었다. 그러나 이 작품이 한국 문단을 뒤흔든, 아니 한국 사회를 뒤집어 엎은 스모킹건이 된 것은 시적 완성도 때문이 아니다. 눈 밝은 독자라면 누구나 알 수 있겠지만, 이 작품의 시적 구성이나 미적 성취는 그리 대단치 않다. 시적 언어의 차원에서도 수사적 부림과 생경한 표현Defamiliarization보다는, 오히려 사적 사연을 진술하는 이야기시의 전형적 특징을 보여주고 있다. 이 작품은 언어적 혁신을 통해 낯선 감각을 발명하고자 하는 현대 서정시의 수사적 전략과는 거리를 두고 있다.

그럼에도 불구하고 「괴물」이라는 시가 독자(들)에게 신선한 충격을 주는 이유는 무엇인가. 그것은 이 작품이 시적 허용의 최대치를 보여주고 있기 때문이다. 시적 허용이란 지배질서의 규범체계와 담화 구조 속에서는 발화될 수 없는 '삶의 진실'을 가감 없이 드러내는 언술 방식이다. 그러므로 시적 허용은 단순한 문법적 오류가 아니라, 지배적 규범체계 속에서는 발화될 수 없는 언어적 '사건'을 창안하는 것이다. 학창시절부터 학교에서 배워온 시적 허용은 사실 시적인 것의 봉기를 의미하는 것이다. 그러므로 시적 허용이 속류 상대주의나 단순한 문법적 일탈로 이해되어서는 곤란하다.

시적인 것은 혁명처럼 난폭하고 전복적이다. 어떤 규칙이나 치안 유지자도 감당할 수 없는 방식으로 「괴물」이 '폭풍'처럼 도래한 것도 그 때문이다. 이 작품에 등장하는 "En"이라는 지시 대상이 특정 개인을 상상하게 한다고 하더라도―한 개인에 대한 도덕적 응징이나 비판과 무관할 수 없다고 하더라도―, 그녀의 시적 전략은 사적인 차원에 머물지 않는다. 한국 사회의 남성중심주의와 권위주의적 문화 풍토를 타격하는 시 「괴물」은 우리 속에 숨겨져 있는 '괴물'을 탈은폐하는 혁명의 언어이다. 이 시가 시적인 것에 근접했다고 말할 수 있다면 아마도 그 때문일 것이다. 최영미 시에 대한 문학적 오호를 떠나서, 그녀는 시대적 고비마다 시인이 감당해야 하는 시적 책무를 회피하지 않았다.

솔직히 말해, 나는 그녀의 시 세계를 그다지 좋아하는 편은 아니다. 하지만 이 점만은 정당하게 평가되어야 할 듯하다. 시인의 첫 시집 『서른, 잔치는 끝났다』는 거대 담론의 시대가 저물어가던 시기에도―동구권 사회주의 국가가 몰락하고 민주화가 시작되던 시점에도―, 여전히 혁명의 후일담에 빠져 있던 이들에게 역사의 종언을 선언("잔치는 끝났다")한 시적 사건이다. 그래서 당시 『서른, 잔치는 끝났다』는 세간의 주목과 비난을 함께 감당해야 했다. 근자에 발표한 시 「괴물」에 대한 문단의 반응이 당시와 크게 다르지 않다고 느껴지는 것은 나만의 생각일까. 아마도, 그렇지는 않을 것이다.

지금까지 살펴본 바와 같이, 시적인 것은 '시' 속에서 발현되기도 하지만, 그렇다고 해서 반드시 시를 통해서만 구현되는 것은 아니다. 시는 도구적 이성과 합리적 규범이 지배하는 근대 체계의 바깥에서 끊임없이 우리의 양심을 시험한다. 지금도 여전히 시적인 것이 필요하다면, 그것은 아름답고 조화로운 생의 회복을 희망하는 미적 갈망 때문이 아니라, 우리 사회의 위장된 모순과 적폐를 폭로하는 '진실Aletheia의 총구'를 격발하기 위해서일 것이다.

ENGAGEMENT OF PASSION

# 범람하는 말
## ―시와 시적인 것의 동시대성에 대한 비평적 전망·(2)

### 법의 결여: 법은 아무것도 알지 못한다

시와 시적인 것의 동시대성에 대한 비평적 전망, 아주 거창한 제목으로 이야기를 시작했지만, 사실 이 평문의 가장 중요한 목적은 지금 이 순간에도 여전히 '시'가 필요한 것인가, 만약 그러하다면 그 이유는 무엇인가, 라는 매우 현실적인 물음으로부터 출발한다. 물론 이에 대한 답을 근현대 문예양식 중 하나인 시의 실체와 역사적 변천 과정을 탐구하는 것으로 해명할 수는 없다.

그러므로 강단비평에서 강조하는 언어예술의 한 장르이자 국문학 분과학문으로서의 시에 대한 연구와 기술은, 이 글의 방향이나 내용과는 무관하다. 현대시의 가치는 시의 속성과 범주를 어긋내는 지점에서 창조적으로 발현하는 경우가 적지 않다. 때로는, 이게 시인지, 아닌지도 판단하기 모호한 경우가 없지 않지만, 각자의 마음 한 편에 자리하고 있는 불확실한 파토스와 욕망은 종종 '시적인 것'으로 구성되기도 한다.

시적인 것이 모두 시가 되는 것은 아니지만, 시적인 것의 애매함Ambiguity을 문학적 속성으로 기법화한 문예비평사조가 있을 정도이니, 시와 시적인 것을 분별하는 것은 만만치 않다. 다만 분명한 것은―앞의 「알레테이아의 총구」에서 다룬 것과 같이―, 시적인 것이 탈규범적이며 탈은폐적이기 때문에 지배질서의 의사소통 구조나 규율체계 속에서는 개시 불가능한 목소리를 발화시킨다는 사실이다. 이제 한 걸음 더 나아가, 시적인 것이 사회제도와 어떤 관계를 맺어야 하는지에 대해 이야기해 보자.

주지하다시피, 인간의 삶을 존속시키는 생활양식Life style의 토대가 되는 가치, 규범, 규칙 등을 상징체계라 부른다. 상징체계는 인종, 민족, 문화, 지역, 환경, 성별 등의 특수한 조건에 의해 달라지기도 하지만, 인류의 보편적인 가치도 담고 있다. 조금 범박하게 정리하자면, 이러한 상징체계가 가장 섬세하게 제도화된 형태를 우리는 '법'이라고 부른다. 그래서 법은 인간의 일상생활을 안전하고 평화롭게 유지하는 최소한의 준거이자, 사회적 정의와 양심의 척도가 된다. 그러나 법의 권능에 대한 우리의 기대와 달리, 법은 종종 아무것도 해결해 주지 못한다. 법이 아무런 가치가 없다는 뜻이 아니라, 그것이 얼마나 몰지각한 방식으로 남용될 수 있는지, 또 신성에서 벗어난 인간의 법적 권위가 얼마나 허약한 것인지를 역사적 경험 속에서 목격해 왔다는 뜻이다. 굳이, 과거의 사법농단 사태를 언급하지 않더라도, 법의 결여는 얼마든지 현시할 수 있다.

법의 무지에 대한 철학적 논의는 정신분석 저널 『엄브라: 법은 아무 것도 모른다』(인간사랑, 2008)에서 이미 논의된 바 있는데, 이 매거진에는 에띠엔느 발리바르, 알랭 바디우, 슬라보예 지젝 등과 같은 세계적인 사상가들의 교차적 시선이 담겨 있다. 흥미로운 것은, 『엄브라』에서 다루고 있는 법이라는 형식은 '정의'나 '윤리'를 구현하는 완전한 상징체계가 아니라는 점이다. 즉, 법은 정의나 진실 규명의 모델로서 일정한 '결여'를 지니고 있다는 것이다.

근대 국민국가의 법체계로는 취약한 삶의 조건과 문화적 다양성을 모두 수호할 수 없으며, 이 경우 법의 공적 가치는 (법리적 해석이나 판단과 무관하게) 윤리적 무능에 빠진다. 시 혹은 시적인 것은, 이와 같은 법적 결여를 폭로하는데, 이를 잘 설명하고 있는 사상가가 마사 누스바움이다. 법 이론과 법체제의 현실적 한계에서 반드시 마주하게 되는 현상이 시적인 사유라는 점은 매우 이채롭다.

## 시적 정의: 법-경제적 공리주의를 기각하는 힘

마사 누스바움은 한국에서도『시적 정의』,『공부를 넘어 교육으로』,『역량의 창조』,『혐오와 수치심』등의 책으로 주목받은 바 있는 미국의 저명한 법철학자이자 인문학자이다. 그녀는 독특하게도 법학과 문학/윤리학을 함께 가르치고 있으며, 인간이라면 누구나 보장받아야 하는 '최소한의 역량'이 인종, 민족, 국가, 젠더 등과 같은 차이와 관계없이 확보되어야 함을 주장하고 있다.

누스바움의 역량중심접근법은 인간 행복의 가치를 경제적 수치만으로 평가해 오던 경제중심접근법에 도전하면서—이는 서구 공리주의의 사회제도적 산물로, 인간 삶의 가치를 경제적 효용 척도로 획일화하여 표준화시키는 장치인데, 그녀는 여기에 저항하면서—, 개개인에게 부여되어 있는 삶의 질적 차이를 섬세하고 다원적으로 이해하고자 한다. 이러한 역량중심접근법의 토대가 되는 것이 시적인 감성과 사유, 즉 문학이다. 그녀는『시적 정의』에서 "문학은 인간 삶의 복잡성을 '도표 형식'으로 나타내고자 애쓰면서 모든 것을 아우르고자 하는 기획인 정치경제학의 적"이기 때문에, 문학이 "집 안에 들어오면 정치경제학은 위험에 빠"[18]지게 될 것이라고 얘기하고 있다.

허나, 마사 누스바움의『시적 정의』는 시의 본질과 기능을 다루는 저작이 아니다. 그러므로 이 책을 통해 문예장르로서의 '시'에 대한 이해를 돕고자 하는 것은 어불성설이다. 오히려 누스바움은『시적 정의』에서 서사적 상상력, 혹은 소설로 대표되는 서사 장르의 특징을 더욱 상세하게 짚고 있다. 특히, 웨인 부스의『소설의 윤리』에 기반하여, 소설이 "다른 장르에 비해 환원적으로 세상을 바라보는 경제학적 방식에 철저히 반대하며, 질적인 차이들에 더 주목"[19]하고 있음을 설파하고 있다.

그녀가 '시적 정의'를 논하면서, 전통적인 극시나 서정시가 아닌 소설에 주목하는 까닭은, 소설이 서사적 상상력을 통해 공적 문제를 입안하는 '공동 추론'의 형식이라고 보기 때문이다. 서사적 상상력은 인간 행동을 모델화하는 기술적인 방법, 앞에서 말한 경제적 공리주의를 보완하는 대안적 형식이 된다. 왜냐하면 소설 역시 공동체의 가치를 담고 있는, 법이 추구하는 공적 합리성 Public rationality을 구현하는 데 기여할 수 있는 잠재성을 지니고 있기 때문이다.

시적 정의를 논하면서 시가 아니라 소설에 주목하고 있다고 해서, 실망하거나 낙담할 필요는 없다. 시적인 것은 꼭 시라는 예술장르를 통해서만 구현되는 것이 아니기 때문이다. 그렇다면 마사 누스바움은 왜 법과 문학을 이야기하면서 경제적 공리주의를 비판하는가? 그것은 법체제와 경제적 공리주의가 공모관계, 혹은 공생관계에 있다고 보기 때문이다. 신자유주의적 자본주의의 통치 질서 속에서는 정치, 사회, 경제, 문화 등, 그 어느 자리에서도 '경제적 공리주의'의 사유 방식이 승리한다는 것. 이 과정에서 국적, 종교, 인종, 젠더, 계급 등의 차이는 '최대 다수의 최대 행복'이라는 논리 아래 언제나 패배하게 되며, 나와 다른 타자의 소수적 선택/상황은 '사적 선택'으로 치부되거나 '공적 가치 (및 추론)'에 어긋난 것으로 폄훼된다는 것이다.

실제로, 법과 경제적 공리주의는 한 몸을 이룬다. 그렇다면, 법-경제적 공리주의의 공모/공생관계는 무엇으로 기각될 수 있을까. 누스바움은 그것을 "시인-재판관"에서 찾는다. 시인-재판관은 법률적이고 사법적인 판단 능력만을 갖춘 이가 아니라, 비가시적이며 약한 존재까지도 감각할 수 있는 공감의 심판자이다.

이 나라의 시인은 한결 같은 인간이다,

그 안에 있지 않고 그로부터 떨어져 나온 사물들은 괴상하거나 과도해지거나 온전치 않게 된다……

그는 모든 사물들이나 특성에 넘치지도 부족하지도 않은 적당한 비율을 부여한다.

그는 다양성의 중재자이며, 열쇠다,

그는 자신의 시대와 영토의 형평성을 맞추는 자이다……

부정의 길로 엇나간 세월을 그는 확고한 믿음으로 억제한다.

그는 논쟁자가 아니다, 그는 심판이다. (자연은 그를 절대적으로 받아들인다)

그는 재판관이 재판하듯 판단하지 않고 태양이 무기력한 것들 주변에 떨어지듯 판단한다……

그는 남자들과 여자들 안에서 영원을 보며, 남자들과 여자들을 꿈이나 점으로 보지 않는다.[20]

그녀는 월트 휘트먼의 시를 경유하면서, 법학적 지식과 논리적 추론 능력만이 아니라 문학적 상상력까지 겸비한 재판관을 '시인-재판관'이라 부른다. 법적 판단에 문학적 상상력이 필요한 까닭은, 공리주의적 사유에 입각한 사고/행위에 의문을 제기하며 다양한 해석을 가능하게 하기 때문이다. 이와 같은 문학적 상상이 인간과 세계의 다양성에 대한 이해를 촉진시킨다. 이는 눈에 보이는 '사실/결과'에 대한 관심이 아니라 팩트의 이면을 투사하는 '진리(동기)'의 발견 과정이다. 문학적 상상력은 "우리와 다른 사람들이 갖는 동기와 선택을 이해하는 공감의 상상력Sympathetic imagination"을 촉진하며, 이것은 "그들의 동기와 선택을 이해하고, 그들이 위협적인 외부인이나 타자가 아니라, 우리와 많은 문제점과 가능성을 공유한 사람들이라는 것을 알"²¹게 해준다.

그러니 문학적 상상력은 비합리적 감상주의가 아니라, 한 인간을 공정하게 이해하고자 하는 공적 상상력Public imagination과 다르지 않다. 위에서 인용한 휘트먼의 문장("재판관이 재판하듯 판단하지 않고 태양이 무기력한 것들 주변에 떨어지듯 판단한다")에서 알 수 있듯, 시적인 재판이란 인간, 자연, 사물 등의 취약한 부분까지 골고루 온기를 전하는 햇살과 같은 것이다. 공정성과 따뜻함을 함께 고려하는 이런 태도는 "사법적 중립성"이라는 이상과도 통한다. 그런 점에서, 누스바움의 시인-재판관 개념은 추상적이고 형식적인 사유를 넘어 특정 사건에 내재해 있는 역사성과 인간적인 복합성을 두루 아우를 수 있는 여유를 갖춘 "다양성의 중재자"와 같다. 그렇다면 시적 심판은 우리 사회에서 배제되거나 추방된 존재를 발견하고 감지할 줄 아는 판결 과정을 의미하며, 이러한 이상을 실현할 수 있는 중재자를 '시인-재판관'이라 부르는 것이다.

시적 심판의 구체적인 사례에서 확인할 수 있듯—『시적 정의』 4장에서 미국의 세 가지 사례를 제시하고 있듯이—, 누스바움은 법이 무용하다고 말하는 것이 아니라, 문학적 상상력을 통해 법이 이해하거나 포용할 수 없는 취약한 부분까지 감각할 수 있어야 한다고 주장하는 것이다. 그녀는 이를 '시적 정의'라고 부르며, 시와 소설 등과 같은 문학의 지평 속에 그것은 여전히 가능태로 잔존하고 있다.

## 시적 실천: 시적인 것의 진주와 시적 심판의 가능성

법의 결여를 메울 수 있는 문학적 상상력은 시적 정의를 구현한다. 그러나 시적 정의는 법의 무능을 대리보충하는 데 그치는 것이 아니라, 우리 삶의 새로운 가능성으로 진주한다. 인간적 존엄과 문화적 다양성이 몰락한 현대 사회에서도 시와 소설과 같은 문학이 여전히 유용할 수 있다면, 그것은 문학적 상상력이 사회제도적 정의를 실현하는 공적 추론의 기반이 되기 때문이다. 그래서일까. 우리는 공동체의 정의 구현과 진실 규명이 법적 체계 속에서 실현 불가능한 상황에 직면할 때마다, 시적 정의를 더욱 갈망한다.

정신분석 미디어 『엄브라: 법은 아무 것도 모른다』의 공저자인 스티븐 밀러는 그래서 "법의 개념을 탐구하기에 가장 적합한 장소는 법 이론 자체보다는 시민불복종의 실천Praxis들"[22]이라고 말하기도 했다. 촛불 혁명, 미투 혁명, 적폐청산 운동 등은 이를 방증하는 사회문화적 증례라 하겠다. 그러나 국정을 농단하고 시민이 부여한 공적 권력을 사유화한 위정자(들)에게 법적, 윤리적 책임을 묻고 그 절차를 집행하는 이는 각급 법원의 직업 판사만이 아니다.

앞서 언급한 시인-재판관은 (문학적 상상력을 통해 세계를 폭넓게 이해하고 소수적인 삶의 존재/자리까지 판독하고자 하는) 법적 재판관을 지칭하지만, 더불어 직업 시인을 의미하기도 한다. 인간성의 상실과 세계의 불평등을 감각함으로써 사회적 균형을 회복하고자 노력하는 존재가 시인-재판관인 것처럼, 시인은 공적인 삶의 형평성을 복원하기 위해 윤리적 판단을 내리는 자이다. 전자를 '시인으로서의 재판관', 후자를 '재판관으로서의 시인'이라 부를 수 있는데, 이 장에서 우리가 주목하는 것은 재판관으로서의 시인이다.

시인은 부도덕한 권력의 위선적 형태를 시적으로 타격하는 동시에, 주류 사회에서 소외된 이들의 삶을 발굴하여 사회적 균형을 회복시키는 존재이다. 그래서 시인은 법률적, 제도적 논쟁이 아니라 문학적 재판을 주관하며, 또 속기한다. 한국 사회의 구조적 모순과 적폐를 까발리며 시적 투쟁에 나섰던 기록(들)을 증좌로 제시할 수 있는데, 한국작가회의 자유실천위원회에서 엮고 푸른사상에서 출판한『그대는 분노로 오시라』,『촛불은 시작이다』(2017),『꽃으로 돌아오라』(2017),『길은 어느새 광화문』(2017),『철탑에 집을 지은 새』(2018) 등이 그것이다. 시 텍스트 하나하나를 따져 읽을 수는 없지만, 이들 시에는 국정농단/사법농단/입법농단 세력에 의해 파괴된 헌정질서를 회복하고자 하는 법정립적 의지가 응축되어 있다.

이 앤솔로지는 현실 비판적인 시의 소재적 총합이 아니라, 타락하고 부조리한 권력에 윤리적 책임을 묻는 시적 판결이자 속기이다. 광장은 이른바 문학적 법정이다. 법원에서는 무죄일 수 있으나, 광장에서만큼은 유죄이다. 광장을 밝힌 수많은 촛불의 열망이 시적 정의란 무엇인지 실증해 주지 않았는가. 촛불혁명은 부도덕한 권력과 법의 무능을 동시에 심문하는 시적 심판이다. 오해하지 말아야 하는 것은, 이는 시가 현실정치의 도구가 되어야 한다는 뜻이 아니다. 시가 프로파간다의 스피커가 되던 시대는 종언을 고했다. 그리고 법적 정의가 아니라, 시적 정의를 정초하는 문학적 판결이 반드시 '시—문학'만으로 표현/성립되는 것 역시 아니다. 장 폴 사르트르 같은 사상가도 언어예술로서의 시는 현실참여의 대상이 되지 못한다고 말한 적이 있진 않은가.

시가 산문과 똑같은 방법으로 말을 사용하는 것은 아니다. 차라리 시는 전혀 말을 「사용」하지 않는다고 하는 편이 옳을 것이다. 오히려 시는 말에 「봉사한다」고 하고 싶다. 시인들은 언어를 「이용」하기를 거부하는 사람들이다. 그런데 어떤 종류의 도구로 여기고 있는 언어 활동 속에서, 그리고 그 언어 활동을 통해서 진리탐구가 진행되는 것이지만, 그렇다고 해서 시인들이 진실을 가려낸다거나 또는 그것을 진술하기를 목적으로 삼고 있다고 생각해서는 안된다.

(…중략…) 그저 「말하는 사람」은 언어 활동에서 상황 속에 있는 것으로 이를테면 말에 포위되어 있는 것이다. 이때 언어 활동은 그의 감각의 연장이어서 핀셋이며, 안테나며, 안경 따위와 다름없는 것이다. 그는 그것들을 그 속에서 조종하며 그 자신의 육체와 마찬가지로 느낀다. 그는 거의 의식하지 않는 언어체에 둘러싸이고, 그 「언어체」가 그 행동을 외부세계 위에 전개한다. 이에 반하여 시인은 언어 밖에 있는 것이다.[23]

이제는 고전이 된 사르트르의 『문학이란 무엇인가』에 따르면, 시와 산문의 언어 사용 방식은 무척 다르다. 아니, 심지어 시는 "언어를 이용하기를 거부"한다. 이는 시가 언어 사용과 무관하다는 뜻이 아니라, 시는 언어를 재현의 도구로 삼지 않기 때문에, 특정한 대상을 기호화하여 해독의 대상으로 삼고자 하는 산문과는 구분된다는 의미이다. 그러므로 시는 사물이며, 산문은 도구이다. 시인은 말하는 사람이 아니며, 산문가는 말하는 사람이다. 사르트르가 문학을 사물과 도구로 나누어 설명하는 것은 마르틴 하이데거의 언어철학과 무관치 않다. 허나 중요한 것은, 사르트르 문학론의 사상적 계보가 아니라 시의 현실참여 (불)가능성 여부이다. 정말로, 문학적 정의를 구현하는 시의 사회참여는 불가능한가.

사르트르 역시 시가 세계의 부조리한 양상과 은폐된 진실을 탐구하는 효과를 발휘한다는 점을 인정하지만, 그것을 "목적으로 삼고 있"는 것은 아니라고 본다. 다시 말해, 시의 사회적 효용은 그 자체로는 목적성이 없다는 것. 그의 말처럼, 시적인 것은 비지시적인 언표행위가 분명하다. 그러나 아이러니하게도, 시는 외부세계를 직접 지시하고 재현하지 않기 때문에, 오히려 지배질서의 속악한 언술체계와 철저하게 결별할 수 있다. 작가가 그것을 의도했느냐, 그렇지 않았느냐는 그리 중요치 않다. 시는 사물/기호의 관계를 의도나 목적에 따라 지시/연결하지 않기 때문에, 타락한 세계의 언어를 입안하지 않은 채 윤리적인 언어를 공식화할 수 있으며, 이를 통해 지금껏 개진되지 못했던 사물의 모습과 세계의 진실을 개방할 수 있다.

실은 사르트르도 "아프리카 시인들에 주목하는 과정"에서 시의 현실참여 불가능성을 "수정"[24]하기도 한다. 시는 음악이나 회화처럼 의미화 양식이 아니다. 그래서 세계의 모습을 비판적으로 재현하는 것은 시의 몫이 아니라고 할 수 있지만, 역으로 시는 산문처럼 세속적 언어에 포위당해 있지 않기 때문에―하이데거가 시 지음을 세상에서 가장 순진무구한 일이라고 말한 것처럼―, 말의 포위를 돌파할 수 있는 가능성 역시 잠재되어 있다.

우리가 현대시에서 '시적인 것', 혹은 '시적 심판'의 가능성을 발아할 수 있는 것은 이 때문이다. 시의 언어는 오염되지 않았다는 것, 또 어떤 정파적 이해관계와도 결탁하지 않는다는 것. 그러므로 장 폴 사르트르가 말한 시의 사회참여 불가능성은, 어쩌면 시적인 것의 진주를 통해 사회적 정의에 이를 수 있는 역설적인 참여 형태일지도 모른다. 그렇다면 광장의 점거와 시詩, 두 봉기 방식은 모두 법의 무능과 결여를 메울 수 있는 시적 정의의 실천 방식이라 하겠다.


**시적 범람: 말할 수 없는 것, 혹은 법의 임계를 범람하는 시의 역능**


자, 조금 더 이야기를 밀고 나가보자. 전국의 광장을 밝힌 촛불과 시적 판결에서 보듯, 시적인 것의 봉기는 법의 임계를 범람하여 난폭하게 들이닥치는 언어/행위이다. 그러나 시적 심판은 시민불복종운동이나 정치적인 시에서 촉발되는 것이 아니다. 그것은 사회적 양심의 마지노선인 법체제가 무능 상태에 빠질 때 운동 혹은 시라는 파도로 융기하는 것이다. 그러니 핵심은 '운동'이나 '예술로서의 시' 자체가 아니라, 그것이 시적인 범람을 통해 정의와 진실에 이르는 윤리적 여정 자체이다.

하지만 그것은 어떻게 가능한 것일까. 다시 사르트르의 『문학이란 무엇인가』로 돌아가자. 그는 이 책의 서문 격에 해당하는 첫 장에서, "당신이 자신을 스스로 구속하고 싶다면 어째서 바로 공산당에 가입하지 않습니까?"라는 도발적인 물음을 제기하고 있다. 이 문장은 문학의 현실참여에 대한 가능성과 한계를 보여준다. 여기에서 '구속하다'로 번역된 원문 어휘가 그 유명한 '앙가주Engager'이다. '구속하다'보다는 대부분 '(사회)참여'로 번역되는 원어 'Engager'의 어색한 직역은, 이상하게도 문학의 현실참여 문제에 대한 본질적인 측면을 상상하게 한다.

우리는 자신이 저항하고자 하는 세계 속에 "구속"될 때에만 자유로운 존재로서 미래 세계를 향한 기투를 시작할 수 있기 때문에, 사물과 구별되는 인간의 실존성을 확보하기 위해서는 늘 세계 내 '자기 구속' 상태를 유지할 수밖에 없다. 그러므로 자기 구속Engager은 사실 불확실한 미래를 향해 자아를 던지는 사회참여의 본래적 형식이다. 부도덕하고 부조리한 세계로부터 이탈하거나 초월하는 것이 아닌 자기 구속, 그것이야말로 사회적 참여의 시발점인 셈이다. 이것이 '운동'과 '문학'을 통해 가능하다는 것은 의미심장하다. 핵심 문장("당신이 자신을 스스로 구속하고 싶다면 어째서 바로 공산당에 가입하지 않습니까?")을 다시 읽어보면, 자기 구속(혹은 사회적 참여) 상황을 구체화시키는 것은 '운동(공산당 가입)'과 '다른 무엇'인데, 그 중 하나가 문학인 셈이다.

사르트르는 시와 산문을 분별함으로써, 목적성과 유용성이 없는 시를 사회참여 형식에서 제외하고자 했다. 하지만 앞에서 살펴본 것처럼 시도 얼마든지 공적인 발화나 현실참여가 가능하다. 개개의 작품을 꼽고 따지자면, 일일이 거론하기조차 벅찰 지경이다. 최근에 간행된 작품집 중에서, 법적 결여와 시적 정의의 관계를 살필 수 있는 작품을 예로 들어 본다.

어김없이 아침 해로 다시 밝아오는데

애기섬 형제섬, 흰여가 붉여가 됐다고

발목 묶은 철사 줄에 돌멩까지 채워서

여수 바다 어디쯤에다 수장을 했다드라고,

뜬소문만 수군수군 떠밀려 오드라고,

동짓달 열하루 생월 생신날

옥양목 두 필에 쌀 한 동이 다 쓰고

큰 동네 명두무당이 겨우 건져 올린

부석처럼 떠다니던 육 척 장신 건장한 넋을

당신 쓰던 밥그릇에 고봉으로 담아서

가장골 옹사리밭에 고이 모셔드렸다고,

아비 잃고 덧씌워진 빨갱이 호적부엔

억새꽃만 이듬 이듬 피고 지드라고,

연좌넝쿨 칭칭한 피울음 한마디

"나서지 마라! 나서지 마라!"

어미 등 굽은 낫질에

올해도 가시넝쿨 눈물다발로 걷힌다.

—김진수, 「헛 장」 부분[25]

　김진수 시인의 『좌광우도』 1부에 수록된 작품(들)은 대부분 '여수순천사건'
을 다루고 있다. 위에서 인용한 「헛 장」을 비롯하여 '여순시편'이라 부를 수 있
는 열다섯 편의 시 텍스트는 국민국가의 법적 임계를 초과하며 은폐된 삶/역
사의 목소리를 복구하고 있다. 여타의 국가폭력 사건이 진실규명 노력과 희생
자 위령사업을 더디게라도 전개하고 있는 것에 비해, 여순사건은 거의 언급조
차 되고 있지 못하다. 그 이유는 1948년 10월 국방경비대 제14연대의 제주도
파병 반대 봉기가 군법 논리에 의해 '반란'으로 규정되었으며, 이후 탄생한 "국
가보안법"에 따라 "내란죄"(김진수, 「뜨거운 항쟁」)의 적용 대상이 되었기 때문이다.
　『좌광우도』에 대해서는 4부에서 상세하게 다루겠지만, 김진수 시인이 제기
하고 있는 문제는 쉬 넘길 수 없을 듯하다. 왜냐하면 여순사건은 대한민국의
법적 체계에 근거해 '반란/내란'으로 규정되면서도, 수많은 봉기 참여자와 민
간인에 대한 무자비한 처형/학살은 규명하지 못하는 법적 무능 상태를 보여주
기 때문이다. 위의 시에서 확인할 수 있듯, 여순사건은 그래서 법적 해명과 진
상 규명보다는 언제나 소문의 형식("여수 바다 어디쯤에다 수장을 했다드라고", "뜬소문만
수군수군 떠밀려 오드라고")으로 발화될 수밖에 없다.
　시가 추문의 형식으로 지배질서의 모순과 부조리를 비판하는 공적 의사소
통의 무기로 기능했다 것은 잘 알려진 사실이다. 시가 조형하는 "사악"[26]한 추
문은 위정자와 자본가에게는 늘 위협의 대상이다. 그러므로 수많은 이야기가
생성되고 전파되는 광장은 시적인 토포스Topos와 다르지 않다. 국민국가의 법
적 시스템과 권력 구조 속에서는 발화되거나 용인될 수 없는 것, 혹은 제도화

된 사회적 의사소통망 속에서는 감히 말해질 수 없는 말(들)이 범람하고 물결치는 장소이다. 이곳에서 소문은 사실과 거짓의 경계를 가로지르며 종종 '시적인 진실'을 부상시키기도 한다. 「헛 장」을 비롯한 열다섯 편의 시가 빛나는 수사학적 전략이나 날랜 언어감각을 보여주는 작품이 아님에도, 우리에게 깊은 시적 울림을 주는 것은 그 때문이다.

　시인의 여순시편은 날것 그대로의 거친 발문을 보여준다. 사실, 시적 언어로서는 정제되지 못한 부분도 없지 않다. 하지만 이들 시편에는 수사적 상투성이라는 한계를 보완할 수 있는 공적 추론/담화의 가능성이 있다. 그것은 '여순사건'이라는 역사적 소재를 다루었기 때문이 아니라, 이 시(들)의 산문적 호흡에 있다. 그것은 사르트르가 참여문학의 형식이라 규정했던 '산문적인 것'에 가까운 것이며, 또 누스바움이 서사적 상상력을 담고 있다고 했던 '공적인 시'와도 다르지 않다. 사르트르는 시의 본령을 랭보나 말라르메 등과 같은 프랑스 상징주의 시에서 찾았기 때문에, 산문적인 시의 가능성에 대해서는 말하지 못했다. 그러나 니체가 시적인 산문이 있을 수 있다고 한 것과 마찬가지로, 산문적인 시 역시 얼마든지 성립 가능하다. 시적인 것은 장르적 경계를 허물며 범람한다. 시적인 것의 탈규범성은 그래서 탈은폐적이다.

　정리하자면, 마사 누스바움의『시적 정의』는 문학이 공적인 가치가 아니라 매우 사적인 감정의 영역이라는 것에 대한 반박이다. 문학이야말로, 우리 사회의 취약한 삶/곳까지 조망할 수 있는 공적 담화 양식이며, 또 그것은 법의 결여를 메울 수 있는 커뮤니케이션 도구이다. 물론 그녀의 이론적 실천은 매우 낙관적이며 리버럴하기 때문에 치열한 투쟁의 방식까지 제시하지는 못한다. 사르트르의『문학이란 무엇인가』를 겹쳐 읽으며, 실제 문학의 사회참여 가능성을 모색해 본 것은 그 때문이다. 정말로, 법의 무능을 심판할 수 있는 시적 정의는 가능한 것일까. 문학도의 대답은 언제나 '그렇다'이다. 그 순간이 언제이든, 시적인 것의 파고波高는 부당한 현실의 장벽보다 높기 때문이다.

ENGAGEMENT OF PASSION

# 업라이징 랩소디

## ―시와 시적인 것의 동시대성에 대한 비평적 전망·(3)

### 시, 장려된 해석의 도그마

이창동 감독의 영화 〈시Poetry〉(2010)에는 김용택, 황병승 시인이 등장한다. 주인공 미자와 우연히 시낭송모임 뒷풀이에서 만난 두 사람은 시의 '위기'와 '죽음'을 이야기한다. 그러나 참으로 이상하다. 모두들 시가 죽었다고 말하며, 이제는 누구도 그런 것은 읽지 않는다고 얘기하지만, 우리는 의외로 시를 자주 접한다.

심지어, 학교에서는 꽤 긴 시간, 여러 계절 동안 시를 배운다. 문학 교재에 게재된 시는 비평적 관점에서 검증된 텍스트이며, 다수의 연구(자)에 의해 합리적인 절차를 거쳐 정당화된 지식이다. 그러나 교과서에 수록된 공식적 시는 '시적인 것'이라기보다는, 오히려 말끔하게 정련된 '정보체계'다. 오해하지 말 것은, 국어 수업시간에 배우는 시가 가치 없다거나 무용하다는 이야기가 아니다.

문단이나 교육제도의 승인을 받아 구축된 시의 문법文範은 확고부동한 분석적 전제를 지니고 있다. 잘 알려진 것처럼, 한국의 평단은 일찍이 뉴크리티시즘을 비롯한 영미비평의 세례를 받으며 문학 작품 분석의 새로운 방법론을 입안하였다. 신비평New criticism은 인상주의에 머물러 있던 문학비평의 수준을 한 단계 진전시킨 것이 분명하지만, 시의 의미를 완결되고 통일성 있는 실체로 맹목하게 하는 폐해를 낳기도 했다.

그것은 한국전쟁을 거치며 객관적 분석주의라는 이름으로 교육현장에 이식되었고—백철을 비롯한 강단비평(가)에 의해—, 시는 작가의 의도(정답)가 존재하는 완고한 지식체계로 사물화되었다. 문학 텍스트를 작가의 '의도'가 아니라 '생산과정의 산물(생산비평)'이나, '독자와의 교섭과정(독자반응비평)'으로 보는 비평적 방법론이 제출되지 않은 것은 아니지만, 여전히 독자(학습자)들은 시를 '장려된 해석'의 도그마로 수용하고 있다.

문학 작품을 꼼꼼하고 자세하게 읽는 것은 시 감상의 기본 태도이다. 그러나 일상적 어법을 통해 리얼한 이야기를 전개하며 극적 반전을 꾀하는 소설 장르와 달리, 시는 정보 추출적 커뮤니케이션이 아니다. 포스트모던 이론(가)의 급진적 비판이 아니라 로만 야콥슨의 전통적 의사소통 모델을 참조하더라도, 시적 기능은 의미를 전달하는 목적을 수행하지 않는다. 그럼에도 불구하고, 우리는 오랜 기간 시의 낱말에 숨어 있을 것이라고 추측되는 의미나 작가적 의도 찾기에 골몰해 왔다.

주해적 시 교육의 공과를 논하자는 것이 아니다. 이 논의의 핵심은, 시를 정의하고 분류하는 문예이론의 선진성과 정합성을 따지고자 하는 게 아니라—무려, 초중고 12년 동안 의무적으로 시행되고 있는—, 작금의 시 읽기 과정이 '시적인 것'을 경험할 수 있는 문화적 계기가 아니라는 것이다. 일상언어를 시의 언어로 고양하는 과정을 시적 표현이라 부른다. 하지만 그것은 수사적 연마나 제련을 뜻하는 게 아니라 관습적 언어의 지시적 의미체계를 모조리 거덜내는 싸움이다. 이미 다양해질 만큼 다양해진 현대시의 수준을 고려한다면, 그 자체도 녹록한 작업이 아니지만, 정작 문제는 다른 데 있다.

시가 독자로부터 괴리된 자기 소외의 형식이 된다는 것. 사실, 시는 발신자(작가)와 수신자(독자)가 매끄럽게 메시지를 주고 받는 의사소통 형식이 아니다. 앤터니 이스톱이 자크 데리다를 인용하며 얘기했던 바와 같이, 시는 '수화자'

가 없는 대화이다("부재중인 사람에게 무언가 전달하려고 글을 쓴다").[27] 비유하자면, 시는 부재하는 청자를 향한 말 건넴이다. 하지만, 시의 독자가 존재하지 않거나 양자의 상호교통이 불가능하다면, 우리는 무엇 때문에 시를 읽고 쓰는 것일까.

## 이벤트로서의 시: '정보의 추론'과 '심미적 경험' 사이

시와 독자의 상호교통 가능성에 대한 탐문은, 문학사와 문학연구에서 '독자'의 로케이션이 강조되던 시대적 흐름에서 출발하였다. 발신자보다 수신자, 생산자보다 소비자, 창작자보다 향유자의 위치와 역할을 강조하는 입장은, 단순히 문학의 의사소통 과정에 대한 관점 차이를 의미하는 것이 아니라, 문학이라는 커뮤니케이션의 '주체'가 누구인지에 대한 담론 투쟁의 결과(물)이다.

작가의 표현 성과를 강조하는 입장과 독자의 수용 과정을 강조하는 입장은 매우 치열하게 대립해 왔다. 통상 전자를 작가중심의 표현미학, 후자를 독자중심의 수용미학이라 부른다. 주지하다시피, 이는 문학적 의미 생산의 주체를 누구로 볼 것인가 하는 문제와 직결된다. 시가 시인의 의도를 추론하고 해석하는 과정이라고 보는 태도는 상당히 완고하게 지속되어 왔으며, 그것은 서양의 해석학적 전통만이 아니라 동양의 경우에도 마찬가지이다.

동서양 모두 문학적 텍스트를 성현의 말씀으로 주해하고 익히는 문화적 관습을 지니고 있다. 기독교 성경이나 유가의 정전Canon은 구원의 말씀Logos이자 자기 성찰의 경전經傳으로 이해되었으며, 무지하고 타락한 중생(독자)의 이의 제기를 허락하지 않는 절대적 '의미체계'로 인식되었다. 이러한 텍스트 중심주의는 문학에서 저자의 의도를 중시하는 표현미학으로 이첩되었고, 그것은 문학적 향유구조 속에서 이데올로기처럼 물질화되었다.

그러나 1970년대 이후 시 창작과 비평 전략은 크게 변하였다. 수용미학이라 부르는 독일문예이론, 독자반응이론으로 명명되는 영미비평이론은 (문학의 역사에서) 귀퉁이로 쫓겨나 있던 독자를 구출하여, 문학사의 너른 광장으로 복귀시켰다. 문학적 소통모델에서 참여자의 임무와 기능을 강조한 수용미학과 독자반응이론은 작가에게만 부여되던 창작/생산의 권위와 가치를 민주적인 방식으로 재분배했다. 독자와 텍스트의 관계를 새롭게 정립하는 수용미학이론의 견인차 역할을 한 H.R.야우스의 저작명이 『도전으로서의 문학사』인 까닭은 우연이 아니다.

그러나 시의 유통 현장에서는 여전히 작가의 의도를 추론하거나 장려된 해석의 패러다임을 따르는 경향이 강하다. 국내에서 『탐구로서의 문학』, 『독자, 텍스트, 시: 문학 작품의 상호교통이론』의 저자로 잘 알려진 루이스 엠 로젠블렛의 상호교통이론은 이러한 문제를 실천적 차원에서 극복하고자 한 의미 있는 시도이다.

시는 시간 속에서 이벤트로서 간주되어야만 한다. 시는 어떤 대상이나 이상적인 실체가 아니다. 시는 독자와 텍스트가 화합해서 서로 영향을 미치는 동안에 일어난다. (…중략…) 언어가 규칙에 지배된다는 사실은, 이러한 사실과 함께 독립적인 연구를 인정하는 형식적 특징을 가지는 성향을 가져온다. (…중략…) 언어는 사회적으로 생성되고 사회적으로 생성력이 있는 현상이다. 분명 어느 누구도 어느 언어의 체계에 대한 사회적 매체(그것이 음성 텍스트이든지 문자 텍스트이든지 상관없이)를 소유하지 않고는 작가가 될 수 없다. 그리고 문자 예술 그 자체가 사회적 관례인 것이다. (…중략…) 텍스트 읽기는 독자의 인생사의 어느 특정한 시점에서 특정한 상황에서 특정한 시간에 일어나는 이벤트이다. 상호교통은 과거 경험뿐만 아니라 독자의 현재의 상황과 현재의 관심 또는 열중하고 있는 문제를 포함할 것이다.[28]

수용미학이든, 독자반응비평이든, 그것은 기존의 문학적 전통과 의사소통 모델에 대한 반역("도전")이다. 이는 독자를 수동적인 감상의 대상에서 해방시켰다는 의미에서 매우 '문학적인 사건'이라 할 만하다. 다만, 문학연구나 문예 비평의 측면에서 독자의 역할이 부각되었다고 하더라도, 수용미학이 선언적 차원에 그치지 않기 위해서는 시를 읽는 독자가 매순간 문학적인 경험과 시적 효과를 자기화할 수 있어야 한다. 그래서일까. 그녀는 독자의 시 읽기를 '여행' 에 비유하고 있다.

시는 작가가 독자에게 직접적으로 영향을 행사하는 상호작용Interaction 과정—역으로 텍스트의 의미를 독자의 입장에서 일방적으로 구현하는 과정—이 아니라, '작가-텍스트-독자'의 상호교통Transaction 과정에서 만들어진 하나의 예술적 이벤트라는 것이다. 여행지에서 어떤 사람을 만날지 알 수 없는 것처럼, 시 읽기도 "특정한 시간에 일어나는 이벤트"인 셈이다. 그러므로 시는 작가의 의도를 기록하고 추론하는 정보 탐색의 과정이 아니라, 낯선 언어를 독자의 경험에 바탕하여 응대하는 심미적 체험이다.

언어는 "사회적으로 생성되"며, 작가든 독자든 "언어의 체계"를 따를 수밖에 없다. 하지만 시적 기능이 정보전달 행위와 무관한 것처럼, 시는 의사소통 문법에 따라 구성되거나 독해되지 않는다. 로젠블렛이 비심미적 활동과 심미적 행위를 구분한 것은 이 때문이다. 전자가 시의 의미체계를 구성하는 낱말과 낱말의 정보를 추출/파악하는 목적의 활동이라면, 후자는 시의 행과 연을 구성하는 시어詩語의 격렬한 불협화음을 자기 맥락에서 감응하는 과정이다. 그녀가 시를 "음악"에, 독자를 "연주자"에 비유한 것은 그런 까닭이다.

그러나 심미적인 것은 무지막지한 자유연상이나 몽상과는 다르다. 심미적 체험은 기본적으로, 사회적 관계에 의해 구축된 일상적 구문과 문법, 화법과 규범을 조금은 고려하기 때문이다. 그녀는 시를 통한 심미적 경험이 상투적 언어감각을 낯설게 만드는 "시적인 표현"에서 자주 발견된다고 하면서도, 비유와 상징 같은 레토릭이 심미적 체험의 필요조건은 아니라고 말한다.

시의 심미성은 메타포나 심벌리즘과 같은 수사적 문제라기보다, 기존의 언술체계 속에서는 조우할 수 없는 낯선 감성체계("감정, 소리의 울림, 느낌, 생각, 그리고 연상 작용이 주는 뉘앙스")를 만들어내는 일이다.[29] '이벤트로서의 시'라는 말은 정보 전달이나 정보 추출적 언어 활동과는 구분되는 탈규범적 사건의 도래를 의미한다. 다만("언어는 규칙에 지배"되기 때문에, "의사소통의 법칙들을 공유하는 화자와 청자가 있을 때" 가능하다는 전제에서 알 수 있듯), 그녀의 문학적 교통이론은 독자의 의미 해석 가능성을 지나치게 극대화하고 있다. 작가적 의도를 추론하는 것을 경계하고 있긴 하지만—독서 중에 체험된 것이긴 하지만—, 그녀에게 시는 충분히 '해석'되어야만 하는 정보와 다를 바 없다.


## 해석학의 함정: 개인적 감상의 특권주의와 탈정치성

로젠블렛은 시적인 순간을 심미적 사건으로 규정하면서도, 독자를 의사소통 규칙을 공유하는 파트너로 설정하고 있다. 이는 학습자의 반응중심 문학이론을 시 교육의 현장에서 실행하고자 하는 목적적 한계 때문이다. 시와 독자가 시적인 것의 역동성을 창안하는 동반자임을 증명하는 것, 다시 말해 (시적인 것의 생산 라인에서) 심미적 경험을 창조하는 독자의 능동성과 수행성을 입증하는 것은 충분히 의미 있는 시도이다.

스무 해 넘게 '비평과 문학적 경험'이라는 강좌를 운영하며, 시적인 것의 제한성과 개방성을 고민해온 학자의 진정성 있는 노력은 높게 평가되어야 한다. 특히, 시 텍스트와 독자의 상호교통 과정에서 시적 사건Event을 융기해야 한다는 주장은, 우리가 왜 시를 읽고 써야 하는지를 근본적으로 성찰하게 하며, 또 학교 현장에서 시를 가르치고 배우는 이유를 깨닫게 한다. 하지만 시적인 것의 구체성을 부여하는 작업이 언어적 의사소통 모델에 국한될 경우—로젠블렛 식으로 말하자면—, 그것은 조금 더 고양된 '심미적 정보'나 '개인적 감상'에 머물 수밖에 없다.

특히, 반응중심 문학교육에서 중시하는 심미적 체험의 '개인성'은 자칫 해석적 상대주의나 개인적 작품 감상에 특혜를 부여할 우려가 많다. 사적 소회라 하더라도, 시의 감상은 개개인의 취향이나 판단이 아니라 당대 사회가 선호하는 해석적 지평을 내면화한 것이기 때문이다. 중국 출신의 미국 문예이론가 짱롱시는 "어떤 특별한 독법으로의 이끌림은 대체적으로 개별적인 취향과 개인적인 선택의 문제"라고 하면서 "이러한 것들은 객관적인 법칙을 따르거나 실제적인 증거에 기초하여 도달한 결론이라기보다는, 그 시대의 사회적이고 미적인 기준에 의해 부분적으로 형성되고 결정된다"[30]고 하였다.

앞서 언급한 앤터니 이스톱의 저작에서도 확인할 수 있듯, 시 역시 담론의 형식이다. 이를 테면, 시가 작가의 의도를 전달하는 표현양식이라는 주장은 중국에서 가장 오래된 문예저작 중 하나인『상서尙書』에서 이미 제기되고 있으며, 『시경詩經』의「대서代序」부분에서도 정교하게 언급되고 있다. 시란 "시인의 의

도가 표현된 것"이기 때문에, 독자가 "시를 이해하기 위해서는 과거로 돌아가 시인의 의도를 재구성"[31]해야 한다는 것. 이렇듯 작가의 의도를 중시하는 입장은 맹자를 비롯한 유가 전통에 기인해 있으며, 이는 중국 비평가들을 지배하는 핵심 문예 담론이 된다.

언어는 순수하거나 투명하지 않다. 언어를 표기하거나 학습한다는 것은, 국민국가의 네트워크 속에 개인의 삶을 등기하고 적응시키는 사회적 변환 과정이다. 국민국가 구성원의 결속감을 형성하는 물리적, 정서적 매개는 '(모)국어'이다. 그러므로 사회적 협약에 따라 언어사용 방식을 일체화하는 것은, 단순히 의사소통 규칙을 통일하는 것만이 아니라 지배질서의 정치적 헤게모니와 경제 시스템을 내면화하는 통치 행위이다. 마찬가지로, 시의 낱말과 구조를 지배하는 언어 역시 순수하고 가치중립적인 체계나 패턴으로 구축된 것이 아니라, 특정한 담론 효과Ideologie로 이루어진 것이다. 시의 언어 역시 '서열'을 구축하고 '표준'을 창안한다.

하여, 시의 정치적 무의식을 고려하지 않는 순진한 해석학은 시적 담론의 효과를 은폐하는 '무지의 정갈함'을 떨쳐낼 수 없다. 짱 롱시는 『도와 로고스』에서 이를 명확하게 짚고 있다.

해석학과 해체주의 사이에는 중대한 차이가 존재한다. 재현의 전통적인 철학 개념과 함께 의미를 거부하고 언어를 기표들의 자유로운 놀이로 생각하는데 반해, 가다머는 그리스어 미메시스 혹은 이미타치오를 관념론적인 오용으로부터 개선해내고, 예술과 문학에서 의미의 가능성을 보존한다. 의미, 의사 소통, 예술의 현대성, 그리고 예술의 미적 체험과 우리의 일상적 실존 사이의 근본적인 연속성에 대한 해석학적 강조—이 모든 것은 예술 체험을 인간의 전체 체험

의 한 부분으로 만드는, 그리고 이 분열과 자기 폐쇄의 시대에 미적인 것의 적

합성을 확신하는 미덕을 가졌다. (…중략…) 그럴듯한 다양한 해석들 속에서 각각

의 독자는, 우리가 우리 자신의 판단과 선호도를 지니듯이, 여러 다른 해석들

가운데 단 하나의 해석에만 특권을 부여할지도 모른다. 그러나 종종 한 해석만

이 절대적으로 타당하고 그 외의 다른 모든 해석은 타당하지 않거나 완전히 틀

렸다고 주장할 수 없을 때가 있다.[32]

시적 언어에는 개인과 집단의 정치적 무의식이 기입될 수 있음에도 불구하

고, 수용미학이나 독자반응비평의 이론적 지렛대가 되는 '해석학'은 독자(혹은

인간)의 작품 개입과 주체적인 해석 경험을 더 강조한다. 물론 해석학 역시 시

적 의미가 불확정적이며 분열적인 것임을 인정하지만, 그것은 독자의 능동적

이고 역동적인 해석의 여정으로 이해될 뿐이다.

인용문에서 보듯, 해석학은 "개인과 공동체의 중요한 관계를 인식하고 인

간의 체험을 참여, 즉 타자와의 만남 속에서의 자아의 변용으로 생각"하며

"의미는 그 자체 속에, 그 자체를 위해 존재하는 것이 아니라, 상호 참여를 위

해서 의사소통에서의 생각의 결실 있는 교환 속에 존재"하는 것이다. 다시 말

해, 시 텍스트와 독자의 상호교통은 흩어진 낱말들의 의미가 응집되고 "풍부"

해져 가는 과정인 셈이다. 그러므로 독자의 의미 구성은 매우 중요한 문학 활

동이 된다.

그러나 시적 의미의 불확정성을 바라보는 시각에는 이견이 있다. "해석학

과 해체주의 사이에는 중대한 차이가 존재한다." 전자가 의미의 불확정성을

부득이한 해석의 과정으로 본다면, 후자는 의미의 불확정성을 해석의 불가능

성을 보여주는 증례로 인식한다. 물론 해체주의적 시각도 시어의 의미를 완전

히 파괴하는 것은 아니다. 해석학적 입장이 독자의 스키마에 입각해 통일성 있는 주제의식을 재창조해내는 심미적 독서라고 한다면, 해체주의는 통상적인 의사소통 방식으로는 말해질 수 없는 사건과 사물을 감지하고 가시화하는 "마술"[33]적 표현에 가깝다. 하지만 해체주의 사상가들은 왜 시적 의미의 불확정성을 해소하려 하지 않는가?

이에 대한 답은, 너무나도 자명하다. 일상적 의사소통은 청자나 독자를 권력과 자본의 영향 관계 속에 배치하는 비가시적 '명령(어)'이기 때문이다. 들뢰즈와 가타리는 『천개의 고원』에서 언어 활동이 인간의 사고와 감성체계를 포박하는 언표행위라고 말한 바 있다. 인간의 사고와 마음을 다루는 문학이 안정적이고 표준적인 통사 규율을 어긋내는 반동적 언어가 될 수 있는 것은, 역설적이게도 언어의 결속성과 해석 가능성이 지배집단의 이데올로기에 복무하는 '규율의 리듬(앙리 르페브르)'을 은폐하기 때문이다.

## 감수성의 혁명: 오늘의 시, 새로운 삶을 위한 읊조림

'시적인 것'은 궁극적으로 지배질서의 이데올로기를 폭로하는 난폭한 사건 Event이다. 여러 번 얘기했지만, '시'를 읽는다는 것과 '시적인 것'을 경험하는 것은 다르다. 시의 독자가 주체적 태도로 시를 읽거나 배운다고 해도, 매번 시적 대화를 성사시킬 수는 없다. 시적인 것은 시를 통해 체험되기도 하지만, 시의 창작과 비평이 오히려 그 가능성을 차단하는 경우가 더 많다. 독자에게 시적 경험을 부여하기 위해 계발된 반응중심 문학교육의 해석학적 함정은, 이를 방증하는 부정적 증상이다.

시적인 것은, 자기 존재를 지시하고 증명하는 가상의 이름으로부터 스스로를 해방시키는 일이다. 현재의 시 교육은 언어의 교환(해석) 불가능성을 사유하기 어렵다. 앞서 언급한 것처럼, 교과서에 수록된 시는 '심미적 체험의 계기'라기보다는, 말끔하게 정제되어 권장되는 '정보체계'이기 때문이다. 이탈리아의 마르크스주의자 프랑코 베라르디 비포가 얘기한 것과 같이, 시적인 것은 지배 질서의 자동화된 정보체계를 초과하는 언어적 과잉이며, 그것은 자본과 권력의 질서Order를 비틀고 전복하는 새로운 감수성Sensibility이다.

감수성은 "말로 표현될 수 없는 것을 이해하는 능력"[34] 자질이다. 'Sensibility'를 증진하는 것은 시일 수도 있고, 음악이나 그림일 수도 있으며 트라우마 치료법이나 정치적 행위일 수도 있다. 다만, 시인과 비평가는 음악-그림-치료-현실정치가 아니라, 시적 감수성을 통해 일상의 업라이징을 정초하는 존재이다. 현대시가 독자로부터 외면당하거나 자족적인 예술 활동에 머무는 참담함을 감수하면서도, '수화자'가 없는 대화(부재하는 청자를 향한 말 건넴)를 포기하지 않는 이유이다.

시는 본질적으로 대중 영합적 글쓰기가 아닌 까닭에, 상투적 정보체계를 이용하지 않는다. 그래서 시인은 외롭다. 독자와 교환될 수 없는 언어를 빚어내야 하는 시인의 숙명은 너무도 잔인하다. 그러나 동시대의 시가 새로운 삶의 가능성을 직조할 수 있는 것은, 사회적으로 코드화된 기표-기의 관계를 절단하고 허무는 시적 감수성을 생성해주기 때문이다. 유계영 시인의 도전적인 글쓰기가 주목되는 것은 이런 사정이다.


3과 4의 사이

강물은 신발을 모은다


**75**

여름의 집에 불을 지르고 온

가을의 유령들이 모인다

나는 자꾸 깨닫는 사람

눈과 눈 사이를 찌를 수 있도록

물결을 평평히 눌러 두었다


0과 1의 사이

천사는 자신이 거대한 태아라는 사실이 싫다

고작 이런 대우나 받으려고 착하게 산 게 아니야

통통한 발을 벗어 버리고

차라리


괴물이 되고 싶어 하는 건 우리 뿐


9와 0의 사이

극락조: 부리를 머금고 발을 꺾어 신은 새

유령: 어둠에 기댄 것처럼 서 있기

오늘은 해가 두 발로 지지만


0과 1의 사이

바람의 말투를 훔치려다 비가 되었다

말 없는 사람들이 돌을 던지러 강가로 몰려왔다

유령들은 강의 괘를 따르며 빠른 노래를 불렀다

유계영, 「일요일에 분명하고 월요일에 사라지는 월요일」 전문[35]

『온갖 것들의 낮』(2015), 『이제는 순수를 말할 수 있을 것 같다』(2018), 『이런 얘기는 좀 어지러운가』(2019) 등의 시집을 출간한 유계영 시인은, 시의 통상적인 창작/독해 방식을 비틀고 있다. 그녀의 시는 언어와 세계의 확고부동한 관계를 기각하는 심상으로 가득 차 있으며, 생경하고 불가해한 말(들)의 병치로 넘쳐난다. 조금은, 해석의 여지를 발견할 수 있는 「일요일에 분명하고 월요일에 사라지는 월요일」을 보자.

0과 1은 가상의 시스템을 구성하는 코딩형식이다. 사회적 의사소통망은 부호화된 입력 패턴("0과 1")만을 사용할 뿐, 다른 말의 출력 가능성을 허용하지 않는다. "9"에서 "0"으로, 다시 "0"에서 "1"로, 언어적 매트릭스는 자동화되어 있다. 시인은 언어의 지시적-사전적 정의를 비트는 방식("극락조", "유령")으로 말의 자동화에 저항하지만, 0과 1의 상투적 변환 시스템은 지속될 뿐이다. 그러므로 "0"과 "1"은 무無와 유有, 더 나아가 부재와 존재가 아니라 무의미한 명령(어)만을 반복하는 "유령"의 시스템이다. 인간의 가상적 언술체계를 절단하고 정지시키기 위해서는 자동화된 감각을 파괴하는 시적 언어가 필요하다. 시인은 어떤 행렬체계에도 구속되지 않는 자유의 언어("바람의 말투")를 갖고자 열망한다. 하지만 이는 대중에게 돌팔매("돌") 당하거나, 스스로 "괴물"이 되는 일이기도 하다.

유계영 시에서 볼 수 있듯, 시적인 것은 지배질서의 자동화된 언술체계를 전복하는 문화적 봉기Uprising이다. 마르크스주의 언어철학에 기대지 않더라도, 인간의 음성/문자언어는 초국적 자본의 언술체계에 포섭돼 있다. 일상언어가 정치 권력에 의해 입안되거나 조율된다는 나이브한 주장이 아니다. 표준어는 자연어가 아니라 인공어이다. 국어는 다양한 억양과 표기의 차이를 탈색한 후, 획일적인 문법 규범에 근거해 '표준적인 것'과 '비표준적인 것'을 분할하고 위계화한다. 서울말과 부산말, 혹은 서울말과 대구말의 격차는 이내 지워지고, 동일한 음운 모델과 문법 규칙에 복종할 것을 강요당한다. 시적인 것은, 이러한 차이와 분별을 해체하는 전복적 행위이며, 이것이 오늘날에도 여전히 시가 필요한 이유이다.

시는 독자와의 교환 불가능한 언어를 직조해야 하는 부채 때문에, 매순간 대중독자로부터 이별 통보를 당한다. 고독의 시간 속에서 저항의 감수성을 풀무질하는 대장장이처럼, 땅! 땅, 지배질서의 감성체계를 타격하는 시인의 읊조림Rhapsody에 귀 기울여야 하는 까닭이다. 그대, 그대는 들리는가. 저 구슬픈 업라이징의 랩소디가.

# 매일매일, 새로운 포옹

## —김예강, 『오늘의 마음』(시인동네 2019)

시 독서는 쉽지 않다. 그러나 현대시가 어렵게 느껴지는 것은, 전위적 수사나 독자의 부족한 문해력 탓이 아니다. 시 읽기는 세계와 사물, 우주와 자연에 대한 무지를 폭로하고 자각하게 하는 이질적 '세계/타자 체험'이다. 시는 세계와 사물의 숨겨진 자태를 가시화하는 심미적 표현양식으로, 김예강의 시 역시 그러하다.

해방과 포옹. 김예강 시인의 작품 세계를 설명할 수 있는 두 개의 비평적 키워드이다. 첫 번째 시집 『고양이의 잠』이 지배질서의 문법체계에 포섭되어 있는 언어를 해방시키는 오감의 쟁투였다면, 두 번째 시집 『오늘의 마음』(시인동네, 2019)은 세계와 자아의 '관계'에 대한 치열한 자기 성찰이자 사물과 인간에 대한 따뜻한 말 건넴이라 할 수 있다.

김예강의 시는 '표준화된 정서법正書法'을 따르지 않는다. 사회적으로 공인된 언어는 단순한 의사소통 도구가 아니라, 인간의 의식과 무의식을 지배하고 구속하는 주체 관리 장치이다. 랑그langue로서의 말은 지배집단의 헤게모니를 기입하고 있다. 인간의 몸과 마음을 구속하고 통치함으로써, 집단적 인간형("노인도 어른도 아이도/ 우리는 다 되려 하네", 「건물 안」)과 규격화된 인간형("케이크는 케이크를 낳고/ 아메리카노는 아메리카노를 낳고// 김선생은 김선생을 낳고/ 카페의 학교들은 카페를 낳고", 「오늘의 실습들」을 창안하고 육성한다. 일상어의 규범은 진부한 감각신호와 정보 체계를 아무런 의심 없이 수용하게 하며, 이런 자동화된 언술체계 속에서 새로운 삶의 가능성을 개시하는 것은 불가능하다. 이와 달리, 시는 일상어의 속박과 식민화에 저항한다.

시는 통속적 언어가 폐기한 시적 감수성을 복원함으로써, 대상의 자유로운 모습(혹은 진실)에 근접하고자 하는 수행적 글쓰기이다. 시적 감수성은 사물과 대상을 새롭게 바라보고 해석하게 하며, 그것은 기존의 언어 규칙을 넘어서는 말의 범람을 가능하게 한다("꽃병이라는 이름을 버린다", 「꽃병」). 시인은 이를 '첫말'이라 표현하고 있다. 기성세대의 언술방식과 분별되는 시적 언어는 언제나 "첫말"이며, 지상의 언어가 아니라 천상의 언어("날개를 단 천사가 품에 안고 내려준 말들", 「첫말들」)이다. 대지의 문법에 구속되거나 오염되지 않은 순수한 발화("아기의 첫말")는 다른 삶의 가능성을 개시하게 한다. 하지만 웅얼거림에 가까운 '첫말'은 곧바로 통속화된다. 시(어)도 인간의 랑그/체계 속에서는 "흰 포말 같"이 "금세 사라"지기 때문이다.

여기서 시집 제목("오늘의 마음")의 의미맥락을 유추해 볼 수 있다. 시적 언어는 매일매일 새롭게 갱신되어야 한다. 어제의 시간에 안주하고자 하는 마음/표현과 싸우며("벽돌을 뜯어내자 벽돌이 생겼다", 「백곰아이스크림—처음 단어」), 오늘의 마음/표현을 끝없이 정초해 나가야 한다. 두말할 것도 없이, 그것은 기성세대의 언어/감각을 타파하고 역동적 감수성Sensibility을 건립하기 위한 해방의 사보타주Sabotage이다. 엄청나게 고단한 작업이지만, 시인이라면 결코 포기할 수 없다. 허나 궁금해진다. 왜 이렇게 어렵게, "오늘의 마음"(「세상 모든 샌드위치」)을 입안하기 위해 노력해야 하는가. 시인의 숙명이라고 치부하면 그만일 수도 있지만, 그리 간단한 문제가 아니다. 시인은 언어의 커뮤니케이션 기능을 파기하고 인간의 청각으로는 확인 불가능한 목소리와 조우하는 존재이기 때문이다.

이성과 오감으로 포착하지 못한다고 해서 '부재하는 것'이 아니다. 눈에 보이지 않는다고 해서("볼수록 보이지 않는") 존재하지 않는 것이 아니다("누군가의 영혼은 몹시 뜨거워 도무지 만져지지 않습니다", 「분수」). 시는 눈에 보이지 않는 대상, 손으로 만질 수 없는 존재, 귀로 들을 수 없는 음성을 감지하는 촉수이다. 「빛 너머의 빛」에서 보듯―굳이 마르틴 하이데거를 인용하지 않더라도―, 시인은 비가시적 대상과 사건을 도래시키는 존재의 목자이며, 지구 반대편의 성탄제("여름 크리스마스")를 축복하는 우주의 사제이다. 자연은 존재하지 않는 것처럼 적막하게 서 있지만, 언제나 그 자리에 실존하고 있다("없으면서도 있는 것처럼/ 나무는 서 있다", 「나무를 안았다」) 인간의 경우도 마찬가지이다("나는 지구처럼 자전하며/ 낯선 계절 속 낯선 시간 속에 서 있다", 「빛 너머의 빛」).

시를 '옥상'과 '수다'에 비유한 예를 살펴보자. 먼저, 시는 사방의 얼굴을 조망하는 '옥상'과 다르지 않다. "옥상은 지상에서 보이지 않는 나머지 풍경을 갖고 있"(「지붕 낮은 상점의 옥상들」)기 때문이다. 다음으로, 시는 존재론적 대화("수다")이다. 「해변의 마켓」에서 확인할 수 있듯, 시인은 사물과 이야기를 나누는 존재이다("잠자는 옷들의 숨소리를 들어보세요"). 일상의 자동화된 정보체계를 정지시키고, 보이지 않는 존재를 발굴하는 실존적 대화이다. 한 걸음 더 나아가, 그녀는 시 짓기를 제빵사가 빵을 만드는 과정으로 상상하고 있다. 사물과 존재의 다양한 풍미를 감지하는 순간, 서정적 세계("기적")가 개방된다. 흥미로운 것은 별다른 조리법이 없다는 것. 시인은 레시피도 없이 존재의 속성을 언어로 직조해낸다("빵이 구워지는 시간// 우주의 베틀 짜는 소리를 듣네", 「빵은 삶」).

시는 우주와 존재가 부풀어 오르는 소리에 귀 기울이며, 비가시적 존재를 감각하고 껴안는 문학적 행위이다("보이지 않지만 있는 것처럼/ 안았다", 「나무를 안았다」).
즉, 시의 언어란 매일매일 새롭게 감지되는 대상과의 '언어-존재론적 포옹'인
셈이다. 「노숙」이라는 작품은, 시적 포옹이 어떤 것인지 구체적으로 잘 보여준
다. 주류 사회의 거주 공간에서 쫓겨난 존재Outcast를 감각하는 것, 바로 유령
같은 존재("이미 나는 유령인가")와의 만남이다. 여기에서 첫 시집과 두 번째 시집
의 차이를 발견할 수 있다. 「노숙」, 「노인의 잠」, 「폐지 줍는 노인」에서 보듯, 그
녀는 시적 긴장을 유지하면서 부서진 삶의 자리로 진입한다.

노숙인을 유령에 비유한 것은 특이한 시각이 아니다. 그보다는, 대상을 바
라보는 시선과 입장을 도치시킨 시적 표현이 유니크하다("나는 유령인가/ 조금씩 나
를 나눠 갖고 가는 사람들"). 지하도를 지나는 행인들의 시선이 슬쩍슬쩍 노숙인에게
가닿는다. 하지만 아무도 관심을 갖지 않는다. 사회적 공간에서 내쫓긴 존재
의 비가시성을 가시화함으로써, 현대 사회의 인간 소외 현상을 체감하게 한다.
「노인의 잠」과 「폐지 줍는 노인」도 마찬가지이다. 노년의 삶은 부유하고 있다
("집 안에 있으나 집을 찾아 집을 떠나는 노인의 잠"). 말년의 삶 역시 안정적 정주가 허락되
지 않으며, 그저 잠 속에서만 평화로운 생을 꿈꿀 수 있을 뿐이다. "노인의 방
으로 햇살이 기웃거리다 간다"는 표현에서 환기할 수 있듯, 시적 화자의 삶은
여유가 없고("나사처럼 바닥에 제 몸 꽉 조이고 가는") 힘겨운 굴곡("비탈길")의 연속이다.

그러나 사회적 약자를 감지하는 시인의 마음은 동정과 연민이 아니라, 닳
고 달아 사라지는 것들에 대한 따뜻한 실존 감각이다. 김예강의 시는 감상적
인 토로나 값싼 연민으로 추락하지 않는다. 시인의 미덕이자, 특장점이라 할
수 있다. 「마들렌을 찾아」에서 보듯, 시인의 마음은 지도에는 표기되어 있으나
지금은 사라진 곳을 향한다. '마들렌'은 이곳에 없다. "마들렌은 지도에"는 있
으나 여기에는 "없"다. 그러나 마들렌 찾기는 환영을 쫓는 일이 아니다. 「인기

척」에서와 같이, 그것은 "체온이 낮"은 "골목"을 탐색하고 마음을 나누는 행위이자, 싸늘하고 차가운 삶의 자리를 감지("거리를 걸으며 집들을 어루만지는 것")하는 일이다. 이는 「저녁밥」, 「단추를 채우며」, 「상점 뒤편에 벽화가 그려진 골목이 있어요」 등과 같은 '골목 시편'에서 더욱 잘 드러난다. 사람이 떠난 상가와 골목을 바라보는 시선에서 온기가 느껴진다. 그러나 오해해서는 안된다. 「아직 걸어야 할 아침」이나 「걷는 사람」에서 살펴볼 수 있듯, 시인의 '골목 탐방'은 단순한 보행이나 투어가 아니라, 시적 직감을 총동원한 감각의 순례이기 때문이다. 그러므로 김예강의 시를 근대의 산책자 개념으로 독해하는 것은 곤란하다.

시인의 걷기와 응시는 자본의 스펙터클한 집적물을 기록하거나 재현하는 것이 아니라, 오히려 자본의 바깥에 위치해 있는 왜소한 풍경을 감각하는 행위이다. 「단추를 채우며」에서 보듯, 골목은 추잡한 절망의 냄새("지린내")가 짙게 풍기는 공간이며, 한줌의 희망도 기대할 수 없는 어둠의 장소이다("눈썹 하나 까닥 않는 희망", 「단추를 채우며」). 하지만 김예강의 시는 감상적 허무주의로 추락하지 않는다. 그녀는 가장 낮은 곳으로부터, 새로운 희망이 돋아날 것을 믿고 있기 때문이다("하늘의 바닥에서 별이 돋아나는 것"). 시인은 손쉽게 희망을 노래하는 사람이 아니라―「저녁밥」에서 보듯―, 고단한 삶을 지탱하게 하는 생生의 조리법("레시피")을 발견하는 존재이다. 그래서일까. 실핏줄 같은 골목(혹은 살림)의 생존 결박은 무척 견고하다. 서로가 서로의 매듭이 되어("서로 꽉 잡고 있는 숟가락과 숟가락"), 각자의 삶("꽃")을 아름답게 가꾸어가고 있다. 시인이 「슬픔이 이제 우리를 지나쳐 갔다」고 자신 있게 말할 수 있는 이유이다. 시인에게 시는 슬픔을 지우는 주문("부탁한다 너를 잊는다 슬픔아")과 다르지 않다.

김예강 시인은 부서져가는 사물/인간의 자리를 매일같이 새롭게 감각하고 있다. 그러므로 시인의 마음은 언제나 '오늘'의 시간에 정박한다. 시란 사물과 인간의 "마음을 읽어주는 일"(『수리공』)이다. 다만, 마음이 과잉된 감상주의로 분출돼서는 곤란하다. 다행히도, 시인은 빈곤과 슬픔을 소재주의로 전유하지 않으며, 사물과 인간의 모습을 존재론적 차원으로 고양시키기 위해 분투하고 있다. 치열한 언어 탐구가 그 방증이다. 시는 감상적 소재주의와 언어적 기교주의를 넘어서, 매일매일 새롭게 사물과 세계를 감각하고자 하는 과정이다. 현대시 읽기의 어려움이 없지 않지만, 시가 독자를 무시한 탐미적 엘리트주의의 성취로만 이해되어서는 안 되는 까닭이다. 김예강 시인의 근작시집 『오늘의 마음』에서, 우리가 결코 포기해서는 안 되는 마음, 매일매일 세상과 포옹하는 따뜻한 마음을 배운다.

# 요플레와 해독주스

## —정익진,『낙타 코끼리 얼룩말』(신생, 2014)

정익진 시인을 만난 적이 있다. 시인은 과묵하고 차분했다. 하지만 시인의 성품과 달리, 그의 시는 위트가 넘치고 발랄하며, 또 어떤 때는 괴기스럽거나 그로테스크하기까지 하다. 어떻게 그것이 가능할까? 이는 정익진 시인이 '언어'라는 시우쇠를 붙잡고 끊임없이 풀무질과 매질을 가하고 있는 '대장장이'에 가깝기 때문이다. 그의 시어는 삶의 무게를 고스란히 육화해낸 주철과 같다. 그래서 시인을 만나면 쓸모없는 '말'의 덩어리조차도 늘 새롭게 제련되고 조형될 수밖에 없다.

시인의 시를 읽고 있노라면, 문학의 '쓸모'에 대해 조금은 희망을 가지게 된다. 문학은 사물과 인간의 형상을 재현하거나 반영하는 작업이 아니다. 그것은 특별히 문학과 사회의 인과관계를 강조하는 마르크스주의 문학비평가들의 입장에서도 마찬가지이다. 문학은 작가의 의도나 사회의 모습을 반영하는 것이 아니라, 일상적 삶에서 억압된 무의식을 발견하고 발화하는 것이다. 하지만 그렇다고 해서 모든 문학이 정신분석을 지향해야 하는 것은 아니며, 정익진 시인 역시 그런 이론주의에 함몰되어 있지 않다.

그렇다면 문학, 아니 시란 무엇인가. 이와 같은 질문은 그 자체로는 무용하다. 그래서 '시란 무엇인가'라는 질문은 언제나 '시란 무엇을 할 수 있는가'와 같은 방식으로 되물어지거나 최소한 그와 같은 물음을 동반하여야 한다. 언어예술로서의 문학은 이미 사망했다는 식의 '종언론'에 휘둘릴 필요도 없다. 왜냐하면 문학의 매체 기반이 퇴조하였으며, 이미 문학이 사회, 정치, 문화의 주류양식이 아니라는 주장은 문학을 인류의 정신사적 유산이자 고급예술의 산물로서만 이해하는 시각이기 때문이다. 허면, 문학 특히 그 중에서도 시란 무엇에 쓰는 물건일까? 정익진 시인의 근작 시집 『낙타 코끼리 얼룩말』은 이와 같은 물음에 대한 해답을 담고 있다.

먼저, 「타자기」라는 작품을 예로 들 수 있다. 타자기는 이제 일상적으로는 사용하지 않는 낡은 '필기-기계'이다. 하지만 타자기에서 컴퓨터 워드프로세서의 발명으로 이어지는 '기록기술의 혁명'은 단순히 인간의 말을 옮겨 적는 '필기 기술'의 혁신만을 의미하는 것이 아니다. 왜냐하면 그것은 인간의 '말'을 규칙화하고 체계화해서 정리하는 새로운 언술 방식의 탄생과 무관하지 않기 때문이다. 즉, '타자기'의 발명은 말의 기록 방식만이 아니라, 말이 발화되고 정리되는 시스템 자체를 표상한다. 개인의 소통/대화 매뉴얼이 테크놀로지 기반에 의해서 새롭게 만들어진 것. 그것은 공적 언어의 계통과 계보를 구축하고, 또 이를 정렬하고 나열하는 말의 계열화 방식과 다르지 않다. 정익진 시인이 타자기의 타이프 소리를 군홧발의 '제식' 청음("저벅저벅")으로 표현한 것은 그래서 재치 있는 상상력의 발현이라 하겠다.

여기에서, 타자기를 '필기-기계'라고 쓴 것은 그것이 주체의 언어 용법을 자동화하는 기계적 메커니즘을 내면화하고 있기 때문이다. 통상적인 시각에서 볼 때, 언어는 자의적인 것이 아니라 사회적인 약속에 의해 일련의 질서를 부여받고, 그 체계 속에서 이른바 보편성을 획득하고 소통한다. 이와 같은 언어학적 시각은 대인 의사소통을 위해 요구되는 기초 문식성의 필요성을 설명하는 데는 도움이 된다. 하지만 언어의 사회성이 주체의 발화 의도나 맥락과 반드시 일치하는 것은 아니다. 그래서일까? 정익진 시인은 언어의 사회성이 아니라, 오히려 언어의 자의성에 더 주목한다. 왜냐하면 사회적 약속 이전의 언어감각을 탐색하는 것이야말로 자동화되어 있는 말의 사용 방식으로부터 이탈하는 것이기 때문이다. 조재룡 평론가가 세 번째 시집 『스캣』의 해설에서, 그의 시적 특질이 "언어의 자의성"을 회복하는 데 있다고 말한 것은 이러한 이유가 아니겠는가.

물론 정익진 시의 '자의성' 탐구는 순결한 언어의 본질과 의미를 탐색하는 것과는 무관하다. 그것을 잘 알 수 있는 작품이 「형광등」이다. 그는 이 작품에서 "너와 나, 한쪽이 휘어지지 않는 이상 우리는 대화를 나눌 수 없"으며, "연대는 깨어질 것"이라고 말하고 있다. 왜냐하면 각자의 언어감각은 너무도 "불투명"한 탓에 매끄럽게 의사소통의 매듭을 완성하는 것은 불가능하다는 것을 직파하고 있기 때문이다. 정익진 시인이 빛('형광등')을 감각함으로써 주체와 타자의 언어적 교환 행위가 언제나 실패할 수밖에 없음을, 또 그것이 "대화"와 "연대"라는 이름으로 성립할 수 없는 것임을 확인하고 있다는 것은 놀랍다. 특히 "영민한 인문학자"의 강의 속에서 오히려 "울렁"거림과 "몽롱"함을 느낀다고 말하는 것은 청자와 화자 사이의 소통 가능성이 언제든 굴절될 수 있음을 시사하는 시적 정황이다.

이와 같이 정익진 시인은 언어의 통상적 규율과 규칙을 따르는 것이 아니라, 오히려 그 기율을 거스르고 벗어나기 위해 부단히 애를 쓰고 있다. 하지만 이는 단순한 시 창작 전략이 아니다. 왜냐하면 그는 과도하게 주체의 무의식을 탐구하거나 언어를 해체하는 방식의 기교주의를 거부하기 때문이다. 그의 작품은 다채로운 시적 프리즘을 확보하고 있다. 그래서 정익진의 시는 매우 감각적이고 실험적이면서도, 또 어떤 경우에는 매우 일상적이고 가벼운 모습을 보여준다. 이런 경향을 잘 보여주는 작품-군群이「형광등」,「요플레」,「생수병」,「드럼보이」등이다.「생수병」과「드럼보이」가 기존의 언어체계 속에 포섭되지 않는 시의 활력을 청각적 이미지를 통해서 감지하고 있다면,「요플레」와「형광등」은 그것을 각각 미각(맛)과 시각(빛)적 이미지를 통해서 감각화하고 있다. 이는 모두 기존의 언어 용법과 규칙에 저항하는 새로운 이미저리이다.

정익진 시의 감각적 이미지는 시니피앙과 시니피에의 인위적 결합 방식에 틈을 낸다. 이것은「요플레」라는 작품에서 잘 확인할 수 있다. 그는 이 시에서 기존의 기표/기의 관계를 허물고, 공적 언어와 사적 언어, 대언어와 소언어, 사회언어와 개인언어의 매듭을 풀고 다시 묶는다. 이때, 자동화되어 있는 일상의 언어 규칙은 무너진다. 허나, 그렇다고 해서 정익진의 시가 전투적이거나 파괴적인 것은 아니다. 오히려 매우 유쾌한 언어놀이와 같다. 예를 들면, "길을 가다 다른 사람의 발을 밟았을 때"에 "'요플레'하고 말하면 괜찮"아질 것이라는 시인의 상상력은 무척 기발하다. 시인을 만나면 '안녕, 요플레!'라고 반갑게 인사하고 싶지 않은가! 이와 같은 시적 상상력은 관습적인 문법 규칙/규율의 경계를 넘어서 새로운 '말'의 가능성을 탐문한다. 물론 말의 새로움은 그저 언어적 측면에만 국한되는 것이 아니다. 왜냐하면 말의 갱신은 곧 삶의 혁신이기 때문이다.

우리는 지금도 '자본/국가'의 자동화된 소통/생존 시스템 속에서 "똑같은 말"과 삶을 "되풀이 하"며 살아가고 있다. 시인은 기존의 사회적 언어시스템을 재생산하는 '말'의 체계를 "모조입술"(「코요테를 기다리며-피아노」)이라고 부른다. 모조입술은 "야성"(「갇힌모래」)을 잃어버린 언어이며, "사람을 지치게"하는 언어적 재현체계이다. 그러니 시인에게 있어 무엇보다 중요한 것은 이 '모조입술'의 재현체계를 부정하고 어긋내는 시적 응전인 것이다. 구체적으로 그것은 무엇일까? 『낙타 코끼리 얼룩말』 1부의 「코요테를 기다리며」 연작에서 확인할 수 있듯, 그것은 '말의 야성'을 회복하는 것이다. "코요테"는 "폭발"(「갇힌모래」)을 기다리는 야성적 언어의 이미저리이다. 그래서 「코요테를 기다리며」 연작은 우리 삶의 질서와 모순을 재생산하는 '모조입술'의 반복적 사용을 기각하는 야성적 언어의 갈망과 다르지 않다.

이와 같이, 지식이나 규칙을 통해 만들어진 사회적 언어 시스템이나 규범성, 그리고 획일적 보편성으로서의 언어 용법에서 벗어나는 것이 정익진 시의 근본적인 지향이다. 시인에게 있어, 동시대의 시적 사명은 자본과 권력의 시스템에 의해 부여되고 기입되는 '말/삶'의 용법을 새롭게 재구성하는 것과 다르지 않다. 이 재구성 작업은 지배 집단이 등기해 놓은 말의 관성과 독성을 제거하고 새로운 말의 가능성을 모색하는 "독대"의 과정, 즉 "모호하고 복잡한 세상과 맞서"(「독대」)는 '말'의 자립 선언을 의미한다. 시인이 "나의 토마토는 어디에 매달려 있나"(「해독주스」)라고 처절하게 외치는 것은 그 때문이 아니겠는가. "지금까지 살았던 삶만 해도 끔찍"하고 "이가 갈"리며, "전부 갈아 마시고 싶"다는 시인의 절규는 주어진 말의 규칙과 의미를 해독解讀하는 과정을 해체하고, 자본/국가의 권력이 구사하는 언술체계의 독소毒素를 제거하는 시적 해독解毒 행위와 다르지 않다. 물론 우리 신체에 기입되어 있는 '말'의 독소를 해독하는 일은 쉽지 않다. 왜냐하면 이 과정에는 극심한 명현 현상이 동반되기 때문이다. 정익진의 시를 읽는 독자들이 생경하면서도 낯선 언어적 체험을 하는 것은 그런 까닭이다. 그러니 정익진 시인의 작품이 쉽게 이해되지 않더라도 너무 놀라거나 분노하지 말자. 그의 독자들이 겪을 수밖에 없는 언어적 이물감은 자동화된 언어 규율이 용해되고 있는 해독解毒의 명현 증상이기 때문이다.

정익진의 시는 우리 삶을 지배하고 있는 권력 재현적인 말의 해독害毒을 분쇄하여 해독解毒하는 '해독주스'와 같다. 하지만 그의 시를 읽는 것은 건강보조식품을 섭취하는 것과 같은 부득이한 처방이 아니라, 마치 달콤한 '오플레'를 떠먹는 것과 같은 즐거운 미의 체험이다. 「샤워」라는 작품의 한 구절을 떠올려보자. "물방울이 즐거워 몸을 파닥거린다" 눈을 감고 상상해보라. 생각만 해도 유쾌하지 않은가.

학교에서 배운 분석적 시 이해의 방법을 버리고, 시인이 감각하고 발견한 '날것 그대로의 언어'를 만나보자. 그 순간, 우리 몸의 세포는 활성화되어 지금까지와는 다른 감각을 획득할 수 있을 것이다. 아, 나의 비평언어는 언제쯤 '즐거워 몸을 파닥'거릴 수 있을까. 낯선 감각의 자리, 그 미지의 장소를 경험하게 해준 시인에게 감사한다. 안녕, 요플레!

# 시적 타전과 수리되는 삶

## ―안현미, 『사랑은 어느날 수리된다』(창비, 2014)

안현미 시인의 세 번째 시집을 읽으며 다시 삶의 전의를 다진다. 몇 주째 시집을 들여다보고, 심지어 전작 『곰곰』과 『이별의 재구성』을 다시 읽어보아도 명백한 문장의 평문을 작성하는 것이 쉽지 않다.

그녀의 세 번째 시집 『사랑은 어느날 수리된다』를 관통하고 있는 독특한 시적 구성법과 같이, 이 서평 쓰기는 마치 '꼬리가 없는 꼬리잡기' 게임을 지속하고 있는 형국이다. 독자의 의식 안에서 열심히 밑줄을 긋고 시인의 의도를 쫓아가고자 하지만―물론 이것이 신비평에서 말하는 '의도의 오류'를 의미하는 것은 아니다―, 이와 같은 시적 독해와 '재구성' 작업은 늘 실패하고 만다.

그도 그럴 것이, 『사랑은 어느날 수리된다』는 무의식에의 침잠이나 시적 언어를 해체하는 방식과는 관계를 맺지 않으면서도 통상적인 시의 해독Decoding 과정을 거부하고 있다. 이를테면, 이 시집에는 연작시의 형식을 취하고 있지 않으면서도 "기억"을 "재구성"하고 있는 작품군群이 많다.

예를 들면 「백퍼센트 호텔」과 「늪 카바레」 같은 제목의 「정치적인 시」와 「정치적인 시」, 그리고 「배롱나무의 동쪽」과 「배롱나무 안쪽」 등이 그것이다. 하지만 이 모호한 구성은 시집의 텍스트 배치 전략과는 무관하다. 오히려, 우리가 주목해야 할 것은 시인의 작품집 구성 의도가 아니라, 각각의 시편이 일정한 여백과 시간을 두고 있으면서도, 서로의 얼굴(언어)을 마주하며 내밀하게 회통하고 있다는 점이다.

안현미 시인은 각자의 언어적 차이에 의해 무한히 의미가 미끄러지고 유보되는 상황, 또 그러면서도 서로의 어깨를 내주고 다시 기대면서 공통의 의미를 만들어가는 "실천적" 과정을 중시한다. 시인은 그 불확정적인 만남과 연대가 시의 형식이자 삶의 가능성이라고 말하고 있는 듯하다.

하지만 그것은 "거울도 지도도 없"이 "다른 차원의 시간"의 열림을 기다리는, 혹은 "무참함"(「어떤 삶의 가능성」)을 견디는 시간들이기에 고통스럽다. 그 흔적과 편린을 고스란히 드러내는 것이 시인의 역할이라고 생각하는 것일까? 만약 그렇다면 이 시집을 가로지르고 있는 시와 삶의 '재구성' 전략(그녀는 이 용법을 좋아하지 않겠지만)은 우선 성공적이다. 왜냐하면 그것은 때로 아주 미진하고 연약하지만, 이를 통해 공동의 삶을 향한 시적 지향에 이를 수 있기 때문이다.

예를 들어, 「정치적인 시」에서 "들숨과 날숨"을 반복하는 과정은 시적 주체와 타자를 잇고 감각하는 것이며, 동시에 시와 삶을 매개하는 생의 호흡이라 할 만하다. 시인이 숨을 들이마시는 과정은 그 자체로 시작 행위와 동일시된다. 하지만 시적 호흡이 그 자체로 "음악이 되고 시가 되고 밥이 되고 법이 되고 사랑이 되"기 위해서는 "후천적으로 조작되고 오염"된 것으로부터 벗어나야만 한다. 그것은 시적 언어를 구성하는 속악한 현실 재현적 태도와 용법으로부터의 결별을 의미한다.

그녀가 우리에게 송신하는 시적 타전打電은 "이상하고 어이없이 아름다운 나라에서 뚝딱뚝딱하면서 시가 나오"(「꿈의 환전소」)는 동시대적 풍경이다. 그러니 통상적 어법으로서의 시적 생산과 결별하는 것—속악한 현실 구조 속에서도 오히려 시의 생산이 부흥하고 있음을 직파하는 것―, 다시 말해 시와의 '이별'이 시작詩作을 위해 선행되어야 하는 것이다.

그렇다면, 이 시집의 주제 의식을 관통하고 있는 이별은 '이별離別'인 동시에 '이 별'이 아니겠는가. 시인이 "재구성"하고자 하는 '이 별'의 새로운 모습은 기존의 시적 문법에 대한 결별('이별')을 통해 가능해진다.

'이 별'은 "피도 눈물도 없이", 심지어 "총도 핵도 없이" 우리의 삶을 파고들어 "우리의 입장을 세울 틈도 없"이 우리의 "삶을 분리하고 분배"하는 통념이고 지배구조이다. 그것의 형상은 "천민자본주의"(「시마할」)적 시스템일 수도 있고, "09시부터 18시까지 매일매일 서류를 작성"(「꿈의 환전소」)하며 유지되는 일상의 메커니즘일 수도 있다. 그 어떤 것이든, 그것은 시인과는 끝내 화해할 수 없는 자본의 감각체계인 것만은 분명하다. 그런 의미에서 '이 별'이 부여하고 있는 감각체계는 수리受理되어야 하는 것이 아니라, '이별'을 통해 '수리修理, Repair'되어야 한다.

이른바, 이별의 이중주. 그것은 일상 속에 "주저앉아버린 마음"(「배롱나무 안쪽」)과 삶을 일으켜 세우는 시적 행위인 것이다. 하지만 그녀의 세계 인식과 시적 전망은 다소 회의적이다. "합체란 해체를 전제로 한다?"(「사랑의 사계」)에서 볼 수 있듯이, 시인은 우리 세계를 유기적 순환론의 입장에서 다시 구축하고자 하는 낙관론이나 과격한 언어 해체 작업에 동의하지 않는다.

안현미 시인에 의해 포착되고 있는 파국의 이미지, 다시 말해 "회오리가 발발하고 태풍이 강타하고 쓰나미가 쓸어가고 원전이 폭발하고/ 지구 곳곳이 아픈 밤"(「정치적인 시」)의 풍경은 문학적 리얼리티의 복원이나 현실정치적 응전만으로 해소될 수 있는 것이 아닌 듯하다. 그래서 그녀에게 「정치적인 시」는 혁명을 추동하는 전선戰線의 재구축을 위한 무기가 아니라, "총도 핵도 없이" 우리의 일상을 유지시키는 관성("중력")으로부터 매순간 '이별'을 선언하는 시적 "실천" 그 자체에 더 가까운 것이다. 그것은 시인이 할 수 있는 유일한 정치, 다시 말해 "들숨과 날숨"을 통해 세계와 타자를 새롭게 감각하고 표현하는 사랑의 행위가 아니겠는가.

우리는 안현미 시인이 『사랑은 어느날 수리된다』에 이르러 완연한 자기만의 언어詩와 미학적 지향을 갖게 되었다는 사실을 목도할 수 있다. 마지막으로 「이별수리센터」의 한 대목("우리 모두 누군가에겐 위로가 될지도 모르는 존재들이란 누나의 말은 이별과 함께 수리해서 쓸게요")을 적으며 독후감을 끝내고자 한다.

"우리 모두 누군가에겐 위로가 될지도 모르는 존재들"이라는 시인의 기대는 수리受理되어야 마땅하다. 하지만 그것은 '이 별'을 수리修理하는 혹독한 '이별'의 과정, 시인의 표현을 빌리자면 "아픈 불혹"(「사랑도 없이」)의 시간을 견뎌내야만 하는 것이다. 그래도, 정말 그래도……, 우리는 "사랑이여, 차라리 죽는다면 당신 손에 죽겠다"고 시인과 같이 말할 용기가 있을까.

# 2부 실천적인 것과 정치적인 것

ENGAGEMENT OF PASSION

# 노동의 종언에서 노동의 정치로

## 불면의 무력감으로부터

불면의 밤. 잠을 이루지 못하는 날들의 연속이다. 노동계급의 정치적 사멸과 새로운 가능성에 관해 공부하고 있는 '이 시간'에도 비정규직 노동자들은 위태로운 생존 투쟁을 이어가고 있다. 삶과 죽음의 경계에서조차 비인간적인 실정법을 적용하고 있는 자본의 냉정함 앞에서, 우리는 그저 처절한 무력감을 느낄 뿐이다. 불면의 무력감을 발병시키는 또 다른 이유는, 자본의 불평등한 분배 구조가 도저히 역전할 수 없는 게임과 닮아 있기 때문이다. 자본의 정교한 통치술에 대항하는 비평의 응전은 그래서 '질 수밖에 없는 시합'[36]과 다르지 않다.

칼 마르크스가 일찍이 지적한 바와 같이, 노동자는 생산양식을 구축하거나 소유할 수 있는 자본이 없다. 그래서 노동자는 임금을 받고 자신의 노동력을 제공한다. 자본가에게 노동자의 노동력이란 강제성을 부과하여 재생산해야 하는 생산원료에 불과하다. 노동계급은 스스로 '숙련공'이 되는 방식으로 자본의 경영 시스템을 거스르기도 했지만, 오히려 자본가는 숙련공의 지위를 해체하고 노동 공간과 기술을 평준화하는 방식을 통해 이를 봉쇄하였다. 즉, 근대이후의 임금노동자는 노동의 잉여가치를 약탈하는 자본(주의)의 전횡을 전복할수 있는 생산양식을 구축하지 못하였을 뿐만 아니라, 그것을 '격파'하거나 '탈취'하지도 못하였다. 물론, 사회적 기업이나 협동조합과 같이, 생산양식을 공동 소유하는 대안적인 생산 시스템이 존재하지 않는 것은 아니다. 하지만 그것

2부 실천적인 것과 정치적인 것 🔑

은 '노동계급의 저항'을 뚫고 진격하고 있는 자본주의의 '거대한 흐름(전환)'을 되돌리거나 꺾을 수 있는 새로운 생산양식에 대한 발명이 아니다.

노동자 집단은 자본의 생산양식, 혹은 그것에서 추출되는 생산물과 생산력을 소유하지 못한다. 그렇다면 노동자들의 삶을 새롭게 구성할 수 있는 실질적인 대안은 무엇일까? 생산 공정의 기계화와 자동화를 통해 '노동의 시간'을 줄이는 것일까? 그렇지 않다. 노동 시간의 증가와 감소가 노동자의 삶을 개선하는 실질적 대안이 되지 못한다는 것은 초기 산업자본주의의 역사적 증례에서도 이미 확인한 바다. 그렇다면, 다른 방법은 무엇일까? 힘겨운 노동의 과정 속에서 가끔 누릴 수 있는 '복지(여가)'를 추구하는 것일까, 혹 그렇지 않다면 노동자의 계급적 신분을 일시에 탈바꿈할 수 있는 '대박의 꿈(도박—로또)'일까?[37] 해답은 그 어느 쪽에도 있지 않다. 그래서일까? 묵시록적 계시와 같이, 현 단계의 자본주의를 극단까지 밀어붙여 절멸시키는 '급진적 계급투쟁'이 논의 되기도 한다. 하지만 정말 '도래할 파국'만이 자본의 생산양식을 탈환할 수 있는 방법일까? 이와 같은 물음은 노동계급의 연대와 투쟁의 가능성을 되묻는 데서 출발한다.


## 해체된 연대: 분할/분열의 노동 지형학

한국 노동계급의 운동성은 정치적 역량과 매개되면서 가파르게 상승했다. 이런 사실을 기억한다면, 동구권의 몰락 이후 노동운동이 점차 패퇴의 길로 기울어져 가는 양상은 매우 우려스러운 일이다. 하지만 이는 개별 노동운동가들의 강도나 현실 변혁 의지가 쇠퇴하였다는 뜻이 아니다. 소수의 노동운동가들이 보여주는 '결연한 의지'는 오히려 강화되었다고 말할 수 있다. 그렇다면, 노동운동의 패퇴란 무엇을 의미하는가? 여러 가지 사회적 조건이 있을 수 있겠지만, 그중에서도 가장 핵심적인 요소는 바로 노동계급의 '연대'가 해체되었다는 점이다.

물론, 노동계급이 '거대한 골리앗'의 악력(연대)을 갖고 자본/국가의 컨베이어벨트를 움켜쥐던 시기가 있었다. 1987년의 '노동 봉기(총파업)'가 그것이다. 한국 사회의 정치 지형이 급변하였던 탓도 있지만, 1970년대 후반 이후 줄곧 노동자의 계급의식이 성장하였기 때문이기도 하다. 이는 직장 내 노동자의 '정체성'과 '연대의식'에 기반하고 있다. 특히, '지식인 친구'를 갈망하던 '전태일'의 죽음은 노동계급의 연대와 투쟁(사)에서 큰 분기점이 되었다. 왜냐하면 전태일의 분신은 노동계급의 내부 결속을 견고하게 한 것은 물론, 노동자의 외부 연대 역시 확장하는 계기가 되었기 때문이다. 구해근은 한국 노동계급의 형성 과정을 서술하면서, 전태일의 '순교(희생)'는 "한국 노동계급 형성의 시작을 알리는 사건"이었다고 정리하고 있다.

여러 의미에서 전태일의 희생은 한국 노동계급 형성의 시작을 알리는 사건이었다. 그것은 수백만명의 노동자들, 그들의 가슴속에 저항과 반항의 정신을 심어주었고, 그때까지 집단적인 목표를 위해 노동자들을 고취하고 동원할 수 있는 성스러운 상징과 존경할 만한 전통이 없었던 한국의 노동계급에 강력한 상징을 제공했다. 이 사건은 또한 급속한 수출주도형 산업화과정이 만들어낸 노동문제가 산업영역에 감추어진 상태로 남아 있는 것이 아니라 사회적 긴장과 갈등을 불러일으키는 폭발적인 요소가 된다는 사실을 보여주었다. 한국에서 산업노동자들이 사회적 갈등과 사회변혁의 핵심 세력으로서 역사의 장에 들

어선 것이다.[38]

　‘프롤레타리아’[39]로 명명할 수 있는 노동계급의 공세란 ‘계급의식’과 ‘정치
투쟁’, 그리고 노동계급의 ‘연대’와 정치세력과의 ‘결속’[40]이 없이는 불가능한
것이다. 산업노동자들의 계급적 연대는 노동계급이 사회 변혁의 핵심 세력임
을 입증하는 것이었다. 이와 같이, 1980년대는 ‘노동의 대공세’를 가능하게 했
던 혁명의 시기였다. 하지만 1990년대 이후, 소비주의와 외환위기가 심화되면
서 노동시장은 양극화되었다. 물론 자본가들에게 이러한 변화는 고통의 현상
학이 아니다. 이는 오히려 ‘노동 유연화’라는 ‘표어(지그문트 바우만)’를 통해 사용
가능한 경영 전략(노동의 통치술)의 활성화 계기가 되었다.

　이와 같은 현상은 비단 한국의 문제만이 아니다. 노동계급의 분할과 분열
양상은 전 지구적인 현상으로 도래하였다. 이른 시기에 ‘기로에 선 노동계급’을
예고했던 구해근의 약사略史에서 확인할 수 있듯, 한국의 노동자와 노동운동은
심각한 위기에 봉착하였다. 그는 노동계급의 “내적 분화”가 다양한 방식과 층
위로 이루어질 것이라고 전망하였다.[41] 실제로 외환위기 이후, 노동계급은 급
격한 ‘분해’의 과정을 겪는다. 대기업 노동자와 소기업 노동자, 노동의 내부와
외부, 남성과 여성, 정규직과 비정규직 등의 분할 양상이 그것이다. 자본/국가
는 합법적인 장치(법률과 제도)를 통해 노동계급을 분할하고 분해分解하였다. 대
표적인 예가 ‘노사정위원회’의 ‘비정규직법’이다.

　이제 노동계급은 ‘프롤레타리아’라는 이름과 범주로 묶일 수 없게 되었다.
자본/국가의 공모관계가 획책하는 ‘노동의 유연화’는 노동자 내부를 ‘분열’하는
것만이 아니라, 노동계급의 내/외부 역시 분할한다. 이 결과, 노동의 외부는 끊
임없이 타자화된다. 정규직과 비정규직, 이주민과 내국인, 고졸과 대졸, 여성

과 남성, 육체노동과 사무노동, 본사직원과 파견직원 등, '노동'은 지역과 국경의 경계를 넘어 무한히 이동한다.

심각한 것은, 노동계급의 내적 분열이 노동자의 계급적 동질성을 붕괴시키며 노동계급의 조직적 역량을 와해시킨다는 점이다. 즉, 노동계급의 정체성과 연대가 파기되는 것. 프랑코 베라르디 비포의 표현을 빌리자면, 오늘날의 노동계급은 연대에 필요한 신체와 영혼을 잃어버린 "탈영토화된 계급"[42]이다. 개인의 삶을 안정적으로 유지하기 위해 '정규의 직'을 걸고 경쟁해야 하는 노동자와 예비노동자는 위태로운 삶의 벼랑으로 내몰릴 수밖에 없다. 그것은 산업노동자든, 인지노동자든 대상을 가리지 않는다. 정규직은 늘 '고용'의 불안정성에 시달리며, 비정규직은 언제나 '해고'의 공포에 노출될 수밖에 없다.

또 자본/국가는 이와 같은 '경쟁체제'를 사적 능력주의로 탈바꿈한다. 이는 개인의 능력이 '취업'과 '고용'을 결정하는 가장 큰 조건이자 변수라는 것을 전제한 것이다. 하지만 스펙과 능력만으로 실업과 고용의 불안정성이 극복되지는 않는다. 신자유주의적 경쟁 논리에 기반한 '능력주의'는 국가/자본이 구축한 '허위적인 노동윤리'와 다르지 않다. 서구의 노동윤리가 노동자들의 몸과 영혼을 통제하고 착취하는 종교적 역할을 했다는 것은 널리 알려진 사실이다. 직장에서 엄수해야 하는 노동의 도덕률이야말로 노동자를 구속하고 자본/국가의 영토 속에 포섭하는 효율적인 기제이다.

이와 같이 정규/비정규의 분할은 노동의 유연화로 표상되는 경영 전략인 것만이 아니라, 정규 바깥의 공간 속에 '비정규'를 배치하는 '배제'와 '관리'의 통치술이기도 하다. 이것은 포드주의나 케인스주의, 혹은 테일러주의와 같은 경영 시스템과는 차원을 달리하는 감시/통제 시스템이다. 바우만은 이를 두 가지 층위에서 설명하고 있다. 자본가는 노동계급의 "정체성"을 희석시킨다. 이를 통해, "전통적인 파놉티콘 훈련 방식"을 사용하지 않고도 노동자를 통제하고 감시할 수 있으며, 또 노동계급의 연대까지 와해시킬 수 있다. 노동자의 정체성을 소모되고 소거할 경우, 노동계급의 "집합"적 "수행"[43]은 이루어질 수 없다. 그 결과, 노동자의 계급의식은 퇴조하고, 노동의 '연대'는 불가능한 상태에 처하게 되는 것이다.

## 계급의 안과 밖: '프롤레타리아'와 '프레카리아트'

초국가적 차원에서 노동계급의 분할/분열이 이루어지고 있다. 이제, 과거와 같은 노동계급의 연대는 불가능한 것처럼 보인다.[44] 여기에서 앙드레 고르의 『프롤레타리아여 안녕』의 한 대목을 살펴볼 필요가 있다. 고르는 "프롤레타리아의 권력"은 "자본의 권력과 정대칭의 관계에 있"으며, "프롤레타리아화는 생존을 이어갈 수 있는 노동자들의 독자적 능력이 파괴될 때만 완성된다"고 하면서 프롤레타리아, 즉 노동계급은 독자적 능력으로 자본과 싸워나갈 수 없다고 하였다.[45] 노동계급, 혹은 노동자의 집합이라 명명할 수 있는 '프롤레타리아'는 노동자의 개별적 능력(독자성)을 강조하거나 극대화시키는 것이 아니라, 노동자 각각을 매개하고 묶는 '단결 효과' 속에서 강력한 정치성을 발휘한다는 것이다. 그렇다면 노동계급의 능력은 '프롤레타리아'의 단결력(연대)을 상실하지 않을 때 더욱 강화된다고 할 수 있다.

하지만 앞서 보았듯, 노동계급의 분할/분열은 초국가적이면서도 프랙탈하게 진행되고 있다.[46] 자본주의는 "그 자체 자본주의적 합리성과 관련해서만 기능하는 생산력에 따라 이해관계, 능력, 자격조건을 결정하는 노동계급(넓게 말하면 임금근로자)"[47]만을 선호한다. 그러나 자본이 원하는 '자격조건'을 갖추기란 여간 어려운 것이 아니며—개인이 능력과 성과란 자유주의 이데올로기의 가정이다—, 또 힘겹게 그 자격을 취득한다고 하더라도 영구적인 '고용'과 '성공'을 보장받는 것도 아니다. 이와 같은 상황에서 프롤레타리아는 연대와 투쟁이 아니라, 생존에 필요한 '자기 스펙'을 확대하고 포장하는 일(각자도생)에 몰두할 가능성이 높다. 그러니 '자유 경쟁'은 개인의 노동윤리 문제가 아니다. 오히려, 이것은 자본/국가의 포섭 장치 속에서 공회전할 수밖에 없는 노동자의 불안정한 현위치를 표시해주는 얼룩이다. 그렇다면, 개인의 '노력'과 '성장'이 우리 삶의 '고용 불안'과 '삶'의 문제를 해결해 줄 수 있을 것이라는 주장은 결국 환상이 아니겠는가.

'프롤레타리아'라는 절대적인 노동계급 범주는 무너졌다. 통상 프롤레타리아는 '노동하고 있는 계급Working class'과 동일시되었지만, 이제는 '프롤레타리아=노동계급'이라는 등식조차 안정적으로 이루어질 수 없는 상황이 되었다. 왜냐하면 노동계급은 정규고용 노동자와 비정규 노동자, 그리고 실업자로 분할되기 때문이다. 개인의 노동윤리나 가치와 무관하게 프롤레타리아는 정체성의 혼란과 계급적 분열을 겪을 수밖에 없다. '프롤레타리아'를 완성된 '계급'이 아니라, '비-계급'적이거나 '형성 중인 계급'으로 이해해야 한다는 주장은 여기에서 나온다.[48] 아예, '노동자계급'의 범주에 포함될 수 없는 존재, 즉 '고용/실업'이라는 기준과 렌즈로는 포착되지 않는 불안정한 이들이 존재하기 때문이다. 그렇다면 이들은 누구인가?

프롤레타리아가 본래 지니고 있는 불안정성이 '노동'의 공간 바깥으로 튕겨져 나갈 때, 그들은 '노동할 수 없는 장소'나 '일시적인 노동을 이어가는 장소'로 추방된다. 즉, 노동계급의 외부로 배제되어 노동과 비노동의 경계를 배회

하는 존재가 되는 것이다. 이와 같이 불안정한 '비-계급'적 존재를 '프롤레타리아'와 구분하여 '프레카리아트'라고 부른다. 조정환은 역저 『인지자본주의』에서 이와 같은 흐름을 깔끔하게 서술하고 있다. 이는 후기산업사회의 계급 재구성 문제와 직결되는 것이다.

> 이것이 착취할 수 있는 불불의 노동시간을 축소시킬 것임이 분명한데도 그렇게 한다. 정규직으로 고용된 노동자들의 수는 점점 줄어들고 임시적으로만 고용되는 비정규직 노동자 혹은 실업자의 수가 늘어나고 있다. 발전된 자본주의일수록 이 경향은 뚜렷하다. (…중략…) 노동하고 있는 계급인 working class와 프롤레타리아트가 더 이상 동일시될 수 없게 된다. 실업자는 순환과정에서 일시적으로 나타나는 존재가 아니라, 구조의 효과로 인해 점점 확장하는 존재로 된다. (…중략…) 그래서 대개 정규직 노동자들로 구성된 노동조합은, 자본에 저항하는 투쟁보다는, 한편으로는 자본의 정리해고 위협으로부터, 다른 한편에서는 실업 노동자들과 비정규직 노동자들의 압박으로부터 자신의 입지를 지키려는 실리적 의제에 관심을 갖게 된다.[49]

프롤레타리아와 프레카리아트, 즉 노동계급과 비계급의 상대적 격차는 더욱 커진다. 신자유주의적 자본주의의 기획은 국지적인 측면이나 순환론적 지점에 머무르는 것이 아니라, 전 지구적 문제로 확장된다. 하지만 역설적이게도, 이런 상황과 현실은 외부자와 이방인에 대한 관심을 촉발한다. 노동계급의 공간과 지위를 부여받지 못한 자. 다시 말해, '프레카리아트'의 취약성이 가시화되는 것이다. '프레카리아트'는 노동자로 계급화되지 못하거나, 임시적으로 그것을 유지하는 취약한 존재이자, 불안정한 존재이다. 이와 같은 존재를 부르는 이름은 다양한데, 조정환은 이들을 "상 빠삐에Sans papier, 신분증 없는 사람들"라고 부른다. 그는 '상 빠삐에'나 '프레카리아트'가 "경제적 시민권"이 "박탈"된 불안정한 존재라고 정의하며, 그 "불안정성은 고용 차원을 넘어 생활 전반"을 지배하고 있다고 말한다.[50] '상 빠삐에'나 '프레카리아트'는 '쓰레기가 되는 삶(바우만)'에 놓인 잉여 존재와 다르지 않다.

헌데, 노동조합이나 노동정당은 무엇을 하고 있나? '프롤레타리아', 혹은 '프레카리아트'에 가해지는 자본/국가의 착취와 폭력을 대의/방어하는 것이 노동조합이나 노동정당이 아닌가? 왜 우리는 해방의 정치력을 발휘하지 못하는가? 그것은 '노동'과 '정치'의 동지애적 연대와 단결이 불가능해졌기 때문이다. 노동계급은 '노동의 유연화 정책'에 의해 심각하게 분열/분할되었으며, 또 동시대의 노동운동은 시민과 대중의 동반지지 효과를 창발하기 힘든 상황에 처해 있다. 즉, 노동운동만으로는 더 이상 삶의 변혁을 추동하는 정치적 '자원'이나 '사건'을 구성하기 어려운 상황이다.


## 정치적인 것의 탈환: '노동의 종언'에서 '노동의 정치'로

그렇다면, 앙드레 고르의 『프롤레타리아여 안녕』이라는 저 유명한 결별 선언은 무엇을 의미하는 것일까? 노동계급의 삶이 더 이상 회복하기 힘든 상태에 놓여있음을 자조하는 것일까? 물론 그렇지 않다. 지금까지 살펴본 바와 같이, 후기산업사회의 프롤레타리아는 노동계급의 지위와 공간을 배타적 경계수역으로 설정한다. 노동운동은 '정치적인 것'의 급진성을 사유/실천하기보다는, 현실적인 '실리實利'를 확보하는 이익단체로 전화되는 경향이 잦아졌다. 물론,

역으로 노동자 각각의 '자율성'[51]과 활력을 감퇴시키는 교조주의적 주장이 강화되기도 한다. '프롤레타리아'에 대한 통상적 개념과 상식으로는 새로운 삶을 위한 혁명적 노선(탈주선)을 생성할 수 없다. 그래서 앙드레 고르는 프롤레타리아의 계급적 사명이 아니라, 오히려 프레카리아트('프롤레테르들')의 계급적 사명에 더 주목하고, 또 그것을 이해하는 것이 무척 중요하다고 말한다.

'프롤레타리아여 안녕'이라는 놀랍고도 불편한 선언은, 노동자의 자율성을 창발하지 못하는 교조적인 '노동운동'과의 결별인 동시에, 언제나 유보적이고 비현실적인 유토피아적 혁명 담론에 대한 거절이기도 하다. 물론, 자본/국가의 착취 구조에서 벗어나기 위해서는 노동력의 잉여가치를 강제하는 생산 시스템 자체를 격파하여야 한다. 하지만 고르는 후기산업사회의 노동 분할/분열 양상이 지속되는 한 타율적 노동을 완전하게 폐기할 수는 없다고 말한다. 그래서 그는 노동의 자율적 섹터를 확장하는 실천 방안을 지속적으로 모색하여야 함을 강조한다. 타율적인 노동의 도구와 시간을 줄이는 것이 그 구체적인 방편인데,[52] 이것은 '함께 노동-함'으로써 강제적인 노동시간을 축소하는 방식이다. 흥미로운 것은, 타율적 노동을 극복하고자 하는 앙드레 고르와 수동적 혁명을 넘어서고자 하는 조정환의 기획이 이 지점에서 조우한다는 것이다.

그러나 '노동의 시간을 나눈다는 것'이 현실적으로 가능한 일일까? 또, 그것은 박근혜 정부가 추진했던 '시간제 근로(제)'와 같은 속악한 정책과는 어떤 차이가 있을까. 아마도 '시간의 향기(김병철)'[53]를 회복하는 일에 더 가깝지 않을까. 하지만 '이렇게 살아야 한다'거나, '이것을 회복해야 한다'는 식의 제안과 방향 제시만으로는 곤란하다. 미래학자 제러미 리프킨은 이른 시기 '노동의 종말'을 선언하고, 도래할 '실업 위기'의 대안을 제시한 바 있다.

일자리를 잃거나 일자리를 찾기가 힘든 많은 노동자들에게 있어서 기술의 확산 개념이란 어떠한 위안도 주지 못한다. (…중략…) 전세계 노동력의 죽음은 돈에 눈먼 고용주와 무관심한 정부의 손에 의해 매일 자신의 죽음을 경험하는 수백만의 노동자에 의해 내부화되고 있다. 그들은 해고 통지서를 기다리거나 깎인 보수에 시간제로 일해야 하며 복지수당을 받아야 하게끔 밀려나고 있는 사람들이다. 또 다른 새로운 모욕과 함께 그들의 신뢰와 자존은 날아가버린다. 그들은 첨단의 새로운 국제적 상업 및 무역 세계에서 소모품화되고 관련이 없어지고 마침내 사라져 버릴 것이다. (…중략…) 정부는 시장 부문에서 일자리를 상실한 사람들에 대한 두 가지 선택의 기로에 직면할 것이다. 하나는 범죄 계급의 증가에 대처한 경찰 증원과 감옥의 증설이고 다른 하나는 제3부문의 일자리 창출을 지원하는 것이다. [54]

제러미 리프킨은 『노동의 종말』에서 방대한 통계자료의 분석을 바탕으로 (이런 표현을 쓰지는 않았으나) '프레카리아트'의 도래를 예고하였다. 여기에서 '종말'의 대상이 되는 '노동'은 '일을 하는 상태'를 지칭하는 것이 아니라, 정규 임금노동으로서의 '노동'과 '일자리Job'를 의미하는 것이다. 위의 인용문에서 보듯, 그것은 '기술 혁신'의 과정 속에서 자연스럽게 소멸될 수밖에 없는 '노동'과 '노동공간'을 의미한다. [55] 특히, 리프킨의 '기술혁신'과 '노동'의 관계는 재앙에 가까운 수준이다. 전 세계 노동자들은 곧 "해고 통지서를 기다리거나 깎인 보수에 시간제로 일해야 하며 복지수당을 받아야 하게끔 밀려"날 것이라는 예지는 묵시록에 가까운 것이다. 리프킨은 이 문제를 해결하기 위해 국가의 개입과 제3부문(봉사활동)의 일자리 창출을 강조한다. '봉사 활동'과 같은 "제3부문"에서 "일자리를 창출"하여 서비스산업 이후의 실업문제에 대비하여야 한다는 것이다.

하지만 이와 같은 낙관론은 중대한 비판에 직면한다.

조지 카펜치스는 "자본주의적 역사를 통틀어서 살펴보더라도 최후의 서비스 노동자와 더불어 막을 내리는 단선적 발전 경로만 존재한다는 주장을 입증할 근거는 어디에도 없"다고 하면서, 리프킨의 도식적인 "미래투사"[56]를 비판한다. 그는 두 가지 측면에서 리프킨이 마르크스『자본』의 가장 중요한 가치를 잘못 전유했다고 말한다. 첫째, "임금인상, 노동시간 단축, 노동조건 개선, 강제된 노동을 단호히 거부하는 삶 형태를 지향하는 노동자 투쟁", 다시 말해 계급투쟁의 이유와 가능성을 고려하지 않은 것이다. 둘째, "기술변동은 노동자 못지않게 자본가에게도 위험할 수 있"다는 점이다. 특히, 리프킨은 노동계급의 투쟁에 의해 '노동의 미래'가 달라질 수 있다는 사실을 애써 외면하며, 오히려 계급투쟁의 가능성을 비현실적 대안을 통해 상쇄시키고 있다. 즉, '노동의 종말'은 기실 '노동의 정치'에 종언을 고하는 '탈정치적 예언록'이었던 셈이다.

그렇다면, 이와 같은 현상은 '종말'이 아니라, '극복'의 대상일까? 그래서 이 위기, 혹은 이 경제적 어려움 역시도 '힘을 모아' 잘 넘어서고 나면, 다시 정상적인 자본의 흐름과 노동의 질서가 복원되는 것인가? 분명 아니다. 자본/국가의 '축적/착취 시스템'은 메시아적 정치경제학의 소망을 통해 '회복'될 수 있는 것이 아니다. 왜냐하면 자본순환론의 바탕을 구성하는 것은 자본/국가의 통치 메커니즘이기 때문이다.[57] 우리는 국가자본주의가 공회전시키고 있는 포섭 장치로부터 벗어날 수 없다. 그렇기에, '파국'의 뒤안길을 열망하며 기도만 하고 있을 수는 없는 노릇이다. 후기산업자본주의에 대한 '임박한 파국-론'은 어쩌면 환상에 가까운 희망일 수 있다.[58] 자본/국가는 스스로를 괴멸하는 '자본의 종말'을 선택하지 않기 때문이다. 이는 "노동의 낡은 관념형태, 운동형태, 조직형태의 환골탈태 없이는"[59] 자본/국가의 구조적 모순, 지배 질서의 체계와 규율이 파기되지 않음을 의미한다. 그러므로 여전히 우리가 겨냥해야 하는 것은, 노동자에게 불안정한 삶/노동을 강제하는 자본/국가의 '지배질서'이다.

우선, 노동의 불안정성 문제를 경제적 층위나 '고용/노동'의 문제로만 국한하는 시각에서 탈피하는 것이 필요하다. 자본/국가의 '환골탈태'는 '정치적인 것'의 회복을 통해 가능해진다. 다시 말해, '노동의 종말'이 탈취한 '정치'의 자리를 탈환하지 않고서는 우리 삶을 변화시키는 것이 불가능하다는 점을 재인식할 필요가 있다. 경제적인 것에서 정치적인 것을 분리하여 상대적 자율성의 공간을 마련하고자 하는 자본/국가의 기획은 대단히 정치적이다. 자본/국가는 '부'를 위한 법률적 평등체계를 구축하며, '부'에서 소외된 이들의 불평등을 은폐한다. 하지만 계급투쟁을 이끌어야 하는 노동계급이 분열되고, 거대한 혁명의 담론이 붕괴된 후기산업사회에서 '어떤 정치'를 꿈꿀 수 있을까? 이와 같은 물음에 대해, 동시대의 노동문학은 작은 이정표를 제시한다.

ENGAGEMENT OF PASSION

# 노동시의 반격: 노동 혐오의 정치경제학 비판

## 지워진 노동, 여전한 노동

민주주의의 근본 원리는 소수의 자본가나 권력자가 사회적 생산수단과 지배형식을 독점하지 못하도록 하는 데 있다. 그러나 장구한 역사적 사례에서 확인할 수 있듯, 정치적 민주화나 경제적 민주화는 폭발적 '혁명'을 통해서만 입안되는 것이 아니다. 또한 지난 국정농단과 촛불혁명에서 보듯, 주권자의 권리와 공평한 분배 역시 대의적 정치 표현으로만 완수되는 것이 아니다.

정치적 민주주의만이 아니라 경제적 민주주의가 중핵 문제로 부각되는 것은 이 지점이다. 물론 여기에서 말하는 '경제 민주화'는 선거철만 되면 반복되어 부상하는 '포퓰리즘적 레토릭'과는 무관한 말이다. 굳이 마르크스를 언급하지 않더라도, 주체/시민의 정치적 권리와 경제적 분배를 가능하게 하는 것은 생산과 소비의 공정한 교환 작용이다. 하지만 생산수단을 독점하고 있는 자본가 집단의 경제적 교환 방식은 여전히 공정하지 않다.

이러한 불공정한 경제적 교환체계에 이의를 제기하는 합의된 사회적 작용방식이 있다. 바로 '노동조합'이다. 노동조합은 어긋난 부의 증식/분배 시스템을 전복하고 변혁할 수 있는 정치적 교섭 형식이다. 하지만 한국 사회에서 '노동(자)', 혹은 '노조'라는 말은 금기어처럼 사용되고 있다. '노동 혐오'라는 말이 나올 정도로, 이에 대한 알레르기 반응이 심하다. 실제로 소수의 진보정당과 일부 정치인을 제외하면 '노동'이라는 키워드가 현실정치의 핵심 공약이나 대안으로 제시되지 않는다.

직업 정치인들은 '노동' 혹은 '노동조합'이라는 용어 사용을 꺼려한다. 이러한 현상은 비단 정치의 영역에만 국한된 문제가 아니다. 일상의 자리에서도, '노동(자)'은 '혐오'[60]의 대상이 되어버렸다. 노동(자)이라는 말은 고위험 직군 산업노동자의 육체적 고단함과 삶의 질적 수준 저하를 환기시키는 표현으로, 혹은 자신의 신체를 구속하고 마모시키는 '혐오의 행위'이자 '회피'의 대상으로 왜곡되고 있다. 노동의 성격과 조건 변화에 따라 정보노동, 인지노동, 비물질노동 등의 용어와 논의가 등장한 지 오래되었지만, 이런 편견은 여전하다.

왜 그런 것일까? '노동'은 무엇 때문에 한국 사회에서 언급하기 어려운 '금기언어'이자 '혐오의 대상'이 되어버린 것일까. 노동은 우리의 일상 속에서 여전히 지속되고 있다. 그럼에도 불구하고 '노동'이라는 용법은 점차 지워지고, 폐기처분되어야 할 모욕적 술어가 되고 있다. 노동 혐오 현상을 올바르게 이해하고 사회적 의제로 제출하기 위해서는 경제학적 측면과 함께, 문화정치학적 논의가 동반되어야 한다.


## 노동(자) 혐오, 혹은 계급언어의 박탈 전략

근대 초기, 노동은 주체를 구속하는 일련의 규범 혹은 도덕률로 기능하였다. 베버의 그 유명한 『프로테스탄트 윤리와 자본주의 정신』이 묘파하고 있듯, 근대 자본주의 사회의 노동윤리는 주술화되고 신성화된 주체 관리 방식 중 하나였다. 노동자의 몸과 시간을 효율적으로 통제하기 위한 방편으로 '노동의 가치'를 한층 상승시킨 것. 여기에서 오해하지 말아야 하는 것은, 이는 노동자의 지위가 고양되었다는 말이 아니라, 노동 자체의 위상이 조작적으로 변화되었다는 점이다.

근대 산업자본주의의 대공장은 독립적으로 일할 수 없는 개인들, 혹은 순응하는 인간들을 양산하고자 했으며,[61] 노동윤리는 이를 위한 효율적인 신체 규율 기제로 기능하였다. 즉, 노동윤리란, 자본가(들)의 갈망과 행동 원리에 입각하여, 노동자를 '근면/성실'이라는 통제된 관습 속에 배치하는 상징질서의 구축 과정이자, 주체 관리Management의 수사학과 다르지 않은 것이다. 지그문트 바우만이 자본가에 의해 관리되는 노동을 "도덕을 고양시키는 경험"이라고 표현한 것도 같은 맥락이다. '노동윤리의 생산'에 관한 바우만의 글을 함께 읽어보자.

잠재적 노동자들이 자유의 상실에 저항함에 따라 노동윤리의 가르침이 더욱 뜨겁게 설파되었다. 설교의 목적은 그 반감을 다스리는 데에 맞추어졌다. 노동윤리는 하나의 수단이었고, 그 수단이 이르려고 하는 목적은 공장제도에 순응하고 그에 따라 독립성을 잃게 하는 것이었다. (…중략…) 이제 성실한 노동은, 도덕적으로 우월한 삶의 방식에 이르는 길이 아니라 돈을 더 많이 버는 수단으로 선전되었다.[62]

위에서 지적하고 있는 것과 같이, 노동윤리는 "노동자들"의 "자유"를 통어하는 수단으로 "뜨겁게 설파"되었고, 이는 근대 산업자본주의 시스템을 유지하고 재생산하는 문화적 기제로 작동하였다. 물론 후기자본주의 시대의 노동자는 더 이상 금욕적 노동윤리에 포섭되지 않는다. 때로는 세속의 논리를 가동하기도 하고—더 많은 돈을 벌기 위해 노동하기도 하고—, 때로는 시장자본주의 시스템의 폭력적이고 투기적인 축적 방식에 저항하기도 한다. 노동(자) 해방을 위한 정치적 대반격이 노동자 간의 결속과 조직적 연대를 통해 현실화될 수 있었기 때문이다.

한국 노동계급의 형성과 계급투쟁의 조직성이 극대화되기 시작한 것은 1960~70년대이다. 1970년대 중반 이후 수출 주도형 산업화가 가속화되었고,[63] 이 과정에서 자기 삶의 자리(시간/공간)와 공정한 몫을 부여받지 못한 이들의 취약성과 '노동자로서의 계급적 정체성'이 새롭게 인식되게 되었다. 노동자의 계급인식은 계급언어의 획득과 함께 구성되며, 계급언어는 현실 변혁의 직접적 목소리를 분출하는 조건/계기가 된다. 예를 들자면, 영화 〈파업전야〉(이재구 외, 1990)와 〈아름다운 청년 전태일〉(박광수, 1995)은 노동자의 저항언어가 어떤 방식으로 구성될 수 있는지를 잘 보여주는 작품이다.

그렇다면 30여 년이 지난 지금/현재의 삶은 어떠한가. 주류 경제학에서 제시하는 통계 수치를 검토하지 않더라도, 우리의 노동 환경이 1970~80년대보다 나아지지 않았다는 사실은 쉽게 체감할 수 있다. 전 지구적 세계화에 따른 자본/노동의 이동이 가속화되고 있으며, 노동자 계급의 내적 분화와 노동조합의 분열 역시 심화되고 있는 형국이다. 대기업과 중소기업, 정규직과 비정규직, 계급적 주체와 비계급적 타자, 내부 노동자와 외부 노동자 등의 경계/구획은 노동자 계급의 정체성을 와해시키고 노동계급의 단결과 연대에 균열을 주는 요인으로 작용하고 있다. 또 미래 산업의 방향과 가치를 논하는 자리에서도 '노동의 종언' 담론이 '노동의 정치'적 요구를 압도하는 모양새다.

노동(자)에 대한 혐오Excitable는 더욱 심화되며 확장되고 있다. 그러나 노동혐오는 근대 자본주의의 혹독한 육체노동의 잔상에서 촉발되는 것이 아니다. 즉, '노동(자) 혐오'는 개인의 정서와 육체를 마모시키는 3D업종에 대한 기피 현상을 의미하는 것이 아니다. '노동 혐오'는(초기 자본주의 시대와 같이) '노동윤리'를 통해 노동자의 감성체계와 노동조합의 조직 역량을 통제할 수 없는 시대의 새로운 노동자 관리 장치이다. 1970년대 이후의 노동 총공세(총파업)에서 확인할 수 있듯, 노동자의 계급적 정체성 인식과 연대 의식은 독점적 자본(가)에 굴복하지 않는 '강력한 무기'로 기능해왔다. 노동자 계급의 자기 인식은 그래서 '저항의 감수성'이 된다.

이에 비해, 자본가의 '관리언어'는 노동자와 노동조합을 거칠고 폭력적인 집단으로 재현한다. 노동이라는 용어, 혹은 노동자라는 이름이 타자화되고 혐오의 대상이 되는 것은 부르주아적 교환 방식의 안정성에 균열을 주기 때문이다. 자본가는 '노동(자)=연대=저항'의 등가 관계와 상승 효과를 분열시키고 와해시키는 것을 우선 전략으로 삼는다. 노동 혐오 현상을 경제학적 주제만이 아니라, 문화정치학적 차원에서 함께 분석해야 하는 것은 이 때문이다. 자본가 집단은 '노동의 유연화'라는 사용자 친화적 명분을 통해 노동자의 신분과 자격을 찢고 분할한다. 정규직과 비정규직, 내부 노동자와 외부 노동자는 상대방의 '이름'을 타자화하면서 연대의 가능성을 축소시킨다.

그렇다면, 노동, 혹은 노동자에 대한 혐오는 '노동자 주체의 계급언어'를 박탈하고자 하는 치밀한 경영 전략과 다르지 않다. 언어는 의식을 구성한다. 계급언어의 박탈은 계급의식의 소거와 탈색에 영향을 미친다. 더 이상 노동자라는 계급의식을 지니지 않도록 하는 것이 노동혐오의 가장 내밀한 사회 통치 전략이다.

## 계급언어의 환수: 노동 혐오의 탈계급성과 정치적 레토릭

노동 혐오와 관련해서, '언어-의식-정치'에 관한 논의를 조금 더 진전시킬 필요성이 있다. 주지하다시피, 우리가 사용하고 있는 언어는 매끄럽고 순수한 의사소통의 도구가 아니다. 언어는 특수한 '이름'을 부여하고 입안하는 방식에 따라 '권력'으로 작동한다. '노동자'라는 이름을 지우고 비정규직 근로자, 계약직 근로자, 파견 근로자, 일용직, 알바 등의 이름을 등기하는 순간, 노동자 자신의 계급언어는 삭제되고 박탈당한다. 여러 가지 조건 속에서, 노조에 가입할 수 없거나, 법적 권리를 보장받을 수 없는 취약한 노동 조건에 처해 있는 이들에게 혐오 발언은 무시무시한 '상처'로 기입된다.

주디스 버틀러는 『혐오 발언』에서 "이름은 타자에 대한 신조어의 전달로, 그리고 그 전달 속에서 고유한 신조어의 제공으로 출현"한다고 말한 바 있다. 그녀는 혐오 발언이 "말의 순간을 통해 상처를 입히"는 행위이며, 그리고 "그 상처를 통해 주체를 구성"하는 "어떤 호명적인 기능을 행사하는 것"이라고 하였다.[64] 다시 말해, 혐오 발언이란 독특한 호명 작용과 수행 효과를 동반하는데, 이는 주체의 삶과 신분을 탈색하고 소거하는 (지배자의 관점에 입각한) 신조어의 발명을 통해 가능해진다는 것이다. '노동자 계급'이라는 이름을 지우고 '근로자 개인'이라는 신조어를 개발하는 방식이 대표적인 예다.

노동(자)에 대한 혐오 발언이 문제적인 것은, 이것이 우리 사회의 구조적 불평등을 심화하고 재생산하는 문화적 증례이기 때문이다. 다시 베버를 경유해 보자. 근대 자본주의 이전 사회에는 '노동윤리'라는 게 존재하지 않았다. 고대 사회에서 노동은 노예의 몫이었다. 노동은 시민의 범주에 포함될 수 없는 경멸과 혐오의 대상이었다. 당연히, 시민과 노동자는 엄밀하게 구분되었다. 물론

'노예제 사회'인 고대 그리스와 '민주 공화정'을 표방하는 현대 사회를 단순 비교할 수는 없다. 그러나 이는 노동 혐오의 사회문화적 함의를 '비동시성의 동시성'의 차원에서 사유하는 계기가 된다. 우리는 노예인가, 노동자인가.

자본가에게 자기 '시간'을 위임한 노동자의 삶이 '자유롭다'고 말할 수는 없다. 마르크스가 생산수단을 독점한 '자본가를 위한 노동'을 폐기할 것을 주장한 것 역시 이 때문이다. 그렇다면 노동에 종속된 존재(노예)로 살아가지 않기 위해서는 어떤 노력이 필요할까. 노동을 아예 포기하거나 끝없이 유예하면 될까? 그렇지 않다. 노동(자)의 사회적 존재 양상과 관계 구성에서 시사점을 찾아보자. 노동자 주체에게 기입되어 있는 '(당연한 것처럼 가해지는) 착취와 불평등'은 프롤레타리아 계급 투쟁을 통해 타파되어 왔다. 하지만 생산수단을 소유하고 있는 지배집단의 교묘한 통치술은 노동계급의 연대와 권리 주장이 발화되도록 관망하지 않는다.

여기에서, 노동 혐오는 노동자 계급을 분할하고 관리하는 효율적인 '무기'로 기능한다. 정규직과 비정규직(일용직, 알바 포함) 노동자를 구분하고, 각기 다른 삶의 조건을 배분한다. 전자의 영역에 포함되지 못하는 이들은 '계급 의식'을 부여받기 어렵고, 전자의 영역을 성취한 이들은 후자의 삶과 분리된 '신분의식'을 고양하며 재생산하고자 한다. '나(안)'와 '너(바깥)'의 명료한 경계 구획과 타자화는 계급언어를 탈각한 새로운 '이름(신분언어)'을 통해 공고화된다. 버틀러는 미셸 푸코를 경유하면서 혐오 발언의 창시자는 발화 주체가 아니라, 특정한 이름으로 도래하는 '권력(자)'이라고 말하고 있다.

혐오 발언을 하는 주체는 그런 발언에 분명 책임이 있다. 그러나 그 주체는 그 발언의 창시자가 아니다. 인종차별 발언은 관습의 적용을 통해 작동한다. 그것은 순환된다. 그리고 그것은 자신의 말함을 위해 주체를 필요로 하기는 한다. 그러나 그것은 말하는 주체나 사용되는 특정 이름을 시작하지도 끝내지도 않는다. (…중략…) 권력은 위장을 통해 작동한다. 즉 권력은 스스로가 아닌 것으로 출현하게 된다. 아니, 권력은 어떤 이름으로 출현하게 된다.[65]

그녀는 혐오 발언의 '사적 책임'과 권력적 '작동 방식'을 구분하여야 한다고 말한다. 혐오 발언의 주체를 처벌하는 것은 '각종 혐오'에 대한 근본적인 문제 해결/인식이 될 수 없다는 뜻이다. 혐오의 호명 방식은 복잡한 상황 맥락에 따라 다르게 운영되지만, 검열과 추방의 메커니즘은 유사하다. '동성애', '장애인' 등의 용법과 마찬가지로, '노동자'라는 말은, 국가 자본주의의 경제 성장을 방해하고 저지하는 불온한 이름으로 호명된다. 노동자의 계급적 정체성이 사회적 관계망 속에서 정당하게 융기하지 못하고 자기 검열과 배제의 논리를 통해 순환할 때, 노동 혐오는 일련의 권력(작용)으로 입안되는 것이다.

프란츠 파농 역시 혐오는 선천적인 것이 아니라 "항상적으로 배양되는 것"[66]이라고 말한 바 있다. 혐오를 정면으로 드러낼 수 있는 용기의 부재 혹은 상실은 '혐오 발언'을 지속시킨다. 물론 이는 개개인에게 부여된 윤리적 태도를 지적하는 말이 아니다. 버틀러가 주장한 바와 같이, 혐오 발언 생산의 법적 근거와 논리를 보증해주는 것은 국가("국가는 혐오 발언을 생산한다")이다. '노동자'라는 이름은 강력한 저항성과 연대의 상상력을 지니고 있다. 국가는 시장자본주의의 요구를 인용하면서, 노동자의 계급적 형제애를 갈라치고 때리고 또 순화한다. 즉, 국가는 노동 혐오 발언이 막힘없이 유통될 수 있도록, 법률적이고 제도적인 보증(인) 역할을 수행하는 것이다.

나는 그래서 '자본/국가'라는 어법을 자주 쓴다. 국가는 노동자를 '분노-연대-저항'의 이름이 아니라, 끊임없이 '순응'하고 '생산'하는 건실한 '근로자'로 새롭게 호명한다. '노동자'라는 이름은 자기 자신에게 가해지는 강제된 업무와 착취의 시간을 벗어나기 위해 '노동의 시간'을 재구성하는 계급적 존재이다. 이에 비해 '근로자'는 계급적 정체성을 반영하지 못한 비-계급적(신분적) 존재이다. 계급과 비-계급으로 찢어진 노동 공동체는 단일대오의 저항성을 구성하고 확장하기 어렵다. 후기자본주의 하에서, 프롤레타리아 혁명이나 계급투쟁의 현실적 한계가 지적되는 것도 이 지점이다. 그렇다면, 노동 수탈적이고, 자기 증식적인 자본주의 시스템을 어긋내는 문화적 실천 방안은 무엇일까. 그것은 노동자라는 '권리언어'를 회복하고 창안하는 일이다.

후기자본주의 사회에서는, 노동자의 정체성을 자각하고, 부당한 노동 탄압에 저항할 수 있는 권리언어를 발견하고 사용할 수 있는 역량이 무엇보다 중요하다. 자본가는 노동자의 정체성을 지시하는 계급언어를 탈취한다. 이를 통해 저항의 언어를 순화시킨 신분언어로써 '근로자' 개인을 탄생시킨다. 노동, 혹은 노동자에 대한 혐오가 '노동자의 계급언어'를 박탈하는 정치경제학적 격발 행위라고 한다면, 역으로 노동자의 계급적 정체성과 계급언어를 회복하는 노력은 무엇보다 중요하다. 계급언어의 환수는 노동자 계급의 권리를 자각하는 권리언어의 획득에서부터 시작된다. 권리언어는 노동자Proletariat의 계급언어를 감지하고 지각하는 역할을 하는 한편, 비-계급적 위치에 놓여 있는 불안정한 노동자Precariat의 취약한 삶을 감각하고 이해하는 수행 활동을 구성하기도 한다.

그렇다면, 노동자의 삶을 스스로 고양할 수 있는 권리언어의 발화 가능성을 구성하는 문화적 언술양식은 무엇일까? 다양한 것이 있을 수 있겠지만, 나는 그것을 노동시에서 찾고 있다.[67]

2부 실천적인 것과 정치적인 것

## 노동시, 혹은 몸의 중심: 국가/자본의 노동 혐오를 습격하는 권리언어

대단히 역설적인 현상이지만, 한국 사회의 급격한 산업화/근대화 과정은 박영근, 백무산, 박노해 등과 같은 뛰어난 노동자 계급 출신 시인을 등장시킨 배경이 되었다. 한국의 진보적 문예운동사의 관점에서도 이를 의미 있는 것으로 평가할 수 있지만, 문예비평이나 학술적 접근보다 훨씬 더 중요한 것은 이들의 작품 활동이 노동자의 계급적 정체성과 언어를 구성하는 문화적 실천 양상을 보여주었다는 점이다.

이성혁 평론가는『미래의 시를 향하여』에서, 노동시의 전위적 성격을 이야기한 바 있는데—노동문학의 소재주의적 논의를 극복하였다는 점에서 의미 있는 비평적 작업이다—, 그가 말하는 노동시의 전위성은 노동자의 계급언어를 통해 저항의 정체성을 발견하고 발아하는 노동의 현장성과 수행성으로 이해할 수 있다. 노동시의 현장성과 수행성은 노동자의 계급언어와 권리언어를 구성하는 중요한 내적 원리가 된다.

1980~90년대 노동시는 '노동'하는 주체의 계급적 정체성을 인식하고, 이를 통해 사회적 관계 변화를 재구성하는 계급언어의 생산이자 공유양식이 분명하다. 하지만 1990년대 이후 노동자 계급의 분화와 노동조합의 분열이 가속화되면서 '노동시'의 사회문화적 효용(성) 역시 쇠퇴한다. 왜냐하면 '프레카리아트'로 호명되는 비-계급적 존재가 증가하는 절박한 상황 속에서, 노동자 계급의 정체성을 노래하고 기록하는 것만으로는 자본/국가의 착취 구조와 불평등을 개선할 수 없기 때문이다.

그래서 종종 '당대의 노동시'는 현실 변혁적 힘이 퇴색하거나 결여된 '무력한 문예양식'으로 지적받기도 한다. 정세훈 시집『몸의 중심』에 수록된「안전망이 될 수 있을까」이라는 작품에는, 이에 대한 진솔한 고민과 문제 인식이 담겨 있다.

> 이런 시를 쓴다는 것이
>
> 80년대 썼던 시를
>
> 다시 쓴다는 것이
>
> 안전망이 될 수 있을까
>
>
> 충남 천안 유성기업 앞 굴다리 위
>
> 여차하면 뛰어내려 목을 매겠다는
>
> 목에 밧줄 건 천막 고공투쟁
>
> 아슬아슬 조마조마한데
>
>
> 야간노동 폐지 노사합의안 지키지 않고
>
> 노조 파괴 공작에 나선 자본이 있다고
>
> 분노의 시를 쓴다는 것이
>
> —정세훈, 「안전망이 될 수 있을까」 부분[68]

허공에 "아슬아슬"하게 매달려 있는 노동자의 위태로운 삶에서 확인할 수 있듯, 노동시의 목표는 계급언어의 회복을 통해 인간의 삶을 대지 위에 안착시키는 것이다. 즉, 자본/국가의 약탈과 계급 집단에 대한 혐오와 구속("노조 파괴

공작")으로부터 '인간의 시간(몸)'을 자립시키는 것이다. 하지만 시인은 질문하지 않을 수 없다. '노동'이라는 용어가 경멸과 혐오의 지시체가 되어버린 상황에서, 1980년대 식의 '노동시' 한 줄이 과연 자본가의 법적 조치와 정치적 공세를 넘어서는 "안전망"이 될 수 있을 것인지에 대해서 말이다. 특히, 노동시를 통한 계급언어 재탈취가 '노동자 계급'과 '비-계급적 존재'를 함께 해방시킬 수 있는 언술양식인지에 대해서는 응답하기가 쉽지 않다.

그러나 노동시는 시효가 만료된 시적 갈래가 아니다. 또한 노동시는 '노동'을 주제로 삼고 있는 서정시만을 지칭하는 말이 아니다. 즉, '노동'이라는 소재의 사회적 중량감이 노동시의 존립 근거를 보장하거나 확정해주는 것은 아니라는 뜻이다. 그렇다면, 동시대의 노동시는 무엇이며, 또 어떤 세계를 지향해야 하는가. 1970~80년대 노동자 시인들이 노동계급의 언어를 치열하게 구성하고 발화했던 것과 마찬가지로, 당대의 노동시 역시 노동자 계급의 취약한 삶의 자리를 탐색하고 저항의 가능성을 발아할 수 있는 주체의 계급언어가 되어야 한다. 하지만 이는 노동자의 계급언어를 회복하는 작업과 함께, 비-계급 존재의 권리언어를 확보하는 작업을 동시에 수행할 때 가능해진다.

즉, 동시대 노동시의 시대적 감수성Sensibility은 계급언어와 권리언어를 더불어 담보하는 미적 실천 속에서만 새롭게 융기될 수 있는 것이다. 정세훈 시인의 『몸의 중심』이 흥미로운 까닭은, 노동계급에 대한 전통적인 인식을 아우르고 성찰하면서도, 비-계급적인 것에 대한 관심을 강력히 촉구하고 있기 때문이다. 표제작 「몸의 중심」을 보면 다음과 같다.

몸의 중심으로
마음이 간다

아프지 말라고

어루만진다


몸의 중심은

생각하는 뇌가 아니다

숨 쉬는 폐가 아니다

피 끓는 심장이 아니다


아픈 곳!


어루만져 주지 않으면

안 되는

상처난 곳


그곳으로

온몸이 움직인다.

—정세훈, 「몸의 중심」 전문[69]


    시인은 시집 『몸의 중심』에서 노동자의 계급적 인식을 재확인하고 발현하
는 작품을 제시하는 한편, 비-계급적인 존재에 대한 따뜻한 사유와 감성을 함
께 보여주고 있다. 몸의 중심이 뇌, 폐, 심장이 아니듯, 세상의 중심 역시 밤낮

없이 가동되고 생산되는 자본/국가의 경제적 심장부가 아니다. 우리 몸의 중심이 "어루만져 주지 않으면/ 안 되는/ 상처난 곳"인 것과 같이, 세계의 중심 역시 계급언어를 부여받지 못한 채 살아가는 취약하고 부서진 삶의 존재와 자리라는 것을 정세훈의 시는 잘 보여주고 있다.

이와 같이, 우리 시대의 노동시는 노동계급의 공통된 계급적 인식을 담고 있는 계급언어를 타고 넘으면서, (노동자라는 용어를 붙이기도 어려운 파견 및 용역, 비정규직, 실업자, 노숙인 등과 같은) '비-계급적 존재'의 삶과 부서진 생의 조건까지 감각하고 표현할 수 있는 권리언어를 구성하는 미적 형식이 되어야 한다.

그러나 국가/자본의 정교한 통치 전략 속에서 노동은 여전히 혐오와 경멸의 대상으로 왜곡되고 있다. 노동 혐오 발언은 지배 집단의 감성체계와 언술양식을 재생산하는 통치 전략, 다시 말해 국가/자본의 축적 시스템을 영구화하고자 하는 '자동화 전략(프랑코 베라르디 비포)'과 다르지 않다. 시는 지배집단의 이러한 자동화된 정보체계를 정지시키는 '미적 파업Sabotage'을 감행한다. 특히, 노동시는 국가/자본의 통치 전략을 노골적으로 위반하고 어긋낸다는 점에서, 노동 혐오에 맞설 수 있는 우리의 핵심 무기가 된다.

지금까지 살펴본 바와 같이, 노동시는 자본/국가의 규범과 질서가 어떻게 운영되고 영속화되는지를 '몸(현장성과 수행성)'으로 감각하는 반자본주의적 실천 양식이다. 노동시는 '몸의 중심', 혹은 우리 사회의 "아픈 곳"의 신음소리를 예민하게 감각할 수 있는 섬세하고 인간적인 촉수를 지니고 있다. 그러므로 이제, 노동시를 거점으로 노동 혐오 발언에 대한 새로운 반격을 가할 차례이다. 우리의 '시'는 이미 장전을 마쳤다.

ENGAGEMENT OF PASSION

# 노동소설의 곤혹: 불가능하지만, 포기할 수 없는

*"지식인의 해결책은 재현에서 물러서는 데 있는 것이 아니다."*

*-가야트리 차크라보티 스피박*

## 노동자의 지속되는 죽음

먼 과거의 일이 아니다. 이 원고를 쓰고 있는 동안에도—이 글은 2020년 가을 『황해문화』의 원고 청탁을 받고 집필되었는데—, CJ대한통운 택배노동자 김원종 씨가 과로사로 숨지는 사건이 발생했다. 칼 마르크스의 『자본』에나 기술되어 있을 법한 '열다섯 시간'의 중노동과 인권 유린은 서구 자본주의가 가파르게 발전하고 있던 19세기가 아니라, 우리가 살아가고 있는 이 세계에서도 지속되고 있다.

그럼에도 불구하고 노동(자)의 존엄과 생존권에 대한 담론과 정책 지원은 언제나 뒷자리로 내몰린다. 노동은 인간의 삶을 생태적이고 창의적인 형태로 재구성하는 소중한 육체적, 정신적 행위이지만, 현대 사회에서 노동의 위상은 그리 숭고하게 평가되지 않는다. 노동勞動은 더럽고, 힘들고, 위험한 활동으로 인식되며, 그것은 '노동(자) 혐오'로 배양되어 전파된다. 비물질 노동 영역과 직군이라고 해서 예외는 아니다.

노동은 신성한 인간 활동이며 우리 사회를 위해 필요한 것이라고 말하지만, 누구도 '노동'이 스스로의 삶과 정체성을 규정하는 핵심 언어가 되기를 바라지 않는다. 물론 이는 각자의 직종에서 생활하며 일하는 사람들이 통일된 계급적 범주를 갖고 연대의 파트너로 집결하는 것을 원하지 않는 자본(가)의 체제 유지 장치에서 비롯된 것이다.

루이 알튀세르의 『이데올로기와 이데올로기적 국가장치』를 언급하지 않더라도, 자본주의 시스템을 영속화하는 교육, 언론, 문화, 종교 등과 같은 이데올로기 형식은 노동자의 계급언어를 표백하고 순화하는 '관리언어'로 기능한다. 지배계급은 관리언어를 통해 노동하는 주체를 '노동자 계급'이 아니라 '근로자 개인'으로 순치한다. 노동자의 계급언어 박탈에 저항하기 위해서는 '노동의 감수성Sensibility'을 증진하는 것이 중요하며, 이는 '노동(자)의 권리언어'를 통해 가능해진다.

노동자의 권리언어를 재구성하는 문화적 표현양식을 '노동문학'이라 부를 수 있는데, 우리는 그 빛나는 성취를 1980~90년대 문학의 역사에서 발견할 수 있다. 허나 근자의 노동문학은 퇴보적 경향문학에 머물거나 담론의 공간에서 아예 사라진 듯하다. 오해하지 말 것은, 이러한 현상 진단은 지금까지의 노동문학의 가치를 폄하하거나 부정하는 것이 아니라, 오히려 노동(자)에 대한 경멸과 혐오를 넘어설 수 있는 '새로운 노동문학의 가능성'을 타진하는 '자기 질문'에 더 가깝다. 새로운 것은 언제나 냉철한 현실 인식과 자기 부정을 통해서만 가능해진다.


**왜 남성작가들은 노동문제를 다루지 않는가?**


2020년 가을, 내게 맡겨진 『황해문화』 문화비평의 전체 취지는 대강 이러한 것일 테다. 그런데『황해문화』편집진의 원고청탁 내용은 난처하다 못해, 도망치고 싶은 주제였다. "왜 남성작가들은 노동문제를 다루지 않는가?" 내가 감당하기 어려운 비평의 테마이다. 두 가지 점에서 그러하다.

첫째, '남성작가들이 왜 노동문제를 다루지 않느냐'는 질문을 있는 그대로 이해해서는 안 된다. 주지하다시피, 한국의 노동문학은 상당한 정치미학적 성취를 거두었으며, 기왕의 문학사史를 참조하더라도 여성작가에 비해 남성작가가 적다고 할 수는 없다. 아니, 오히려 많다. 다만, 최근의 젊은 작가 중에서 '노동문제'를 직접 다루는 남성작가가 적은 것은 사실이다.

2019년 '노동'을 키워드로 엮은 앤솔로지 소설집『땀 흘리는 소설』(창비교육)이 출간됐는데—김혜진, 김세희, 김애란, 서유미, 구병모, 김재영, 윤고은, 장강명—, 작가들의 면면을 보면 저자 여덟 명 중에서 우리가 남성작가라고 판단할 수 있는 이는 한 명 뿐이다. 그렇다고 해서 노동문제를 다룬 남성작가가 없는 것은 아니다. 노동현장의 문제와 인간 존엄의 가치를 심도 있게 기록하고 있는 이인휘 소설가가 존재하기 때문이다. 그러므로 '남성작가들이 왜 노동문제를 다루지 않느냐'는 물음은 계량적 차원의 현상 추수적인 질문이 아니라, '남성작가들은 왜 노동문제를 제대로 다루지 못하느냐'라는 비판적 언술이 담겨 있는 기획으로 보아야 한다. 무시무시하다.

둘째, 작가의 성차를 기준으로 일련의 문학적 경향성을 논하기에는 스스로 부족함이 많다. 나 역시 사십 대 중반의 남성평론가로서 비평의 대상이 되는 소설 텍스트를 객관적이고 엄정하게 해석하고 평가할 수 있는 위치에 있지 못하다. 설사 그런 작업이 가능하다고 하더라도, 스스로에게만큼은 떳떳할 자신이 없다. 또한 내가 원하든, 원치 않든, 여성/남성작가라는 이분법적 잣대에 근거하여 창작자의 소중한 문제 인식을 '모럴리티의 차원'으로 환원하여 평가할 수 있는 위험 역시 내포하고 있다.

이러한 두 가지 곤혹스러움을 안고 비평에 나서는 길에서 우리는 자연스럽게 이인휘와 장강명이라는 문제적 작가를 만나게 된다. 참으로 난감하고 힘이 든다. 자칫, 이 부족한 비평문이 한 인간의 치열한 삶과 작가로서의 훌륭한 문학적 여정을 훼손하는 일이 되어서는 안 되기 때문이다. 나는 이 글이 서사적 텍스트의 약점을 뒤적이는 비평이 아니라, 노동문제와 그것의 재현이라는 문학/비평적 곤혹을 함께 타고 넘는 문화적 대화이기를 바란다.

## 노동소설의 기록성과 부득이함

소설가 이인휘는 2016년에 펴낸『폐허를 보다』(실천문학사)를 통해 만해문학상을 수상하였으며, 이후에도『건너 간다』(창비, 2017),『노동자의 이름으로』(삶창, 2018),『우리의 여름을 기억해줘』(우리학교, 2019) 등의 장편을 발표하며 왕성한 필력을 보여주고 있다. 가장 최근에 나온『우리의 여름을 기억해줘』는 여러 모로 주목되는 작품이지만—그것은 인간 해방과 대지의 생태 복원을 지향했던 마르크스적 기획과도 연결된다고 할 수 있지만—, 이 글의 주제에 가장 부합하는 근작 텍스트는『노동자의 이름으로』이다. 이 작품은 2000년대 이후 노동소설의 방향을 보여주고 있다는 점에서 충분히 의미 있는 노동문학 텍스트라 할 수 있는데, 그 특장점은 바로 '기록성'이다.

『노동자의 이름으로』는 전체 7장으로 구성되어 있으며, '김광주'라는 허구적 인물을 중심으로 한 회상 형식('현재-과거-현재')으로 전개되고 있다. 울산지역 노동운동, 그 중에서도 "현대자동차 노동조합"(현재의 전국금속노동조합 현대자동차지부)의 형성 과정과 투쟁사를 핵심 소재로 삼고 있다. 그래서 이 작품을 일종의 후일담 소설로 볼 수도 있겠지만, 실제 내용은 그렇지 않다. 왜냐하면 이 이야기는 과거의 열정적 시간을 반추하는 감상적 소회가 아니라, 실존 인물에 대한 기록과 증언을 바탕으로 인간 노동의 존엄과 가치를 현재의 시간 속에 아카이빙하는 '역사적 대화'이기 때문이다. 자본가와 노동자, 어용노조와 민주노조, 순응주의와 저항주의의 치열한 대결 과정은, 인간 삶의 조건을 질적으로 변혁하고자 하는 유물론적 역사 해석의 문학적 재현 방식이자, 이인휘 소설가가 노동 현장의 이야기를 핍진성 있게 형상화하는 서사 전략이라고 말할 수 있다.

작품에 등장하는 인물과 단체가 다채로운 사회적 관계망 속에서 길항하고 연대하며 분열하는 과정은 매우 자연스럽다. 노동자를 착취하고 억압하는 자본가와 관리자에 대한 굴종과 분노, 저항과 승리, 패배와 성찰의 과정 전체가 새로운 삶을 위한 '변화'의 기록이기 때문이다. 『노동자의 이름으로』는 자신의 '육신'을 인간 존엄의 뜨거운 불씨로 점화시킨 실존 인물 '양봉수 열사'의 희생적이며 체제 전복적인 저항 정신을 중심에 놓고 있다("양봉수가 간절한 소망을 담아 몸에 붙인 불길이 억눌려 있던 조합원들의 마음에서 불씨로 되살아났다"). [70] '봉수'의 죽음이 계기가 되어 절망감과 패배감에 빠져 있던 민주 진영의 노동조합은 저항과 연대의 불꽃을 되살려내게 되며, 주인공 '광주' 역시 현실 순응적인 태도를 버리고 투쟁의 길로 나서게 된다.

그러나 자본주의 체제 내에서 안주하며 살 수 없는 변혁적 모험담은 양날의 칼이다. 자기 자신의 일상을 전장戰場의 공간("일대 격전")으로 재구축하기 때문이다. [71] 어느 누구도 각자의 삶을 "전쟁터"로 만들고 싶은 사람은 없다. 공적인 삶과 사적인 삶이 명확하게 구분된다면 좋겠지만, 대체로 그렇지 못하다. 사회적 영역에서의 생활 여건은 곧장 가족의 구체적인 삶 속으로 파고든

　　　　　　　2부 실천적인 것과 정치적인 것 ♀

다. 인용문을 보자.

"가서 자라, 속 뒤집어놓지 말고. 얼른 안 가나?"

"잘못하면 우리도 죽을 판인데 잠이 와? 퇴직금도 못 받고 쫓겨나면 어떡하려고 그래? 제발 노조 일 좀 하지 마. 회사에 밉보여서 좋은 거 없잖아, 안 그래?"

(…중략…)

"염병, 전쟁 나면 제일 먼저 도망갈 인간이 여기 있구만. 아무리 나이가 어려도 세상 이치는 알고 살아라. 혼자만 살겠다고 잔머리를 굴려대면 다 죽는거야, 이 밴댕이 소갈딱지 여편네야. 어여, 들어가 자라. 무슨 일이 있어도 너 굶기지 않고 개벽이 학교 잘 다니게 해줄 테니까. 어허, 더 이상 떠들지 말고 들어가라니까 큰소리 터지기 전에."

아내가 다시 입을 열려고 하자 광주가 말을 막고 노려봤다. 미경은 광주의 기세에 눌려 일어났지만 앙칼지게 한마디 내뱉고 돌아섰다.

—이인휘, 『노동자의 이름으로』 부분[72]


　주인공 '광주'와 그의 아내 '미경'의 대화 장면이다. 광주는 봉수의 죽음 이후 본격적으로 노동운동에 투신하게 되며 폭행 혐의로 징역까지 살게 된다. 그는 감옥에 있는 동안 아내가 생계를 잇기 위해 노래방 도우미("노래방 삐삐아줌마")로 일했다는 사실을 알게 되고, 결국 두 사람은 이혼에 이르게 된다. 필자의 낮은 젠더 감수성으로 페미니즘 이론의 교훈을 차용하는 것은 불가능하다. 다만, 이 장면에서 남성작가가 노동문제를 재현하며 만나게 되는 가장 어려운 지점을 목격할 수 있다. 1980~90년대 노동운동의 실체적 사실과 무관하게, 소설에서는 아내, 어머니, 술집여주인과 같은 여성 캐릭터가 수동적이거나 투쟁의 보조자로만 묘사되고 있다. 오해하지 말 것은, 『노동자의 이름으로』에서 여성의 저항적 이미지가 전혀 발견되지 않는다는 뜻이 아니다. 실제로, 작품 속에는 "구속·수배자 가족 협의회"의 "어머니"와 "아내", 정리해고 철폐 투쟁을 위한 "가족대책위 대표"인 "이영림", 그리고 정부와 야합하는 노조 위원장을 비판하는 "여성 조합원"의 목소리가 잘 드러난다. 다만, 이 부분은 전체 소설의 분량과 구조를 고려하면 매우 제한적이다.[73]

부득이한 것인지는 모르지만, 국가/자본에 저항하는 계급투쟁을 '남성적인 것'의 육체적, 정신적 대결 일변도로 묘사하고 있다는 비판을 피하기 어려운 부분이다. 광주의 아내 미경이 숭고한 노동운동의 대의에 무지한 '악처惡妻'로 묘사되고 있는 것이 그 방증이다. 직접 인용을 하지 않더라도, 『노동자의 이름으로』에서는 "사나이"라는 표현이 수차례 강조되고 있다("좋다. 끝까지 가보자. 불의를 보고 모른 척하는 건 사내가 할 짓이 아니지"). 가족의 생계 걱정으로 가득 차 있는 아내를 힐난하며 침묵을 강요하는 장면에서("꽉, 가서 자라 그랬다. 니가 뭘 안다고 깝죽대는데?"), 어쩌면 광주의 투쟁은 이미 좌초되고 있는지 모른다. 광주-미경의 어긋난 의사소통은 자본가의 비민주적인 기업 운영과 불합리함에는 분노하면서도, 가족의 대화 구조를 수평적으로 재구성하지 못하는 모순적 사태를 보여주는 서사적 증례이다.

이런 비판적 시각을 페미니즘 이론의 적용으로 보아서는 곤란하다. 왜냐하면 나 역시도 그런 감수성과 이론적 수용성은 갖고 있지 못하기 때문이다. 이것은 성차나 세대의 문제를 포함하는 것이기는 하지만, 근대의 국가 자본주의가 만들어낸 폭력과 억압을 어떠한 태도로 함께 돌파할 것인가 하는 문제로 이해되어야 한다. 이인휘 작가 역시 이 점을 잘 알고 있는 듯하다. 이는 이혼 후

폐인이 되어버린 광주가 아내의 빈자리를 짧게나마 감각하는 장면에서 잘 드러난다("아무튼 내가 집에 아무런 신경도 안 쓸 동안 마누라 혼자 살림을 참 잘 꾸려왔다는 걸 새삼 느끼기도 했었지").[74]

일상을 전장의 공간으로 변화시키는 것은 폭발적인 정념과 희생의지를 요청하는 일이다. 그래서 그것은 번번이 남성적 쟁투의 희생의례로 활용되어 왔다. 인간 노동의 존엄과 가치라는 대의를 수호하기 위해, 투쟁의 현장으로 자기 몸을 투신하는 '희생자'의 형상이 '남성적인 것'으로 귀결되는 것은 곤란하다. 조지 L. 모스가 『전사자 숭배』에서 언급한 것과 같이, 국가나 가족을 위해 희생하는 남성의 숭고한 형상은 '사내Male-다움'의 형태로 상징 조작된다. 그것은 언제나 여성을 수동적이고 순응적인 존재로, 그리고 공적인 영역의 바깥으로 내몰 수 있기 때문에 수평적인 의사소통 자체를 불가능하게 만든다. 마르크스와 엥겔스가 『신성가족』에서 이야기한 바와 같이, '국가'와 '가족'은 상동관계를 지닌다. 가부장적 사회구조에서 남성작가들이 손쉽게 노동문제에 관한 현실적 전망을 직조하기 어려운 이유이다.

서사적 리얼리티를 살리기 위해 부득이한 부분이 있다고 하더라도, 이 '부득이함'의 문제적 측면을 새로운 '노동문학'의 가치로 재구성하고 정초해야만 남성/여성, 구세대/신세대의 분별을 넘어선 인간 존중의 세상을 그려볼 수 있지 않을까.


## 노동소설의 확장과 머뭇거림

이어서, 장강명 작가의 『산 자들』(민음사, 2019)로 논의를 확장해 보자. 이 소설집은 노동자의 계급투쟁에 초점을 둔 노동문학과 달리, 아예 '먹고 사는 문제 전반'으로 이야기의 범위를 확대하고 있다. 그 이유는 현대 사회의 구조적 불평등이 프롤레타리아의 계급인식과 정치적 연대를 강화하는 방식으로만 설명/타개하기 어려운 상황에 놓여 있다고 판단하기 때문이다("음악노동자연대 이야기는 길고 괴로웠다"). "현대 경제학은 노동 가치설을 부정한다"(「음악의 가격」)는 문장에서 확인할 수 있듯, 장강명은 노동자의 계급적 정체성을 통일성 있게 구현하는 노동 가치론과 계급투쟁에 대해 회의적이다. 이는 작가 특유의 냉소적인 현실 감각에서 기인한다.[75]

실제로, 일하는 사람들의 유형과 지위 역시 취업자와 실업자, 관리직과 생산직, 정규직과 비정규직, 파견직과 도급직, 인턴과 알바노동자, 노동자와 자영업자 등으로 분할되면서, 노동자의 계급적 정체성은 非계급화 되어버렸다. 동일한 계급적 정체성을 확보할 수 없는 불안정한 노동자를 프레카리아트라고 부를 수 있다면, 장강명의 『산 자들』은 이러한 서사의 한 축을 보여주는 동시에, 기존의 노동문학에서 담아내지 못했거나 담아낼 수 없었던 장삼이사의 생존 문제를 다채로운 소재를 통해 보여주고 있다. 1부 자르기, 2부 싸우기, 3부 버티기의 제재가 되는 알바노동, 대기발령, 구조조정과 해고, 자영업과 무한경쟁, 철거민 문제와 빈부 격차, 취업준비생과 대외활동, 감정노동자와 예술노동자의 생계 문제 등이 구체적인 모티프다.

장강명은 『산 자들』에서 '생계의 문턱'을 어떻게 넘고, 또 우리가 이 사회에서 어떤 방식으로 생존할 것인지에 관해 균형 있는 시각을 보여주고자 노력하고 있다. 다만 이러한 시도는 작가(서술자)를 조금은 멀리 떨어진 관찰자의 시좌視座에 위치시킨다. 「공장 밖에서」와 같이, 생산직 노동자(공장 안)와 관리직 노동자(공장 밖)의 시점을 교차시키며, 각기 다른 입장을 충돌시키고 있는 작품이 대표적인 예다. 전지적 작가시점에 의해 단호하게 기록되며 탄탄한 정념으로 결집되고 있는 이인휘의 『노동자의 이름으로』와 달리, 장강명의 연작소설집에 수록된 작품은 간접 화법에 가까운 시점으로 진술되고 있다. 누군가에게 이야기하거나 하소연하듯, 혹은 현장의 목소리를 인터뷰하여 전달하듯, 각자의 사연을 엮고 기록할 수밖에 없는 작가의 무력감이 느껴진다.

비판이 아니다. 필자 역시 문학을 하며 겪고 있는 실천적 어려움과 다르지 않다. 우리 삶의 자리에서 가장 취약한 존재의 문턱, 그 치열한 삶의 경계를 맴돌고 있는 작가적 '머뭇거림'과 '주저함'은 분명 윤리적 태도에 가까운 것이지만, 그것의 현실 효과는 너무나 미약하기 때문이다.

장강명의 근작 소설은 기존의 노동문학과 분별되는 '새로운 감수성'을 보여주고 있다. 특히, 『산 자들』에 수록된 작품은 기존의 노동서사에서 잔상처럼 남아 있던 '남성적 투쟁사'를 벗어나 있으며, 자본과 노동의 관계를 단순한 선악 대결이 아니라 구체적 삶의 목소리로 들려주고 있다. 하지만 비계급적 존재가 된 알바노동자, 취업자, 해고자, 자영업자, 철거민, 취업준비생 등의 입장을 각자 도생의 풍속화로 묘사하는 데 그치고 있다는 점은 고민해 보아야 할 부분이다. 소설과 문학은 우리 사회의 구조적 모순과 불평등을 보여주기만 하면 끝나는 것이 아니기 때문이다.

이 가혹한 삶의 굴레는 도무지 어쩔 수 없는 생존 조건일 뿐인 것일까("달리 뭐 할 수 있는 일도 없었으니까요", 「모두, 친절하다」; "그것은 내가 어찌할 수 있는 문제가 아니다. 동시에 경제적으로 완벽하게 합리적인 일이다", 「음악의 가격」).[76] 사회구조적 불평등이 한 개인의 '노력'과 '마음-씀'으로 극복되거나 해결할 수 있는 일이 아니라고 하더라도, 문학은 그래서는 안 되는 것이 아닐까. 대안과 전망 없음. 소설이 한국 사회의 디스토피아적 풍경을 예민하게 보여주는 세태 묘사에 머물 수밖에 없다니, 어쩐지 갑갑하고 답답한 마음이 든다.

군이 가야트리 차크라보티 스피박의 「서발턴은 말할 수 있는가?」의 복잡한 논의를 인용하지 않더라도, 누군가의 삶을 '대리 재현'하는 것이 불가능하다는 사실을 잘 안다. 그러나 지식인과 예술가의 책무는 불가능의 가능성을 정초하는 데 있다. 이는 문학예술로서의 미학적 성취나 섣부른 윤리적 포즈가 아니라, 자신의 몸과 마음에 기입되어 있는 시대적 불화를 자기 작품을 통해 충돌시키는 '자기 부정'을 통해 가능해진다.

이인휘의 '부득이함'과 장강명의 '어쩔 수 없음' 사이에서, 나를 비롯한 남성 문학가들의 새로운 길이 모색될 수 있다면, 두 작가의 작품은 충분히 의미 있는 텍스트라고 말할 수 있지 않을까.

# 불의 사보타지

## ─황규관,『이번 차는 그냥 보내자』(문학동네, 2019)

시는 언어를 통해 새로운 감수성을 입안하는 문화적 실천이다. 시를 고고한 지성의 산물이나 순수예술로만 규정하지 않는 까닭은, 문화가 교양의 축적물이 아니라 생활양식의 한 표현이기 때문이다. 이런 경우 시는 기성세대의 감성체계를 교란하고 절단함으로써, 새로운 삶의 양식을 직조하는 수행적 언어가 된다.

이 현장 비평의 텍스트가 되는『이번 차는 그냥 보내자』역시 그러하다. 황규관의 시는 노동자 계급의 정체성과 언어를 사수하기 위한 시적 응전과 함께, 프레카리아트의 취약성을 응시하는 시적 실천을 보여주었다. 근작 시집『이번 차는 그냥 보내자』에서는 자본/국가의 시스템 자체를 기각하는 시적 탈주의 가능성을 모색하고 있다. 전체 네 개의 부로 구성되어 있는 이 시집은 거꾸로 '4부'부터 읽어야 한다.

시인은 '자본/국가'의 합종연횡을 비판적으로 사유하고 있다. '자본/국가'라는 용어가 성립 가능한 것은, "국가는 부르주아의 위원회"('자유는 무성하지만」)의 의지를 대변하기 때문이다. 엥겔스가『루트비히 포이어바흐와 독일 고전철학의 종말』에서 언급한 것과 같이, 자본주의 사회에서 '국가'의 존재는 불가피한 요소로 현현한다. 국경과 인종을 초월한 전 지구적 자본주의라는 말이 창궐하고 있지만, 기실 자본주의의 수탈 메커니즘은 일국적 통치체제의 견고한 후원체계 속에서 가동된다.

시인은 근대적 사법기관과 정치제도가 지배질서의 이데올로기를 구현하는 '국가장치'로 기능하고 있음을 간파하고 있다. 민주주의와 노동운동 역시 국민국가의 주체 훈육장치로 제도화되어버렸다는 것. 장구한 계급투쟁의 역사와 의의를 폄훼하는 게 아니다. 인민People의 자유와 평등을 성취하기 위한 저항의 형식이 오히려 지배계급의 권익 재생산에 기여하고 있으며("민주주의란 말처럼 뜯어먹기 좋은 빵도 없다" 「민주주의는—」), 자본의 관리언어에 포섭된 노동운동은 더 이상 프롤레타리아의 계급인식과 프레카리아트의 부서진 삶을 대의하기 어려워졌다는 문제 제기이다("나는 투쟁도 못 믿겠고/ 노동조합의 핏대를 세운 선동에도 무심하다", 「노동자」).

이는 두 가지 측면에서 시사점을 준다. 첫째, 자본주의 사회 구조에서 인간은 여전히 자본-기계의 부속품("노동자는 스패너다")으로 살아갈 수밖에 없다는 것. 둘째, 그것은 단순히 현존재의 육체를 마모시키는 일에 국한되는 것이 아니라("제 심장이 식어가는지도 모른다", 「노동자」), 아예 다음 세대의 생명과 존엄성을 파괴하는 폭력이라는 사실이다("김군", "이민호군", "김용균", 「끼워 죽이다」). 「한 시간」이라는 시에서 보듯, 노동자의 생존권은 맹아적 자본주의 시기보다 나아졌다고 말할수 없다. 야만의 시간은 존속되고 있다.

조심스러운 말이지만, 여기까지는 통상 '노동시'라 분류되는 문학 범주와 작품에서 확인할 수 있는 내용이다. 그렇다면 황규관의 시가 기존의 노동시와 분별되는 특징은 무엇인가? 그것은 낭만적 몽상이 아니라 냉소적 이성을 시의 무기로 삼고 있다는 점이다. 『이번 차는 그냥 보내자』의 전반적인 어조는 시니컬한 톤으로 이루어져 있다. 투쟁과 승리의 들뜬 정념이 아니라 차갑게 침전하는 냉소적 상실감, 그것이 황규관 시의 특장점이자 독자를 사유의 숲으로 인도하는 힘이다. 1부와 2부에 수록되어 있는 '불의 시편'이 대표적인 예다.

불의 상반된 속성을 지적한 이는 가스통 바슐라르이다. 불은 낙원이자 지옥이다. 또한 불은 부엌이며 종말이며, 선한 신이자 악한 신이다("불은 스스로에게 모순될 수 있다").[77] 시인 역시 불의 모순적 사태를 직관적으로 이해하고 있는데, 이는 「총파업」, 「불의 시대」, 「불에 대하여」, 「아름다움이라는 느린 화살」 등의 작품에서 잘 드러난다. 불은 크게 경제적 효용성이 있는 것("돈이 되는 불")과 없는 것("돈이 안되는 불", 「불에 대하여」)으로 나누어진다. 전자가 도구적 이성에 바탕을 둔 근대 자본주의의 생산적 동력을 상징하는 것이라면, 후자는 인간과 대지의 조화로운 관계와 근원적 생명력을 의미한다. "후쿠시마"(혹은 "체르노빌")와 "아궁이"(혹은 "어머니"와 "콩고강")의 대조적 이미지는 이를 방증하는 구체적 심상이다.

불은 자연이 인간에게 베푼 아름다운 선물이다. 불을 통해 인간은 따뜻한 거처에서 뜨거운 음식을 먹을 수 있게 되었다. 그러나 인간은 문명이라는 이름으로 자연을 지배하고 수탈했으며, 과잉된 욕망의 생산과 축적 도구로 불을 이용했다. 정말로 문제적인 것은, 인간이 불의 폭주("불은 달렸다")를 통제할 수 있는 능력이 없다는 사실이다("꺼지지 않는 불"). 근대 자본/국가의 생산 속도는 강의 흐름과 대지의 숨결을 끊어 놓았으며("강물을 막"고 "대지를 태웠다", 「불의 시대」), 인간의 창조적 상상력을 고갈시켰다("우스운 우화", 「토끼와 어머니」). 생태계 교란과 파괴는 물론, 인간의 반성적 사유 능력까지 마비시킨 것이다. 「아름다움이라는 느린 화살」과 「성」이라는 시에서 보듯, 무한히 타오르고 점멸하는 불/빛은 인간이 숙고하고 성찰할 수 있는 시간("별을 품은 당신의 어둠")을 빼앗아갔다. 이는 단순한 시간 인식의 변화가 아니라, 황금시대의 종언을 뜻한다.

밤하늘의 별을 보며 새로운 삶의 방향을 가늠할 수 있었던 유토피아가 끝장난 것. 독자의 한 사람으로서『이번 차는 그냥 보내자』가 세심하게 잘 짜져 있는 시집이라고 느끼는 것은 이 대목이다. 1부와 2부의 시편들이 인류 문명이 파괴한 대지의 실상을 디스토피아적 시선으로 보여주고 있다면, 3부에 수록된 작품은 대부분 시적 화자의 유소년 시절을 연대기적 형태로 묘사하고 있다. 「가뭄」("40년 전의 옛집"), 「강물」("어린 내"), 「쌀 세 포대」("내가 어릴 적"), 「소년을 위하여」("학교 가기 전"), 「국수 한 그릇」("여섯 살 무렵"), 「위대한 유산」("아홉 살 때"), 「눈」("학력고사 치는 날"), 「떠나지 않는 시간」("내가 스무 살 때") 등이 대표적인데, 이 작품 군群은 현대인의 근원적 상실감을 보여준다. 오해하지 말 것은, 3부의 시편은 나이브한 문명 비판이나 과거 회귀와는 무관하다. 시인은 고향의 풍경에서 인간과 대지의 화해 가능성을 발견하면서도, 그것을 노스텔지어의 시공간으로 복원하지 않는다("지나간 시간은 다시 오지 않는다", 「돌아가지 말자」). 시집 전체를 관통하는 시적 정조("설움")가 고향에 대한 낭만적 귀환이 아니라 '귀향의 불가능성'에 기인하고 있는 것이 그 방증이다("어린 내가 서러우면 강둑에 앉아 흐르는 물을 넋 놓고 바라보곤 했다// 우리는 지금 누구에게 설움을 하소연하며 살고 있는가", 「강물」; "예전에는 강도 있고 들도 있었는데", 「작골」).

그렇다면, 황규관의 시가 고향 상실과 귀향의 불가능성을 노래하는 까닭은 무엇인가? 여러 가지로 해석될 수 있겠지만, 핵심적인 것은 자본의 팽창성을 추동하는 진보적 시간을 절단하고 정지시키기 위한 것이다("본질은 진보나 정의가 아니다", 「슈퍼 문」). 근대 자본/국가의 경제적 발전주의는 개발과 혁신을 명분으로 전통적 생산양식을 후진적이고 낙후한 것으로 오인하게 만들었으며, 이러한 환상은 돌림병이 되어 현대인의 일상을 지배하게 되었다. 근대 자본/국가의 미래주의는 어제와 오늘의 시간을 착취함으로써, 내일의 희망을 가장한다. 시인은 이런 세상을 "불의 시대"라 명명한 것이다. 그러므로 자본/국가의 탈주선을 정초하는 일은, 결국 불의 세기와 단절하는 데서부터 출발한다. '불'에 관한 질문이 필요한 까닭은 이 때문이다. 서시 격에 해당하는 「총파업」은 인간과 대지의 숨결을 회복하고자 하는 불복종의 언어이다("불을 끄고/ 자동차를 멈춘다"). '불의 시편'이 우리에게 시사하고 있는 것은, '불의 질주'가 아니라 '불의 파괴Sabotage'이다.

그러나 시인의 현실인식은 그리 낙관적이지 않다. 오히려 회의적이고 매우 냉소적이다. 그 이유는, 불의 실체를 직시하고 고발해야 할 예술조차도 문화산업이 되어버렸기 때문이다("시를 쓰기 위해 불의 허리를 일으켰고"). 학교와 종교, 노동조합과 진보정당만이 아니라, '시(인)'조차도 이데올로기적 국가장치로 기능한다는 고백은 진술하다("교회가, 문학이, 대학이, 언론이, 노동조합이 함께 해먹었습니다", 「우리가 혁명이 됩시다!」). 그냥, 그냥 모른 척하고 살면 되지 않는가. 안타깝지만, 시인은 그럴 수 없다. 아니, 그러려면 시인이 되지 말았어야 한다. 국가/자본에 포섭된 삶의 양식이 다른 생의 가능성을 말소("최종적으로 재 너머를 지워버린다", 「자본론」)한다는 사실이 시인의 눈에는 다 보이기 때문이다.

그렇다면 시인은 어떤 존재여야 하는가? 시인은 독자를 아프고 불편하게 하는 사람이다. 인간을 피안의 세계로 인도하는 사제가 아니라, 비루한 세상과 충돌하고 불화하는 진실의 폭로자이다("시는 당신을 아프게 하려고 온다", 「나쁜 시」) 그래서 시인은 언제나 외롭고 쓸쓸하다. 황규관 시인과 함께, '불의 시간'을 끝내자. 자본의 속도전에 편승하지 말자. 이번 차, 이번 차는 그냥 보내자. 그대와 함께라면, 조금 늦어도 괜찮지 않겠는가.

# 자본의 언어를 절단하는 시의 톱

—양아정,『푸줏간집 여자』(황금알, 2014)

양아정의 시는 사물과 기호의 관계를 새롭게 정립하는 데서부터 출발한다. 그녀는 말의 일상적인 협약을 파기하고, 자신의 몸에 기입되어 있는 지배적인 언어감각을 단절시킨다. 하지만 이것은 사물에 강제되어 있는 획일적인 기호를 탈각시키는 과정일 뿐, 사물 자체와의 결별을 의미하는 것은 아니다. 즉, 양아정의 시는 사물과 기호의 인위적 협약 관계를 해방시키는 자유와 사랑의 실천을 추구한다.

그렇다면, 그녀가 시라는 "톱"(「톱」)을 통해 절단하고자 하는 사회적 협약이란 무엇인가. 그것은 말할 것도 없이 자본주의의 언어감각이다. 자본주의는 특정한 경제 체제만이 아니라, 우리의 말을 대신하는 언어감각이자 의사소통 방식이다. 자본은 주체의 언어를 '화폐'라는 '기호'로 대체하여 순환시킨다. 이는 '기호자본주의'나 '금융자본주의'와 같은 정치경제학적 이론을 경유하지 않더라도 쉬 알 수 있다. 그러므로 절단의 대상이 되는 것은 시인의 말(언어) 자체가 아니라, 시인의 단독성에 의해 포착된 자본의 '흐름'과 자본주의적 '언어감각'이다.

시인은 자본의 감각에 맞게끔 재현되고 재생산되는 기호 표상을 지전紙錢,

즉 "나의 푸른 하느님"(「아름다운 나의 대왕님」)이라고 부른다. 세종대왕이 그려진 고액권 지폐, 이는 현대 사회에서 이미 성화聖化의 대상이 되었다. 서로의 '말'을 나눔으로써 소통하는 공동체가 아니라, 추상적 '화폐'를 통해 교환하는 자본의 집적체가 된 것이다. 이제 화폐는 공통의 교환수단이 아니다. 그것은 사적 "욕망"을 실현하는 도구이자, 사물과 사람의 개성을 말살하는 '부'의 복제 장치이다.

시인은 자본의 언어에 의해 포섭되어 규격화된 삶의 형식을 거부한다. 그 것은 현대인의 '성형 욕망'과 '복제 시스템'을 비판하고 있는 시편(들)—특히, 「호스트」와 「푸줏간집 여자」의 경우—에서 자세히 확인할 수 있다. 양아정 시인은 '여성'이라는 존재가 자신의 '삶/말'을 '판매'하며 살아갈 수밖에 없는 상품과 같다고 말한다. 왜냐하면 이 시대는 어떤 사물도 상품화의 유인으로부터 자유로울 수 없기 때문이다. 이것은 인간의 경우에도 예외가 아니다. 인간 역시 "저울" 위에서 "값"이 매겨지는 존재가 되었다. 특히, 여성은 '고깃덩어리'와 같이 "핏빛으로 날 선 칼날" 위에 위태롭게 서 있다.

양아정 시인은 이런 사회를 "서툴러서 즐거운/ 마술사들의 세상"이라고 말하거나, "모든 것이 살해되고/ 모든 것이 새로운 방식으로 태어나네"라고 희화화한다. "서로가 서로를 표절"하며 살아가는 "사람들"에 대한 냉소인 것이다. 타인의 외양이나 말을 모방하고 재현하는 "복사의 방정식"은 기호자본주의의 재현 시스템, 혹은 재생산 체계와 다르지 않다. 자본의 언어가 관리하고 있는 사회적 포획망은 촘촘하며 정교하다. 그래서 시인은 '시'라는 "톱"을 통해 그것을 절단하고자 하는 것이다. 이것은 자본언어가 기획하고 구성하는 기호/사물의 안정적인 협약을 파기하는 것과 동일한 작업이다.

이와 같이, 양아정 시의 새로운 언어감각은 자본과 일상의 연결 고리를 기

146

각하는 치열한 시적 응전의 결과(물)이다. 시인은 자본의 언어가 유도하는 길, 즉 "네비게이션"(「네비게이션 버리기」)의 언어가 안내하는 행로를 선택하지 않는다. 시인은 자신의 '말'을 통해 새로운 '길'을 내고자 한다. 그래서 양아정 시인은 네비게이션을 버리고 "혼자서 가"는 먼 길을 택한 수행자와 다르지 않다. '네비게이션'이 안내하는 삶의 경로는 "브레이크 없는 길"이자, "갓길"이 없는 무한 질주의 반복이다. 시의 언어는 자본의 질주를 정지시킨다. 자본주의의 언어감각을 어긋내고 절단함으로써, 새로운 말문을 여는 생生의 이정표를 확보하는 것이야말로 '시의 역할'인 것이다.

시는 자본언어의 질서를 각자의 몸에 체득하고 장착하는 재현의 양식이 아니라, 오히려 자본이 매듭짓고 묶는 사물/기호의 협약과 계약 관계를 원천 무효화하는 하는 문화적 응전 양식이다. 『푸줏간집 여자』는 통상적인 시학적 규칙과 법규로부터 이탈하는 것은 물론—시집에서 가장 중요한 이미지인 '톱'은 그것을 절단하는—, 자본의 언어가 강제하고 있는 사물과 기호의 계약 관계를 백지화하는 '자르기' 역시 수행하고 있다.

그래서 양아정 시인의 『푸줏간집 여자』는 자본언어에 예속된 삶으로부터의 탈주를 감행하는 '해방의 선언(문)'이라 할 수 있다. 물론, 사물과 기호의 불화를 조장하는 시적 작업은 해석의 난해함을 동반하기도 한다. 하지만 그것이 자본의 언어가 구축해 놓은 삶/말과 단절할 수 있는 길이라면, 양아정 시인은 그 '힘든 여정'을 마다하지 않을 것이다.

# 호러의 정체: 숨은 공포를 식별하는 말

—김효연,『무서운 이순 씨』(시와반시, 2019)

시는 언어예술이다. 언어에 문법이 있듯, 예술에도 규칙이 있다. 다만 일상 언어의 규범과 예속으로부터 벗어나고자 하는 자유의지는 언제나 인간 의사소통의 문법체계를 배반한다. 역설적이지만, 시적 언어는 예술적인 것의 질서와 통념을 기각하고 새로운 사유와 감각을 정초하고자 할 때, 오히려 가능해진다.

김효연 시인의『구름의 진보적 성향』(문학의 전당, 2015)이 사물과 존재의 속성을 은폐하는 지배적 언술체계에 대한 시적 봉기였다면, 두 번째 시집『무서운 이순 씨』(시와 반시, 2019)는 자동화된 언어감각에 스트라이크를 일으키며 사회적 안전망 바깥으로 내쫓긴 존재를 감지하고 복원하는 작업을 수행하고 있다.

언어와 사고의 관계를 (재)인식하는 시학적 탐구를 포기하지 않으면서도("시를 잘 쓰는 시인이 꼬막도 잘 깐다", 「알맹이는 다 어딜 갔을까」), 세계와 존재를 세심하게 이해하고자 하는 마음을 포기하지 않는 것("어쩌다 잡이 된 잡것들", 「어쩌다 잡」). 이것이야말로 동시대의 시인(들)이 갖추어야 할 덕목이다. 『무서운 이순 씨』를 읽으며, 현대시의 두 가지 과제를 탐사하는 시인의 심미안을 마주할 수 있다.

시인은 첫 시집에 이어 새 작품집에서도, 기성세대의 의사소통 문법에 파열음을 내고 있다. 서시 격에 해당하는 「깍두기는 쓴다」를 비롯하여, 「푸른 뱀」,

「소리를 끓다」, 「알맹이는 다 어딜 갔을까」, 「우연한 교향곡-클라이막스」, 「통영이나 히말라야」, 「2020」, 「하지만, 결투」, 「궁금, 궁금해」, 「예술 활동」, 「시」 등이 대표적인 시다. 이들 작품은, 일반언어학의 랑그체계를 기각하고 비틀며, 현대시의 언술행위를 메타적 차원에서 성찰하고 있다.

언어에 대한 관심과 탐구는 중요하다. 이는 시 텍스트가 값싼 소재주의("예술은 티브이 속에서 발견되고 금방 자라나네", 「예술 활동」)나 낙관적 세계 인식("의미부여는 하지 말 것", 「2020」)에 머물지 않도록 촉구하는 심미적 장치이기 때문이다. 시의 텐션도 여기에서 발생한다. 시적 언어는 자연미와 분별되는 예술미를 창조하기 위한 미적 형식일 뿐 아니라, 시적 화자의 정서적 자유분방함이 '말의 방종'에 이르지 않도록 조정하는 지성적 작용이기도 하다. 「깍두기는 쓴다」에서 보듯, 언어적 탐구를 포기한 말은 지배질서의 언어적 위계 구조("힘센 조직원")에 포섭될 수밖에 없다. 작법作法은 단순한 글쓰기 규범이 아니라 순화된 도덕률("온순한 숙녀")이다. 그러므로 시인은 문학 창작의 일반 원리와 방법에서 탈피하고자 분투해야 한다. 그렇지 않을 경우, 시적 주체("나")의 개성은 "희화"된 형태로 "썰"려나갈 수밖에 없기 때문이다.

쓰기는 본래 창조적 행위이다. 하지만 글쓰기의 습벽을 벗어나지 못할 경우 시인의 비판적 상상력("모난 본성", 「깍두기는 썰다」)은 마모될 수밖에 없다. 시 창작은 수사학과 문장론에 대한 망각과 폐기로부터 시작되며("약속을 통째로 잊어야 한다", 「어쩌다 잡」), 그것은 시적 언어에 대한 쇄신 의지를 동반하는 일이다. 사물과 사태의 본질을 직시하는 서정적 판단은 정보처리 능력이 아니라, 세계와 자아에 대한 반성적 태도에 의해 가능해진다. 시의 언어는 올바른 어법("바른말만 괴롭히다", 「궁금, 궁금해」)과 순화된 이념(「좋은 생각을 기다리며」)을 전파하는 도구Media가 아닌 탓이다. 시적 커뮤니케이션은 언어적 의례를 적극적으로 위반함으로써("예의범절", 「하지만, 결투」), 일상적 담화체계 속에서는 감지하지 못하는 존재("잡것들", 「어쩌다 잡」)를 식별한다. 「소리를 끓다」에서 보듯, 시인은 "검은 나라의 소리"를 감지하는 "감별사"이며, 그 잡다한 생의 내력이 결코 보잘 것 없는 것이 아니라는 사실을 문학적으로 입증하는 대리자이다.

서정시에 대한 입장과 논리는 다양하겠지만, 시인의 책무는 다를 수 없다. 시는 사회적 소통체계 속에서는 말할 수 없는 것을 발화시킨다. 굳이 칸트의 『판단력 비판』을 언급하지 않더라도, 시를 쓰는 사람은 자신의 감성과 지성을 총동원하여 시적 대상을 세심하게 인식하고자 노력해야 한다. 김효연 시인은 사회적 커뮤니티에 포함되지 못한 취약한 존재를 고르고 폭넓게 살피고 있다. 「꿈꾸는 문신」, 「로마의 휴일」, 「분유」, 「어쩌다 잡」, 「햇살, 론」, 「머나먼 가족」, 「폭염은 모른다」, 「오빠」, 「성급한 간판」, 「조르기를 잘하면」, 「아마조네스」, 「무서운 이순 씨」, 「컵라면—구의역 9-4번 승강장」 등이 대표적인 작품이다. 「꿈꾸는 문신」에서 보듯, 누구에게나 주홍글씨처럼 새겨진 '슬픔'의 내력이 있다. 각자의 육신에 새겨진 문신도 강렬하지만, 마음에 새겨진 문신은 더더욱 지워지지 않는다. 시가 마음의 무늬를 독해함으로써, 새로운 대화의 가능성을 정초하는 데 전심전력을 다해야 하는 이유이다.

김효연의 시가 속류 모더니즘 시학에서 강조하는 기교적 기술주의와 변별되는 것은 이 지점이다. 「푸른 뱀」이라는 시에서 확인할 수 있듯, 시인에게 중요한 것은 '서정의 형상과 위상'이 아니다("낯선 곳에서 푸른 뱀을 만나다. 그리 찾아 헤매던 저 길고 긴 서정"). 대지와 인간의 고통에 무감한 서정적 초월이란, 기실 언어적 미혹("마술쇼")에 불과하기 때문이다. 우리가 살아가는 세상은 한줌의 희망조차 허락되지 않는 디스토피아적 역설로 점철되어 있지만("낙원에서 온 전화/ 햇살을 넘치도록 쌓아두었으니", 「햇살, 론」), 그 속에서도 인간의 시간은 무심하게 흘러가고 있다("누구냐고 가장 힘들 때 어떻게 알아보면 되겠냐고 묻기도 전에 미래는 가고 있다"). 그 때문일까. 시인은 현대시의 특징을 "아픔을 잊은 통점"이라고 비판한다. 시가 부조리한 세상을 찌르고 타격하는 말의 힘("불온"한 "독")을 상실한 채, 세계와 인간의 아픔에 둔감해지고 있다는 것. 시인에게 이보다 더 큰 공포가 있을 수 있겠는가.

이 통렬한 자기반성이야말로 『무서운 이순 씨』의 시적 특장점이다. '이순 씨'는 혈육을 위해 자기 자신의 삶을 희생했다, 평생동안. 그러나 착하디착한 '이순 씨'의 삶은 전혀 아름답지 않다. 오히려 섬뜩하고 무섭게 느껴진다. 그 이유는, 여성/부모에 대한 착취가 숭고한 '희생=마음'으로 고양되어 일상화되고 있기 때문이다("이리 같은 자식 놈들에게 뜯기고 갈수록 커지는 구멍 속에서도 낙관적 소설책장을 넘기고 있는 이순 씨"). 타자에 대한 식민화와 수탈은 매서운 폭력이 아니라, 자동화된 감성체계에 의해 재생산되고 영속화된다. 그러므로 '이순 씨(=예순 살)'라는 이름이 상징하는 것은 '숭고의 역사'가 아니라 '축적된 착취'라 할 수 있다. 루이 알튀세르가 지적한 바와 같이, 정말로 무시무시한 것은 직접적인 억압과 폭력이 아니라, 눈에 보이지 않는 헤게모니 장치이다. 이것이야말로, 숨은 호러Horror의 정체이다.

시인은 숨은 공포의 감별사이며, 시적 언어는 자본가와 권력자에 의해 구축된 지배적 언술체계를 절단하는 무기이다. 우리가 시를 읽는 이유도 여기에 있다. 시적인 것이란 언어적 사건을 통해 지배권력의 감성체계를 교란하고 기각함으로써, 새로운 삶의 질서와 방향을 모색하는 실천적 행위(「하자」)이다. 물론 현대시는 단순한 모사를 거부하는 표현양식이기에, 독자의 감상과 이해가 쉽지 않다. 그럼에도 우리가 시를 읽어야 하는 이유는, 사회적 통념이나 일반언어학의 규칙으로는 포착하지 못하는 세계의 실상을 감지할 수 있기 때문이다. 이렇게 김효연의 시는, 진짜 공포를 식별하고 직시하는 눈이 되어준다.

# 3부 지역적인 것과 정치적인 것

ENGAGEMENT OF PASSION

# 꿈꾸는 로컬리티

## 코로나19 이후의 지역 문화예술

코로나Covid-19 사태가 몇 해째 이어지고 있다. '뉴노멀New Normal'이라는 용법의 보편화에서 알 수 있듯, 전 지구적인 감염병은 인간의 일상을 급격하게 변화시키고 있다. 정치·경제·사회·문화 각 영역에서 새로운 삶의 양식이 요구되고 있으며, 이는 예술 영역에서도 다르지 않다.

언택트 시대에 부합하는 예술적 사유와 실천이 없는 것은 아니지만, 예술문화 생태계 전반이 위기다. 공연과 전시 활동이 급격하게 위축되었고, 이를 극복하기 위해 다양한 방법이 모색되기도 한다. 그러나 문제는 접촉과 비접촉, 오프라인과 온라인이라는 형식이 아니라, 우리의 일상에서 '예술의 사막화'가 가파르게 진행되고 있다는 사실이다.

그 근거는 두 가지이다. 첫째, 예술 향유의 기반이 붕괴되고 있다는 것. 둘째, 예술인의 창작 기반과 존립 조건이 파괴되고 있다는 점이다. 어제 오늘의 일이 아니라고 말할 수도 있지만, 이런 현상이 몇 년만 더 지속된다면 예술문화 생태계는 완전히 황폐화될 수밖에 없다. 특히 창작/향유 인프라가 안정적으로 구축되어 있지 못한 지역의 예술문화 현장은 훨씬 더 많은 타격을 받게 된다.

지역의 예술 커뮤니티가 힘을 모으고, 일상과 예술의 매듭을 연결하고자 하는 시도가 어느 때보다 절실하지만, 그 가능성은 낙관할 수 없다. 지난 10여 년간 부산지역에서 비평전문지를 만드는 데 참여한 경험을 토대로 얘기하자면, 지역의 예술문화 생태계는 그리 우아하지도 결속적이지도 않다. 물론 이 이야기는 필자가 살아가고 있는 부산에 국한된 사례만은 아닐 것이다.

## 논쟁과 비평이 실종된 지역 문화예술

'지역Local을 주목하라!'는 구호가 크게 유행한 적이 있다. 주변부 문화의 정체성을 발견하고 중앙중심주의에 대항할 수 있는 새로운 좌표와 가치를 모색한다는 측면에서 '지역Local'은 비판적 문화 운동의 구심점 역할을 해왔다. 이를 위해 지역 예술문화의 실체를 발견하고, 그것을 기록하는 작업이 작가, 비평가, 연구자, 그리고 시민들의 참여/교류를 통해 이루어졌다.

지역의 정체성을 탐구하고 복원하는 작업은 소중하다. 그러나 '로컬리티'를 본질화하고자 하는 시도는 언제나 곤혹스러운 상황에 봉착한다. 로컬리티는 역사적 궤적에 따라 재구성되는 '유동적 기표'이기 때문이다. 예술이 순혈적이고 고정화된 로컬리티를 구축하고자 하는 대타의식으로 점철될 때, 중앙과 지역이라는 경계, 위계 구조, 지배-종속 구조는 오히려 더 공고해질 수밖에 없다.

코로나는 지역의 예술문화 장을 위태롭게 만드는 무서운 돌림병이지만, 역으로 지역 예술문화 장의 은폐된 권위주의와 허위의식을 드러내는 계기가 되기도 한다. 지역과 지역 사이의 이동과 교류가 거의 불가능해진 상황에서 지역 사회의 예술 커뮤니티는 그동안 노골적으로 드러내지 못했던 문제들을 하나씩 노출하고 있다. 팬데믹이라는 '예외 상태'가 그것을 가시화한 것이다.

첫째, 팬데믹 이후 지역 예술문화 커뮤니티는 운동성을 상실해가고 있다. 시민과의 소통과 교류가 부재하고, 예술 작품을 매개로 한 비평적 네트워킹이 축소되고 있다. 예를 들어 문학 장의 경우, 문학의 가치와 사회적 책무에 관한 치열한 질문과 실천이 사라지고 있다. 문학 관련 프로그램은 문인과 문인 사이의 친목과 유대를 확인하는 자리에 그치는 경우가 대부분이다.

둘째, 예술 작품의 공공적 가치를 구현하기 위한 노력보다 자족적인 작품 기획과 생산에 골몰하는 경향이 강해졌다. 지역에 훌륭한 작가, 비평가, 기획자, 활동가가 존재하지 않는다는 뜻이 아니다. 필자에게도 해당하는 뼈 아픈 지적이지만, 문학을 비롯한 예술이 작가의 사적 기록으로 침전하고 있다. 코로나 사태를 나르시시즘적인 작품 창작의 알리바이로 삼고 있는 셈이다.

셋째, 지역사회 내부의 학벌/학연 카르텔이 더욱 견고해지고 있다. 고교, 대학, 대학원의 인적 네트워크를 기반으로 하여, 예술문화 정책사업의 기획과 수주가 이루어진다. 개개인의 토포필리아와 도덕적 수준을 지적하는 게 아니다. 전근대적 벌열체계를 학문의 전당으로 옮겨와 연구자, 창작자, 활동가를 줄 세우는 권위주의적 폐단/계보가 당연시되는 현상을 비판하는 것이다.

물론 팬데믹 발생 이전부터 지속되어온 문제이기도 하다. 지역사회 바깥과의 소통과 교류가 활발하게 이루어지던 상황에서는 이러한 문제들을 점검할 수 있는 기회가 열려 있었다. 그런데 팬데믹 이후 지역 예술문화 장은 훨씬 더 폐쇄적으로 바뀌고 있는 듯하다. 지역 내부의 자기 점검체계와 비판적 시좌視座가 사라질 때, 지역은 예술문화의 불모지不毛地로 사막화된다. 논쟁과 비평은 로컬리티의 토대이다.

실제로, 지역 예술문화 장은 조화롭고 순수한 합일의 공간이 아니라, 수많은 이들의 욕망과 입장이 충돌하고 부딪히는 쟁투의 공간이다. 로컬리티가 연대와 조화를 통해 새로운 삶의 가능성을 정초해가는 문화적 거점이라는 생각은 몽상Fantasy에 가깝다. 로컬리티란 기득권의 헤게모니 구조를 타파하고 끊임없이 새로운 삶의 가치를 모색하는 불화Trouble의 과정을 통해서만 그 의미를 획득하게 된다. 최소한 예술의 영역에서만큼은 그러하다.

하나의 증례. 2020년 하반기부터 정부와 지자체에서는 코로나로 인한 예술문화 위기를 극복하기 위해 다양한 공공미술 사업을 진행해 왔다. 부산 동구의 '초량천 예술정원' 사업도 그중 하나이다. 팬데믹 이후 예술과 일상이 단절되고, 시민의 문화적 감수성이 피폐해지고 있는 상황에서 다양한 공공미술 프로젝트를 통해 일상에서의 문화적 활력을 되찾고자 하는 시도는 충분히 의미있는 기획이라고 할 수 있다.

그런데, 문화체육관광부의 〈공공미술 프로젝트: 우리동네 미술〉에 선정되어 지역의 예술인들과 함께 추진되고 있는 '초량천 예술정원' 사업이 완성 전부터 불협화음을 내고 있다. 지역 언론에 관련 내용이 보도되고, 여기에 특정 정당의 시의원까지 뛰어들어 정치 쟁점화되는 양상이다. 핵심 내용을 정리하자면, 최정화 작가가 초량천에 설치 중인 「초량 살림숲」에 대한 문제 제기이다.

이 작품은 지역 주민들에게 기증받은 살림살이 도구를 재료로 삼아 주민들의 사연과 애환이 담긴 '조형 숲'을 만드는 예술 프로젝트로 기획되었다. 초량천 예술정원 웹 포스터를 참조하면, 2021년 2월 17일부터 4월 4일까지 시민들이 갖고 있는 "무쇠 솥, 알루미늄 냄비(양은 냄비), 스테인리스 냄비, 폐타이어(고무), 부표(플라스틱), 고무 다라이, 고무 플라스틱 화분, 폐철, 폐부품" 등과 같은 "낡은 살림살이 도구"를 기증받고 수집해 작품을 제작했다는 것을 알 수 있다. 그 수는 3000여 개에 이른다.

최 작가의 「초량 살림숲」은 아직 완성된 작품이 아니다. 그래서 미학적인 판단은 다소 유보할 수밖에 없지만, 이 작품의 취지가 공공예술의 가치와 형식에 부합하는지에 관해서는 논의해 볼 수 있다. 작품 제작을 위해 지역 주민이 기증한 살림살이가 예술의 재료나 형식이 된다는 측면에서 충분히 공공미술의 취지에 부합하는 기획이라고 판단할 수 있다. 그런데 일부 지역 주민들이 현재 설치 중인「초량 살림숲」작품을 두고 시각적 불편함을 토로했고, 지역 안밖의 언론에서 그 내용을 보도했다. 대표적인 기사가「조형물 '초량 살림숲', 예술인가 쓰레기 더미인가」(부산일보, 2021.5.9),「"조형물인지 고철더미인지"...부산 초량천 예술정원 '흉물' 논란」(시사저널, 2021.5.20)이다.

　공공미술은 공간의 역사, 작가의 창작 의도, 시민의 향유 경험이 함께 어우러져 창조적인 텍스트를 직조한다. 미술(비평)에는 과문한 탓에 조심스럽긴 하지만, 공공미술이 설치되는 장소의 의미는 생산과 순환을 통해 새롭게 재구성된다.「초량 살림숲」이라는 조형 텍스트를 두고 다양한 의견이 발화되고, 또 그 작품을 매개로 공공미술의 가치와 방향에 관한 논쟁이 촉발되는 것은 자연스러운 일이다. 본래 '숲'은 다양한 생명체의 기운과 소리가 어우러지는 생태 공간이다. 약간의 비유가 허락된다면, 최정화 작가의「초량 살림숲」역시 팍팍한 도시에서 살아가는 이들의 굴곡진 인생사와 다양한 입장이 순환하고 또 조정되는 조형적 생태 공간이라 부를 수 있다.

　「초량 살림숲」논란을 보면서 안타까운 것은, 정작 공공미술 작품에 대한 가치와 공간적 함의에 관한 토론은 찾아보기 어렵다는 점이다. 언론에서도 "흉물", "쓰레기" 등과 같은 자극적인 보도만 내놓았을 뿐, 비평적 탐사와 학술적 논의는 이뤄지지 않았다.「이대한의 대안 모색 〈3〉 도시 속 '변수', 공공미술」(국제신문, 2021.6.3.)이 거의 유일한 답사기이다. 지역 예술의 공공성을 제대로 구현하기 위해서는 일상의 자리에 예술이 자연스럽게 스며들게 하는 공론화 작업이 필요하다. 지역 주민의 반응과 의견 수렴도 이루어져야 하며, 작품의 가치와 의미를 안내하고 설명하는 과정도 필요하다. 다양한 목소리가 하모니를 이루기 위해서 약간의 불협화음은 있을 수 있다.

지금까지 살펴본 바와 같이, 지역 혹은 로컬리티는 결속과 연대의 공간/의미가 아니다. 지역의 예술문화 장은 다양한 이해관계가 충돌하고 대결하는 치열한 담론의 공간이며, 지역사회 구성원의 적대와 불화는 은폐해야 할 사안이 아니라, 우리가 성찰하고 합리적으로 조정해 가야 할 로컬의 조건이다. 조화와 불화, 적대와 연대, 그 경계야말로, 우리가 꿈꾸는 로컬리티가 생성되는 지점이라 할 것이다.


## 지역을 넘어선 미학적 실천의 가능성

전 지구적인 돌림병으로 인해 국경을 넘어선 이동이 대부분 차단되었다. 특정 지역과 국가, 그리고 소수자에 대한 혐오가 노골적으로 발화되는 상황에서 문학, 미술, 음악, 무용, 건축 등과 같은 예술의 중요성이 더욱 부각되고 있다. 예술은 지역, 국가, 민족, 인종, 젠더, 환경 등의 다양한 차이와 경계를 가로질러 다원적 교류와 소통을 가능하게 하는 보편적 커뮤니케이션 형식이기 때문이다.

팬데믹 상황에서도 경계를 넘어 미술의 힘을 실천하고 있는 로컬리티 미학의 사례가 있다. 바로, 경상남도 김해의 '스페이스 사랑농장'에서 열린 '미얀마의 봄: Art for freedom Myanmar' 전시이다. 이 전시는 온라인/오프라인에서 미얀마 군부의 억압적인 통치 장치와 야만적인 폭력 진압을 비판하고, 국경과 언어를 넘어 미얀마의 민주주의를 지지하는 시각언어를 발명하며 연대하였다.

'미얀마의 봄: Art for freedom Myanmar'는 마음과 마음이 모여 폭력에 저항하는 시각언어의 힘을 보여준다. 이 전시를 통해 글로컬리제이션과 로컬리티의 차이를 분명하게 확인할 수 있다. 지역Local의 모든 자원을 자본의 관리 체계 안에 합병하고자 하는 기획이 글로컬리제이션이라면, 로컬리티는 국제 Globalization적 자본의 현지화Localization 전략과 수탈에 저항하는 비판적 실천 행위이다. 대한민국 김해에서 미얀마 양곤으로 이어진 '미얀마의 봄' 전시는 세계화 모델에 대항하는 로컬리티 미학의 구체적인 증례가 된다.

그렇다고 해서, 로컬리티를 지나치게 숭고한 개념으로 신성화해서는 안 된다. 슬라보예 지젝을 언급할 것도 없이, 실체 없는 '환상'은 돌림병과 같이 무섭게 전파되어 우리 삶을 왜곡하는 무기가 된다. 로컬리티에 대한 잘못된 이해 역시 마찬가지이다. 지역의 예술 장은 찌질하고 비루한 욕망으로 점철되어 있다. 지역의 예술인 커뮤니티가 시민과 괴리된 자족적 문화 행사나 반복하는 것을 두고 로컬리티의 실천이라 부를 수 없다. 또 예술 단체에 소속되어 있다는 것만으로 작가로서의 정체성을 확인하는 태도 역시 애잔한 자기애일 뿐이다.

비록 남루한 것이라고 할지라도, 우리가 망각하거나 포기해서는 안 되는 가치와 마음이 존재한다. 예술의 로컬리티는 그 마음을 장전하고 격발하는 용기를 준다. 예술은 각자의 삶을 재구성하고 뒤흔드는 정동Affect의 발현 계기이며, 로컬리티 미학과 사상은 우리 삶의 가장 가까운 자리Local에서 그것이 융기하고 정초될 수 있음을 보여준다. 로컬리티란 팬데믹 이후에도 지속되어야 하는 마음의 앙가주망이며, 기득권에 의해 호명되고 규정되는 자아 정체성을 끊임없이 부정하고 탈구축하고자 하는 자기 혁명이다.

ENGAGEMENT OF PASSION

# 부서진 트리컨티넨탈: 세계문학 정전의 판타지 [78]

## 식민 이후의 삶과 저항의 근거지

3·1만세운동이 융기한 지 100년이 지났다. 문학과 예술이 모든 억압과 구속으로부터 벗어나는 해방의 상상력을 마련하는 일이라면, 제국의 심장부를 겨누며 들불처럼 봉기했던 기미년의 역사를 기억하는 것은 무엇보다 중요하다. 단순히 과거의 사건을 기념하자는 것이 아니다. 1919년의 만세운동은 개별 민족의 저항적 히스토리에 국한되는 것이 아니라, 아프리카, 라틴아메리카, 아시아에서 전개되고 있는 반식민운동의 세계사적 흐름과 현재성을 성찰하는 역사적 계기가 된다.

우리의 삶을 결박하는 제국의 지배구조는 여전히 견고하다. 미국의 동아시아 군사 개입과 무역 압박에서 확인할 수 있듯—물론 아시아에 대한 경제적 영향력과 정치적 패권주의에 그치는 문제만은 아니지만—, 세계 각국은 정치적 독립 이후Post에도 지구화된 자본주의의 예속 관계를 벗어나지 못하고 있다. 식민과 탈식민의 양상이 뒤엉켜 있는 '포스트식민' 상황을 통찰하고, 이에 대한 저항과 연대의 가능성을 상상하는 것이 긴요한 까닭이다.

탈식민주의 비평가 로버트 영은 이를 '포스트식민주의'라는 의제로 쟁점화하고 있다. 국내에서도 잘 알려져 있는 것처럼, 『포스트식민주의 혹은 트리컨티넨탈리즘』이라는 저작은 당대의 포스트식민 상황을 폭넓은 시각에서 이해하는 데 도움을 준다. 그는 식민주의, 제국주의, 신식민주의, 그리고 반식민운동의 역사를 촘촘히 탐색하며 갈무리하고 있다. 『아래로부터의 포스트식민주의』와 같은 비평서와 달리, 『포스트식민주의 혹은 트리컨티넨탈리즘』은 매우 상세하고 체계적인 방식으로 포스트식민의 개념과 역사를 정리하고 있다. 책의 원제는 'Postcolonialism: An Historical Introduction'이지만, 역자가 이를 '포스트식민주의 혹은 트리컨티넨탈리즘'이라고 의역한 것은 그래서 적확하다.

포스트식민 상황은 과거사의 편린이 아니라 지금도 첨예하게 충돌하고 있는 국제정치의 아젠다이다. 식민 이후의 삶을 성찰하는 포스트식민주의는 장구한 역사의 문서고가 아니라, 전 지구적 자본주의의 폭력과 착취가 지속되고 있음을 지각하게 하는 이론적 실천이다. 로버트 영은 "과거의 손아귀에서 벗어나 현재를 능동적으로 변혁"하기 위해 "하나의 정치 담론으로서 포스트식민 이론이 발화되는 위치"를 이해할 필요가 있다고 말하는데, 그곳이 유럽 "남쪽의 세 대륙"[79]이다. 소위 아프리카, 라틴아메리카, 아시아는 포스트식민주의, 혹은 '트리컨티넨탈Tricontinental 저항운동의 근거지가 된다.

제국주의에 맞서는 반식민운동은 세 대륙의 국제적 연대로부터 개시되며, 이러한 시각에 입각한 문화 비판은 여전히 소중하다. 다만, 문화라는 것은 상대주의적 관점에서 설명되는 생활양식이 아니라, 정치경제적 역학이 작동하는 '번역Translation'의 과정이다. 이를 '문화/번역'이라 부를 수 있다면, 그것의 대중적 매개가 되는 것이 '교육'이다. 특히, 언어와 문화적 전통을 창안하고 전수하는 문학교육은 무엇보다 중요하다. 이 평문에서 한국의 문학교육제도 속에 기입되어 있는 세계문학 정전의 편향성과 식민성을 비판적으로 성찰하고자 하는 것은 이런 이유이다.

## 문명의 신화: 은폐된 대륙과 세계문학의 환영

유럽적 근대성의 표상은 '생각하는 자아'이다. 코기토Cogito로 표상되는 '자아'의 발견은 자연과 신앙의 구속으로부터 인간을 해방시키는 사유의 모더니티를 구현해 왔다. 그러나 엔리케 두셀과 같은 해방철학자는 '생각하는 자아'의 수면 아래 매우 폭력적이고 비합리적인 '착취 모듈'이 은폐되어 있다고 말한다. 바로, '정복하는 자아'와 '식민화하는 자아'이다.

엔리케 두셀은 유럽적 근대성이 형성된 시기를 '1492년'이라고 보았다. 유럽은 "1492년에 이르러서야 비로소 중심성을 경험"하고 "다른 문명을 '주변'으로 구성"하였으며, "이슬람 세계의 압박으로 협소한 테두리 안에 갇혀 있던 서유럽"[80]을 탈출하며 유럽적 근대성을 탄생시켰다는 것이다. 그는 『1492년 타자의 은폐』에서 유럽의 '문명(혹은 문명이라는 이름의 폭력)'이 정복하는 자아, 식민화하는 자아, 그리고 생각하는 자아로 구축되어 온 과정을 고증한 후 서구 지성사의 궤적이 '생각하는 자아=근대성'이라는 등식으로 귀결되는 것이 인식적 오류라는 점을 지적했다. 이는 서구 교양주의 문명론에 대한 비판적 성찰이다.

조금은 어려운 이야기로 논의를 시작하긴 했지만, 이러한 공부를 포기하지 않아야 하는 이유는 명백하다. 자유를 향한 투쟁은 이론적 실천을 통해 '다른 삶Post'의 가능성을 개시할 수 있기 때문이다. 포스트식민주의는 시각과 입장에 따라 다양하게 정의될 수 있으나, 무엇보다 중요한 것은 포스트식민 상황이 과거의 문제가 아니라 지금껏 지속되고 있는 동시대의 이슈라는 점이다. 실제로, 아프리카, 라틴아메리카, 아시아의 삶과 문화는 지금도 '은폐된 이름'이자 '후진적 문화'로 전승되고 있다. 한국의 경우도 마찬가지이다. 이를 실증할 수 있는 연구와 비평 방법(론)은 무척 다양하지만—굳이 로버트 영이나 엔리케 두셀에서 제시한 식민화의 사례가 아니라도—, 이 글에서는 한국의 문학교육 장에 반영되어 있는 세계문학 정전의 트리컨티넨탈리티를 통해 이를 입증하고자 한다.

주지하다시피, 세계문학 정전에 대한 논의는 다채롭게 이루어져 왔다. 테리 이글턴이 『문학이란 무엇인가』의 서두에서 국민문학의 '위대한 전통'이 "특정한 시기에 특별한 이유로 특수한 사람들에 의해 형성된 구성물"[81]이라고 이야기한 바와 같이, 세계문학 역시 특수한 위치와 입장에 의해 구축된 문범文範의 리스트일 따름이다. 이것이 유럽중심주의라는 특권에 의해 구성된 것임을 논증하고 직파하는 훌륭한 연구/비평 성과는 이미 상당수 제출되어 있다. 세계문학의 보편주의란 기실 서구 근대성의 일의적 환영Illusion일 따름이다. 그럼에도 불구하고, 한국 사회의 문화적 영토에는 '유럽중심주의'가 견고하게 뿌리내리고 있다. 이에 대한 구체적인 예를 한국 문학교육에 내재해 있는 '서구/유럽중심의 정전Canon'에서 찾아보고자 한다.

문학교육의 중핵 매개요소는 교육과정과 교과서이다. 한국처럼 국가 수준 교육과정을 운용하는 교육제도에서는 더욱 그러하다. 한국문학의 특수성과 보편성, 한국문학과 세계문학의 관계를 이해하기 위해서는 교육과정과 교과서에 대한 검토가 필수적이다. 한국문학과 세계문학의 역학과 위상을 확인할 수 있는 단서는 '고등학교 문학'에서 발견된다. 문학 작품에 대한 기초 문해력을 증진하는 데 목적이 있는 초등학교나 중학교와 달리, 고등학교 문학교육은 단순한 작품 감상을 넘어 문학 텍스트를 사회문화적 맥락 속에서 이해하고 해석하는 데까지 나아간다.

『국어과 교육과정』에 기술되어 있듯이, 고교 문학교육에서 한국문학과 세계문학의 관계를 확인할 수 있는 부분이 있다. 바로, '한국문학의 범위와 역사'(2011) 혹은 '한국문학의 성격과 역사'(2015) 항목이다. 통상 고교 2학년부터 운용되는 문학 교과목에 '한국문학의 성격과 역사(혹은 '한국문학의 범위와 역사')'라는 내용이 설정되어 있다. 놀라운 것은, 한국의 『문학』 교과서는 여러 나라 문학의 발전 과정 속에서 한국문학의 특징을 이해하기 위한 학습 제재가 세계문학의 다양성을 말살하는 유럽중심적 문범체계로 수렴되고 있다는 점이다. 조금 더 자세히 들여다보자.

| 영역 | 핵심 개념 | 일반화된 지식 | 내용 요소 | 기능 |
|---|---|---|---|---|
| 문학의 본질 | • 언어 예술<br>• 진·선·미 | • 문학은 언어를 매재로 한 예술로서 인식적·윤리적·미적 기능이 있다. | • 인간과 세계의 이해<br>• 삶의 의미 성찰<br>• 정서적·미적 교양 | |
| 문학의 수용과 생산 | • 문학 능력<br>• 문학문화<br>• 작가와 독자<br>• 작품의 내재적·외재적 요소<br>• 문학의 확장 | • 문학 활동은 다양한 맥락에서 작품을 수용·생산하며 문학문화를 향유하는 행위이다. | • 작품의 내용과 형식<br>• 작품의 맥락<br>• 문학과 인접 분야<br>• 작품의 수용과 생산<br>• 작품의 재구성과 창작<br>• 문학과 매체 | • 작품 선택하기<br>• 맥락 이해하기<br>• 몰입하기<br>• 보조·참고 자료 활용하기<br>• 이해·해석하기<br>• 감상·비평하기<br>• 성찰·향유하기<br>• 모방·개작·변용하기<br>• 창작하기<br>• 공유·소통하기<br>• 점검·조정하기 |
| 한국 문학의 성격과 역사 | • 한국 문학<br>• 문학사와 역사적 갈래<br>• 문학과 사회·문화 | • 한국 문학은 공동체의 삶과 시대 상황을 담고 있는 민족 문화이다. | • 개념과 범위<br>• 전통과 특질<br>• 갈래별 전개와 구현 양상<br>• 문학과 시대 상황<br>• 한국 문학과 외국 문학<br>• 한국 문학의 발전상 | |
| 문학에 대한 태도 | • 자아 성찰<br>• 타자의 이해와 소통<br>• 문학의 생활화 | • 문학을 통해 삶의 다양한 문제의식을 타인과 공유하고 소통할 때 문학 능력이 효과적으로 신장된다. | • 자아 성찰, 타자 이해<br>• 공동체의 문화 발전 | |

### (3) 한국 문학의 성격과 역사

'한국 문학의 성격과 역사' 성취기준은 한국 문학의 개념과 범위, 전통과 특질을 이해하고 갈래별 전개 양상 등을 파악하여 한국 문학의 수용과 생산의 기반을 마련하는 한편, 한국 문학의 변화 및 발전상을 탐구하는 데 중점을 두어 설정하였다. 한국 문학의 성격과 역사를 이해함으로써 개별적인 작품을 심도 있게 수용하고 한국 문학의 과거와 현재, 그리고 미래를 살펴보는 데 주안점을 둔다.

[12문학03-01] 한국 문학의 개념과 범위를 이해한다.
[12문학03-02] 대표적인 문학 작품을 통해 한국 문학의 전통과 특질을 파악하고 감상한다.
[12문학03-03] 주요 작품을 중심으로 한국 문학의 갈래별 전개와 구현 양상을 탐구하고 감상한다.
[12문학03-04] 한국 문학 작품에 반영된 시대 상황을 이해하고 문학과 역사의 상호 영향 관계를 탐구한다.
[12문학03-05] 한국 문학과 외국 문학을 비교해서 읽고 한국 문학의 보편성과 특수성을 파악한다.
[12문학03-06] 지역 문학과 한민족 문학, 전통적 문학과 현대적 문학 등 다양한 양태를 중심으로 한국 문학의 발전상을 탐구한다.

## 실증된 숭배: 지워진 트리컨티넨탈과 세계문학교육의 맨얼굴

『국어과 교육과정』은 교육부에서 입안하고 고시한다. 제도적 지식이라는 뜻이다. '한국문학의 성격과 역사(혹은 '한국문학의 범위와 역사')'는 고교 과정의 문학 교과목 내용으로 제시되어 있으며, 이 영역의 세부 항목에 "한국문학과 외국문학"이라는 내용요소가 포함되어 있다. 이 부분은 '2011 교육과정'과 '2015 교육과정' 사이에 특별한 차이가 없다. 따라서 교육과정 분석은 '2015 교육과정'에 근거하여 논의를 이어가도록 한다. 구체적인 내용은 문학교육과정의 성취기준과 해설에서 확인할 수 있다.[82]

앞의 인용자료에서 보듯("한국문학과 외국문학을 비교해서 읽고 한국문학의 보편성과 특수성을 파악한다"), 한국문학의 특수성과 보편성에 대한 이해는 외국문학과의 비교 학습을 통해 이루어진다. 그러나 외국문학의 학습 요소에 대한 해설은 따로 제시되어 있지 않다. '교수·학습 방법 및 유의사항'에서 "한국문학의 보편성과 특수성을 지도할 때에는 동일한 소재, 유사한 주제 의식 등이 드러난 한국문학과 외국문학 작품, 학습자에게 친숙한 동화나 옛이야기 등을 제재로 활용하되, 균형 잡힌 시각으로 한국문학과 세계문학을 감상하도록 한다"고 기술되어 있을 뿐이다. 그러나 외국문학 학습을 통해 한국문학의 특수성과 보편성을 이해하게 하는 성취기준이 단순한 비교 활동에 머무는 것은 아니다. 왜냐하면 '한국문학과 외국문학' 학습에 대한 교육과정 지침은, 『문학』 교과서에서 '한국문학과 세계문학'이라는 단원으로 구현되고 변환되기 때문이다.

여기에서 중요한 것은 교육 방법이 아니라, 정말로 "균형 잡힌 시각"으로 "세계문학" 학습이 이루어지고 있는가이다. 이를 확인하기 위해서는 교과서 분석 작업이 필요하다. 현재 '2015 교육과정'이 실행 중이라, 이에 근거해 개발된 고등학교『문학』교과서를 분석 텍스트로 삼는 것이 마땅하다. 하지만 아쉽게도 이 글을 쓴 시기에는 2015 교육과정이 적용된『문학』교과서 보급이 완료되지 않은 까닭에, 여기에서는 '2011 교육과정'에 입각하여 개발된 고등학교『문학』교과서 11종을 텍스트로 삼아 한국의 문학교육 현장에서 실행되고 있는 세계문학교육의 양상('한국문학과 세계문학' 단원)을 비판적으로 검토하였다. 11종의 『문학』교과서에는 시, 소설, 수필/극(시나리오), 우화, 만화, 북한소설, 동화, 민요, 신화 등 다채로운 장르의 문학 작품과 각색 텍스트를 수록하고 있으며, 유럽과 미국, 아프리카, 라틴아메리카, 아시아 등 다양한 대륙과 국가의 문학을 소개하고 있다. 대륙별 수록 양상을 계량화된 데이터로 제시하면 다음과 같다.

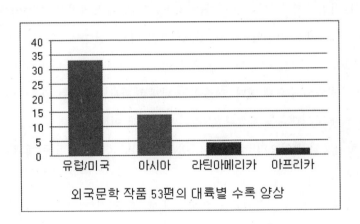

외국문학 작품 53편의 대륙별 수록 양상

　　11종의 고등학교『문학』교과서에 수록된 외국문학 텍스트의 대륙별 편중은 매우 심각하다. 전체 53편의 외국문학 제재 중에서, '세 대륙'이라 부를 수 있는 트리컨티넨탈 텍스트는 모두 합해도 20편밖에 되지 않는다. 동아시아 지역의 지정학적 조건이 고려되어 중국 9편, 일본 3편, 인도와 북한이 각각 1편씩 수록되어 있다. 그럼에도 불구하고 서구의 문학 작품 수에는 훨씬 못 미치는 실정이다. 아시아 14편, 라틴아메리카 4편, 아프리카 2편으로, 세 대륙의 합이 절반도 되지 못한다. 이 외의 33편은 모두 유럽과 북아메리카의 문학/각색 텍스트이다. 유럽이 27편으로 압도적으로 많으며, 미국도 6편이나 되었다. 이와 같은 제재 선정과 편성 결과는 우연이 아니다. 우리가 문학이라고 부르는 미적 형식은 사회적 아비투스에 의해 선별되며, 문학 작품의 취향과 제재 선정은 이데올로기적이다. 문학은 교과서를 통해 '위대한 문학'이라고 호명되는 순간, 확고부동한 문범文範의 지위를 부여받게 된다.

고등학교『문학』교과서에 수록되어 있는 트리컨티넨탈 작품은 20편이지만, 그마저도 중국이 절반에 가깝다. 동아시아 한자문명권의 강력한 영향이라 하겠다. 라틴아메리카와 아프리카는 각각 4편, 2편에 불과하다. 이중에서도 본문 활동으로 제시되어 있는 것은 가브리엘라 미스트랄(칠레), 파블로 네루다(칠레), 파울로 코엘료(브라질), 네이딘 고디머(남아공) 등 4편이며, 나머지 2편은 '본문 외 활동'으로 수록돼 있다. 학습활동 제재로 제시되어 있는 네루다의「나는 말 없을 때의 그대를 좋아한다」는 황진이 시조를 이해하는 데 필요한 비교 텍스트로 활용되고 있으며, 상고르의「검은 여인」도 '더 읽기' 활동 제재에 그치고 있다.

이와 같이, 한국의 문학교육 장에서 세계문학 정전/지식은 유럽중심적 시각에 의해 "발명"[83]되고 규범화되어 있다. 53편에 이르는 외국문학 작품 중에서, 세 대륙의 문학 텍스트는 절반도 되지 않는다. 한국이 동아시아라는 지정학적 조건 속에 포함되어 있는 까닭에 아시아 작품이 14편 수록되어 있다는 것을 제외하고 나면, 한국문학과 세계문학의 역학 관계는 철저하게 서구 편향적이며, 특히 유럽 '숭배'적으로 구성되어 있음을 확인할 수 있다. 한국의『문학』교과서에서 발견할 수 있는 '서구 편향성'은 장구한 시간 속에 축장된 식민 경험의 징후이며, 지금까지도 유지되고 있는 포스트식민 문화의 담론적 증상이라 하겠다.

오늘날의 트리컨티넨탈리티는 세계문학교육의 식민성을 측정하는 문화적 바로미터가 된다. 정량적 데이터에서도 확인할 수 있듯, '식민(지) 이후'에도 문화적 지배/종속은 존속되고 있다. 그러므로 세 대륙Three continents을 부수고 삭제하는 유럽중심주의에 대한 '비판적 개입'과 '이후Post의 연대'는 지속되어야 한다.

## 세계문학의 소각: 유럽식 명망주의와 탈정치성, 지식의 식민성 너머로

한국의 세계문학교육은 여전히 유럽중심적이다. 이는 단순히 양적인 차원의 문제가 아니라, 한국문학과 세계문학 사이의 '관계적 무의식'을 보여주는 증례이다. 지식의 가치는 절대불변의 산물이 아니다. 인간의 삶은 지식의 체계와 권력에 따라 재구성된다. 어떤 입장으로 어떤 지식을 수용하고 전파하는지에 따라 인간의 삶과 문화는 크게 달라진다.

한국의 고등학교 『문학』 교과서에 수록되어 있는 세계문학 작품을 보면, 여전히 유럽식 명망주의를 벗어나지 못하고 있음을 확인할 수 있다. 아프리카, 라틴아메리카문학이 없지 않지만, 그마저도 가브리엘라 미스트랄, 파블로 네루다, 파울로 코엘료, 네이딘 고디머, 상고르 등과 같이 대중에게 잘 알려져 있는 '명망名望 작가'에 국한돼 있다. 지식은 일종의 언표 행위이다. 그것은 단순한 정보가 아니라 주체를 구성하는 이데올로기이자 담론 전략이다. 아프리카와 라틴아메리카문학을 명망주의에 입각하여 제시하는 편찬 방침은 두 대륙의 정치적, 문화적 다양성을 소거하는 담론 효과를 발휘한다.

(아시아를 제외한다고 할 때) 아프리카와 라틴아메리카문학의 제재 채택률이 10%도 안 된다는 것은 예사로 넘길 일이 아니다. 한국의 지식 사회가 두 대륙의 문학을 어떻게 바라보고 있으며, 세계문학의 자리에서 연대의 동지들을 어떤 방식으로 소외시키고 있는지를 판단할 수 있는 좋은 예가 된다. 아프리카문학과 라틴아메리카문학 중에서도, 한국에서 비교적 잘 알려진 작가만을 소개하는 이면에는, 유럽적 명망주의가 반영되어 있기 때문이다. 『문학』 교과서에 기술된 작가 소개를 보자.

파블로 네루다(1904~1973) 칠레의 시인. 1971년 노벨문학상을 받았다. 초기에는 관능적 표현의 연애시를 주로 썼으나, 점차 존재의 부조리를 지적하는 초현실주의적 시인으로 변모했다. 시집으로 "스무 개의 사랑의 시와 하나의 절망의 노래" 등이 있다.[84]

가브리엘라 미스트랄(1889~1957) 칠레의 시인·외교관. 1922년 시집 '비탄'을 발표하여 남미 전역에 이름을 알렸다. 박애주의 정신을 구현하고 있는 그녀의 시는 남미의 이상주의를 대변한다는 평가를 받는다. 1945년에 노벨문학상을 받았다. 주요 작품집: '부드러움', '벌채', '포도 압축' 등.[85]

파블로 네루다(1904~1973) 칠레의 시인. 근대 남미 문학을 대표하는 작가이다. 초기에는 순수 서정시를 창작했으나 1930년대 중반 이후 독재에 항거하는 정치적 의식에 바탕한 시들을 창작하였다. 주요 작품으로 '우리는 질문하다가 사

라진다', '지상의 주소', '커다란 노래' 등이 있다.[86]

파울루 코엘류(1947~ ) 브라질의 소설가. 극작가·배우·록밴드 멤버 등 다양한 이력을 거쳤다. 1987년 스페인의 산티아고를 순례한 경험을 다룬 '순례자'를 썼고, 1988년 '연금술사'를 발표하고 국제적인 명성을 얻었다. 그의 작품은 신화적이고 신비주의적인 분위기를 띠며, 인간의 영혼과 내면에 대한 성찰을 주로 다룬다. 이와 같은 작품 경향 때문에 그는 '마술적 사실주의'의 계보를 잇는 작가로 평가받고 있다. '연금술사'는 70개 이상의 언어로 160개 이상의 나라에서 번역되었으며, 전 세계에서 1억 권 이상이 팔린 것으로 알려져 있다.[87]

파블로 네루다와 가브리엘라 미스트랄은 '노벨문학상'을 수상한 칠레의 시인이며, 파울루 코엘류는 독일, 프랑스, 폴란드, 에스파냐 등에서 문학상을 받았으며 최근까지도 노벨문학상의 유력 후보로 거론되는 작가이다. 이는 아프리카의 경우에도 다르지 않은데, 네이딘 고디머는 노벨문학상을 받았으며 상고르 역시 수차례 후보로 올랐다. 노벨문학상의 선의와 무관하게, 이 상이 세계문학 정전을 서구적 시각에서 재편하고 공고화하는데 기여하고 있다는 것은 잘 알려진 사실이다. "문학-상賞/想"은 "세계문학으로 가는"[88] 길의 획일적 루트이다. 두 대륙의 작품이 한국의 『문학』 교과서에 수록되어 있지만, 그것은 철저하게 유럽적 시선에 입각한 명망주의로 점철되어 있다. 노벨문학상을 수상하거나 유력후보군에 오른 파블로 네루다, 가브리엘라 미스트랄, 파울루 코엘류, 네이딘 고디머의 작품만이 『문학』 교과서의 본문 제재로 선택된 것 역시 우연한 결과가 아니다. 이는 트리컨티넨탈에 대한 유럽적 시각의 내면화이자 포스트식민주의의 무의식이다.

아프리카와 라틴아메리카문학의 명망주의에 내재해 있는 유럽중심적 사고를 분석하는 데서 한 걸음 더 나아가, 두 대륙의 문학적 정체성을 표백하는 담론 전략을 분석할 필요가 있다. 그것은 라틴아메리카문학의 탈정치화이다. 로버트 영은 라틴아메리카의 역사적 성취를 '반제국주의 투쟁'에서 찾고 있다. 구체적으로 그것은, "착취 권력에 대항한 트리컨티넨탈 봉기"인 1910년 사빠따의 멕시코 반란이다. 그리고 도시노동자 계급 대신 봉건지주 계급에 대항한 마리아떼기의 이론적 실천("인디오 봉기"의 "혁명적 전통")이며, 식민지 종속/발전 이론에 틈을 내는 "혼종"적 문화이다. 또한 정치적 독립과 경제적 독립을 동시에 성취해야 한다는 점을 강조한 체 게바라의 저항성이기도 하다. 로버트 영은 "혁명은 인간을 통해서 이루어진다"는 체 게바라의 정언명령을 "인간적 가치 위에서 구축되는 사회를 위한 지속적 투쟁"을 가능하게 하는 "포스트식민 주체의 인식론"[89]이라고 보았고, 체 게바라의 반식민운동을 비롯한 국제적 유대의 실천성을 라틴아메리카 해방운동의 핵심으로 꼽았다. 그러나 한국의 고등학교 『문학』 교과서에는 라틴아메리카문학의 저항성과 정치적 급진성이 완전히 탈색되어 있다.

2010년, 지하 7년 미터 갱 속에 갇혀 있던 칠레 광부들이 가브리엘라 미스트랄과 파블로 네루다의 시를 낭송하며 희망을 잃지 않고 버텼다는 이야기가 전해질 만큼, 이 두 사람은 칠레를 비롯한 남미 민중으로부터 사랑과 존경을 받은 시인이다. (…중략…) 칠레의 또 한 명의 노벨문학상 수상자이며 20세기 최고의 시인 가운데 한 사람으로 평가되는 네루다는, 착취당하는 노동자와 농민의 낙원을 꿈꾸었으며 실제 그런 낙원을 일구기 위해 노력한 시인이었다. "시는 빵과 같은 것이다. 모두가 나누어야 한다."라고 말한 그는 한평생 가난한 사람들

의 편에 서서 노래하였다.[90]

파블로 네루다, 가브리엘라 미스트랄, 파울루 코엘류 등의 작품은 모두 정치나 혁명과는 무관한 서정적인 것, 혹은 마술적 사실주의라는 신비주의적 색채를 띤 텍스트이다. 실제로, 가브리엘라 미스트랄의 「집」이라는 작품은 "타인에 대한 배려와 사랑의 소중함을 감동적으로 그리고 있"는 주제로 전달된다. 파블로 네루다의 「우리는 질문하다가 사라진다」라는 시는 인간이 "존재의 구원과 현상에 대한 호기심을 가지고 있지만 그 해답을 알지 못하고 죽어 간다는 내용"으로 해설되며, 특히 "현대인의 공허한 지식을 비판하는 내용"과 "존재에 대한 근원적인 질문을 참신한 언어감각으로 표현"[91]했다는 점만이 강조되고 있다. 파블로 네루다의 경우 "1930년대 중반 이후 독재에 항거하는 정치적 의식에 바탕한 시들을 창작"했다고 하면서도, 그 대표적인 작품을 선택할 때는 박애주의와 인도주의적 정신이 담긴 제재/내용을 소개하는 편성 전략을 취하고 있다. 이들 작품은 인간에 대한 배려나 존재의 근원을 성찰하는 서정성을 보여주는 것으로, 두 작가가 치열하게 통과해온 라틴아메리카 사회와 정치에 대한 저항적 맥락과는 무관하다. 또한 파울루 코엘류의 『연금술사』 역시 "인간의 마음과 영혼"을 성숙하게 성장시키는 여행서사로 소개("이 작품 속의 인물은 다른 사람들을 만나면서 서로에게 영향을 주고 성장하도록 도와주기 때문")되고 있다. 이는 아프리카 문학 제재로 선정된 네이딘 고디머의 「로디지아 발 기차」가 백인들의 왜곡된 가치관을 비판하고 원주민의 궁핍한 삶을 조명하고 있는 것과는 대비되는 모습이다.

이와 같이, 한국의 『문학』 교과서에서 확인할 수 있는 아프리카와 라틴아메리카의 문학들은 서구적 명망주의를 내면화한 탈정치적 제재라는 점을 알 수 있다. 제국주의가 막을 내리고 식민화의 정치적 효과는 비가시적 영역으로 이동했다. 그러나 지금 이 순간에도 '식민 이후'의 삶은 지속되고 있다. 로버트 영이 '제3세계'라는 용법이 아니라 '트리컨티넨탈'이라는 새로운 지식체계를 발명하고자 했던 것과 같이, 세계문학의 일자西洋적 환영을 넘어서기 위해서는 세 대륙의 문화를 연결하고자 하는 노력이 절실하다. 그것은 정치·경제적 교류만이 아니라, 저 먼 대지의 '마음'을 이해하고자 하는 '편견의 소각'으로부터 시작된다.

ENGAGEMENT OF PASSION

## B. 저항의 좌표: 폐기와 복원의 로컬리티

### 저항적 장소성의 은폐와 창조

지역에서 문학 창작과 현장 활동을 하다보면, 본의 아니게 문화예술 제도를 개선하기 위한 토론회나 예술창작 지원시스템 혁신을 위한 자리에 불려갈 때가 있다. 글 쓰는 사람으로서 최대한 그런 자리를 비켜 가고자 노력하지만 개인의 의사와 무관하게 작은 의견이라도 보태야하는 경우가 종종 있다. 연구자나 평론가이기에 앞서, 나 역시 한 명의 '부산 시민'이기 때문이다.

문학 현장의 낮은 목소리를 전한다는 명분으로 참석하는 것이긴 하지만, 의외로 배우는 바가 적지 않다. 문학이나 출판 분야를 넘어서, 미술·사진·영상·무용·음악·연극 등 다양한 영역에서 활약하는 예술가나 활동가를 만나볼 수 있는 기회인 동시에, 지역문화를 바라보는 다양한 시각을 확인할 수 있는 계기가 되기도 하기 때문이다. 몇 해 전, 부산비엔날레가 파행적으로 운영됨에 따라 대안적 비엔날레를 구성하기 위한 예비 모임에 다녀온 적이 있다. 부산비엔날레의 전시감독 선임절차의 비민주성에 대한 비판과 함께, 대안적 비엔날레를 개최하기 위한 안건이 오고 가던 중 자연스레 '부산성이란 무엇인가'에 대한 이야기가 나왔다.

현장에서는, 부산의 장소성에 대한 다양한 키워드가 제시되었다. 그러나 토의 과정에서 내가 의아하게 느꼈던 것은 '저항'이라는 언어가 전혀 다뤄지지 않고 있다는 점이다. 부산의 지리적 조건과 역사적 맥락을 고려한다면, 부산의 정체성을 다룰 때 '저항의 표상'을 탈각한다는 것은 상상하기 어려운 일이기 때문이다. 관官의 지원을 받아 수행하는 예술문화 프로젝트였기 때문일까. 아무튼, 부산의 장소 정체성을 '저항' 혹은 '절의'라는 표상으로 독해하는 원고를 쓰게 된 것은, 이런 질문과 무관하지 않다.

물론 장소성이 인간의 행위나 의도에 따라 의미화되거나 윤색된 것이라 하더라도, 부산의 정체성을 '저항'적 이미지로 독해한다는 것은 곤혹스러운 일이 분명하다. 왜냐하면 추상적 공간Space을 구체적 장소Place로 기명하는 일은, 지역의 장소 정체성을 일자一者화하는 고역을 감당해야 하기 때문이다.

인간의 특별한 경험(역사)이 장소 속에 기입되어 있다고 보는 현상학적 이론에 동의하면서도—"장소에 이름을 붙임으로써, 인간에 의해 파악된 장소의 질에 의해서, 그리고 인류에 필요에 더욱 잘 부응하도록 장소를 개조함으로써, 지리적 공간은 인간화된 특정 문화의 의미 있는 공간이 된다"—,[92] 이러한 시좌에서 한 걸음 비켜서는 태도가 필요하다. 토포필리아Topophilia를 구성하는 핵심 요소가 인간의 감정이나 느낌이며, 그것이 삶의 공간을 실존적으로 정초하는 과정이라는 데는 뜻을 같이 한다. 하지만 지역이나 장소에 특수한 이름을 등기하는 것은 단순한 지리학적 명명이 아니라, 인간의 실존적 삶에 영향을 미치는 담론 행위이다.

그래서 장소는 종종 인간의 삶을 억압하거나 지배하는 '고역'의 조건이 되기도 한다. 그럼에도 불구하고, 장소 현상을 이해하고자 하는 노력은 중요하다. 이 터는 우리가 거주하며 살아가는 생의 기반이며, 그것을 느끼고 말하는 장소감각은 세계와 인간이 어떤 방식으로 관계를 맺으며 살아갈 것인지를 성찰하게 해주기 때문이다. 그러므로 장소성의 담론 테이블에서 폐기된 '저항'의 정체성을 복원하는 작업은 여전히 긴요하다.

## 동래, 절명과 애도의 토포필리아

부산이라는 공간에 기입돼 있는 '저항'의 이미지를 어떻게 읽어낼 수 있을까? 이푸 투안이나 에드워드 렐프 등을 직접 인용하지 않더라도, 실존주의 철학에 기반하고 있는 현상학적 장소이론가들이 말하는 '장소의 혼'은 개인적이고 경험적인 성향이 강하다. 장소의 의미는 개개인의 생애 내력과 체험 과정에 따라 달라지기 때문에, 문학적인 상상력이 개입될 여지가 상당하다. 아니, 어쩌면 장소 이미지 자체가 하나의 문학적 교감이자 의식의 산물인지도 모른다. 지역의 장소성을 논하는 자리에서, 시와 소설을 비롯한 문학 작품이 자주 언급되는 까닭이다.

근대 이전의 저항적 장소성을 확인할 수 있는 지역으로, 동래, 부산진, 다대포, 수영 등을 꼽을 수 있다. 이들 장소는 충혼의 절의節義로 고양되어 있으며, 모두 임진년 전쟁 체험을 공유하고 있다. 이 중에서도 동헌이 위치해 있던 '동래'는 부산의 심장부이다. 1592년 4월, 임진왜란 초기 동래부사 송상현이 지었다고 전해지는 절명시를 보자.

외로운 성엔 달무리지고

여러 진들은 단잠에 빠져 있네

임금과 신하 사이는 의리가 지극히 무거워서

부모 은혜 가벼이 하니 헤아려 주소서

—「송상현 부사의 절명시」 전문[93]

이 작품은 송상현이 동래성 함락 직전 부친께 쓴 시로 알려져 있다. 동래성을 포위한 왜군이 남문 밖에서 명나라로 가는 길을 내어달라며 항복을 권하였으나 戰則戰矣不戰則假道, 송 부사는 "싸워 죽기는 쉬우나 길을 빌려주기는 어렵다 戰死易假道難"며 포위된 성에서 끝까지 항전하다 순절했다. 포위된 "성"을 구원할 수 있는 지원군이 없다는 것을 알지만—이미 부산진과 다대진이 함락되었기에 승산 없는 싸움이라는 것을 알면서도—, 자신에게 부여된 공적 임무를 회피하지 않기 위해 순사殉死를 택했던 것. 그렇다면 "임금과 신하 사이의 의리"는 단순히 군신 관계의 도덕률을 의미하는 게 아니라, 진정한 목민의 실천이 사적인 이해 관계를 넘어서는 윤리적 결단임을 깨닫게 한다.

이 한시는 부산의 저항적 장소성을 해명하는 실마리가 된다. '외로운 성'은 말 그대로 '적군에 에워싸인 성孤城'이기도 하지만, 대부분의 '진鎭'을 빼앗겨버렸다는 박탈감과 고립감의 표현이기도 하다. 모든 진영이 무력한 잠에 빠져 있다고 적은 것은 그 때문이다. 대마도를 지척에 두고 있는 부산은 외국과 마주한 국경인 동시에, 견고하게 수성해야 할 군사적 진영鎭營이다. 백성들의 삶을 유지하고 지켜주던 '진'이 단숨에 박살나고 허물어진 사태는 보통 예사로운 경험이 아니다. 순절한 부사와 백성의 전설이 입과 입을 통해 전승될 수 있었던 것은, 이들의 넋과 충혼忠魂을 기리기 위한 것이기도 하지만 그 정도의 해석에서 그쳐서는 안 된다. 동래읍성과 부산진성을 비롯한 '진'의 함락은, 백성들의 소중한 생명과 직결된 실존적 장소상실이다. 역설적으로 말해, 공포스럽고 참담한 절명의 경험은 다시는 '진鎭'을 빼앗겨서는 안 된다는 강렬한 장소보존 의식을 형성하게 하며, '전사이가도난戰死易假道難'이라는 절명의 저항성을 부산의 토포스로 구축하게 한다.

동래읍성 전투는 드라마틱한 절개의 서사로 재창조될 수 있는 사연이 가득

하다(실제로, 매년 10월 동래구는 동래읍성역사축제에서 '외로운 성'이라는 뮤지컬을 공연하기도 한
다). 그러나 임진년의 파국적 절멸은 기념의 콘텐츠가 아니라 애도의 대상이 되
어야 한다. 조성래의 시를 보자.


날아오르고 싶어요

북소리 둥둥 날아오르고 싶어요

잠자는 청산 깨워 청산 거느리고

먼 남쪽바다로 비상하고 싶어요

마안산 꼭대기에 우뚝 올라앉아

옛 동래부 발아래 굽어보면

임진년 함성이 아직도 치솟는 것을

그 함성 속에 온몸 내던진 사람들

칼, 괭이, 기왓장으로 되살아나는 것을

화염 속에 뛰어내린 불의 화신들

동래읍성 곳곳에 청솔로 청청한 것을

앞강에 던진 분노 하늘에 닿아 사무치고

뒷산에 묻은 통곡 바위로 굳어 먹먹한 걸

동장대 서장대 불러 휘어이 훠이

둥둥 수리성으로 날아오르고 싶어요

시가지 콱 찍어 발톱에 움켜쥐고

산맥 너머 바람 너머 구만리 장천

먼 남쪽바다 휘익 스치고 싶어요

―「동래읍성 북장대」 전문[94]

시적 화자는 동래읍성 북장대에 올라 바람에 휘날리는 깃발을 보며 임진
년의 참담한 기억을 떠올린다. 새롭게 발굴된 유물("칼, 괭이, 기왓장")을 통해 복
원되는 것은 "함성 속에 온몸 내던진 사람들"의 충정이나 절개만이 아니라, 죽
음의 불 속으로 자신을 던질 수밖에 없었던 "통곡"어린 슬픔이다. 오해하지 말
것은, 이는 임진년의 결전이 무의미하다고 말하는 게 아니다. 동래읍성은 (지옥
같은 전장에서) 스러지고 사라져갈 수밖에 없었던 이들에 대한 애도의 장소가 되
어야 한다. 하늘 위로 "훠어이 훠이" 날려 보내고 싶은 것은 죽음과 희생의 트
라우마이다. 우리 삶을 새롭게 정초하는 저항의 가능성은, 공동체를 위해 초
개와 같이 목숨을 던진 민초들의 아픔을 애척하는 마음으로부터 시작될 수 있
다. 조성래의 시가 부서진 이들의 넋을 위로하는 진혼굿의 형식을 취하고 있
는 것은 그 때문이며, 동래의 송공단이나 충렬사가 애척의 장소가 되어야 하
는 당위이기도 하다.


## 광복동, 항거와 연대의 역사적 스팟


공간의 의미는 인간의 감정과 생각에 따라 달라질 수 있다. 공간과 장소의
성격을 "명사라기보다 동사로 접근하는 것이 더 좋을 것 같다"[95]는 마르쿠스
도엘의 지적은 이 경우에 무척 납득할 만하다. 그는 공간의 사유에서 '글렁크'

를 강조한다. 글렁크Glunk란 인간의 상상 속에 고착화된 장소의 형상("불변적 합일, 정체성, 현존재 출현")을 의미하는데, 도엘은 글렁크를 지우는 것이 새로운 삶을 위한 공간 투쟁의 단초라고 보았다. 이를테면, 지역의 장소를 주어진 정체성이나 본질주의적인 태도가 아니라, 언제든 다시 생성/변형 가능한 것으로 보아야 한다는 주장이다.

부산에는 식민지 근대화의 글렁크가 있다. 바로, 광복동과 남포동이다. 특히 광복동은 일제의 태평양전쟁 시기 조선총독부 부산부청(현 롯데백화점 광복점)이 있던 곳으로, 동남권 식민체제를 견고하게 유지하는 통치의 스팟Spot이다. 부산의 장소 정신을 저항적 이미지로 읽어낼 수 있다면, 그것은 식민지 점묘주의에 대한 해체와 재구성을 통해 가능해진다. 이를 가장 직접적으로 묘사하고 있는 작품을 임수생의 시에서 찾아볼 수 있다.

우리들의 힘은

시청 앞 광장에서 시작됐다.

짝을 지은 남녀학생

스크럼을 짜고 구호를 외치는 젊음

그들은 대부분 책과 책가방

만년필을 주머니에 꽂은 학생들이었다.

우리들의 사랑은 이웃과 이웃

더 큰 구성체를 위한

우리들의 민족을 향한 사랑은 폭발하는 힘이었다.

최루탄이 폭발음을 내며

시청 앞과 광복동 국제시장 골목과 자갈치

미국 문화원으로 통하는 거리에서

터지며 가스를 내뿜을 때

그 연기가 독을 발산하며 땅바닥을 기다

자욱히 공중으로 퍼져나갈 때

민중은 재채기 기침을 했다.

눈물, 콧물을 흘리며 땀을 쏟았다.

학생들은 흩어졌다 모였다

전투를 방불케 했다.

시민들은 박수를 치며 시위대를 격려

자기 점포 안으로 숨겨주기도 했다.

시위대의 약탈과 폭력은 없었다.

최초로 군부독재타도 구호가 터졌다.

—「우리들의 역사」 부분[96]


임수생의 시는 다소 거친 화법을 사용하고 있지만, 수사적 기교보다 현실 변혁의 정념을 즉각적으로 표현하고 있다는 점에서 기억할 만하다. 부마항쟁 때 탱크와 장갑차가 진주해 있었다는 사실에서 알 수 있듯, 광복동과 남포동 은 억압과 폭력의 상徵이었다. 또한 이곳은 식민지 시기 조선총독부 부산부청 이 있던 곳이다. '근대 부산'은 제국주의 수탈의 창구 역할을 하기도 했지만, 동시에 식민지 자본주의를 바탕으로 경제적 호황을 누리던 곳이기도 하다. 지금은, 식민지 자본주의를 관리하던 행정 공간에 초국적 자본주의의 집적물이라 부를 수 있는 백화점이 입주해 있다. 이런 현실을 우연의 일치라 할 수 있을까.

　마르쿠스 도엘 식으로 말하자면, 광복동은 부산의 시민(들)을 통제하고 착취하는 글렁크라 할 수 있는데, 부마항쟁은 이러한 폭압적 글렁크를 어긋내고 부숴버린 전복적 사건이다. 위의 시에서 보듯, 이곳은 "최초로 군부독재타도 구호"가 터져나온 장소이다. 당시 시민 시위대는 "시청 앞 광장에서 시작"해 "광복동과 국제시장 골목과 자갈치 미문화원으로 통하는 거리"까지 진주하였다. 광복동과 남포동은 식민지 경험과 군부독재의 폭압적 역사가 이식되어 있는 장소에서, 무지한 군부권력과 맞서 싸운 항거의 장소로 재탄생하였다. 김석규의 「봉수대」라는 시를 보자.

아직도 묻어나는 어둠을 태우며 봉홧불은 타오른다.

부산 마산은 민주 함성을 높이 밝혀드는 봉수대

절대의 권력은 부정과 불의와 음모를 불러 부패하고

낡은 권위주의와 아집과 독선과 납덩이와 탄압

나라의 등불 바람 앞에 몹시 펄럭거릴 때

그날 강물도 일어서고 앞바다도 일어서고

높고 낮은 산도 골짜기도 일어서고 들도 일어서고

뻗어간 산맥 모두 일어나 노호하며 달려갔으니

부산의 대청동에서 광복동에서 남포동에서 시청 앞에서

마산의 3.15의거탑 앞에서 창동에서 볼종거리에서 오동동에서

피 끓는 젊음은 무력의 총칼에도 오히려 푸르게 나부끼는 것

칠흑의 밤 암울한 역사의 능선을 밝혀

민주주의와 자유와 정의의 타오르는 횃불을 들고

골목마다 거리마다 범람하던 피 맺힌 절규

아직도 젊은 항쟁의 투혼 영원하라. 찬연히 빛나라.

—「봉수대」전문[97]

주지하다시피, 봉수대는 본래 횃불을 통해 지역의 상황과 정보를 전달함으로써 적의 침략에 대비하는 군사통신 제도이지만, 이 시에서는 항거의 불꽃("민주 함성을 높이 밝혀드는 봉수대")으로 표현되고 있다. 흥미로운 것은, "부산 마산"의 특정 장소가 항거의 연대를 구축하는 역사적 경험을 공유하고 있다는 점이다. 전자는 "대청동에서 광복동에서 남포동에서 시청 앞"에서, 후자는 "3.15의 거탑 앞에서 창동에서 볼종거리에서 오동동"에서 군부독재의 폭력("총칼")에 대항하였다. 비동시성의 동시성이다. 항쟁의 탄환은 각기 다른 장소에서 격발되었으나, 역사의 길목에서 현행되고 있다. 마산과 부산의 물리적 거리는 중요치 않다. 광복동이 항거의 연대를 형성하며, 부마항쟁의 역사적 스팟으로 재설정되고 있다는 것이 중요하다. 들뢰즈와 가타리라면 저항의 '내재성Immanence'이라고 불렀을 이벤트이다. 지배질서의 글렁크를 지우고 새롭게 입안한 장소의 정체성은, 부마항쟁 40주년을 앞둔 지금 강렬한 저항 정신으로 융기하고 있다.

## 서면, 일상의 업라이징과 혁명의 아토포스

　지역은 확고부동한 의미로 입법화된 공간이 아니라, 변화의 진폭이 매우 크고 역동적인 장소이다. 공간은 추상적이며 불명료하지만, 매우 개방적이다. 추상적 공간에 인간의 경험과 기억이 가산되면서, 구체적 의미를 확보한 장소가 된다. 장소의 이미지가 개인마다 다르게 느껴지거나, 또 시대와 맥락에 따라 차별적으로 구성될 수 있는 것은 이 때문이다.

　마르크스주의 공간이론가 앙리 르페브르는 공간을 인간의 경험과 역사에 의해 입안된 고귀한 혼의 집결지가 아니라, 자본의 착취구조에 의해 분할되고 배치Agencement된 욕망의 장소로 본다. 그러므로 지역의 장소성에 대한 문화적 탐구가 지배질서의 헤게모니를 이식하거나 재생산하는 과정이 되지 않기 위해서는, 부산이라는 지역의 장소성을 숭고한 절의나 저항의 토포스Topos로 승화시키는 것이 아니라, 오히려 무소성의 관점Atopos에서 재구할 필요가 있다. 이것은 지금-여기의 장소를 새롭게 정초하기 위한 저항의 실천이며, 또 일상적 공간에 대한 재인식이기도 하다.


　지금 서면역 막 지났어

　정말 배고파, 참게 등을 뜯어먹고 싶어

　그러면 깜깜하게 유폐돼 버릴 지도 몰라

　아니, 응급실로 바로 와야 해

　정신병도 전염이 된다는 학설이 나왔어

　헉, 그러시면 안되지요

사람들이 이리 많은데 왜 이리 외롭나?

그러니까 지리산이 최고라니까

남편한테 들키면 어쩌려고?

(…중략…)

나도 스키니를 입을 수 있으면 소원이 없겠다

미니 밥은 줬어?

이제 그만 세상 밖으로 나와

아니면 선풍기로 상처를 좀 더 말리든지

아, 갑자기 오토바이가 무지 타고 싶어

저 퇴근 했는데요 낼 연락 할게요 휘리릭~

— 「오후 6시 43분 지하철 밖으로 날아간 문자들」 부분[98]


지역의 정체성이 확정되어 있지 않듯, 우리가 저항의 장소라 기억하는 곳 역시 매순간 '저항의 정신'으로 현현하는 것은 아니다. 박진규의 「오후 6시 43분 지하철 밖으로 날아간 문자들」에서 확인할 수 있듯, 서면은 스쳐 지나가는 무의미한 장소("지금 서면역 막 지났어")일 뿐이다. 이 작품을 구성하는 행렬 언어가 아무 의미 없는 대화(문자)의 나열을 반복하고 있는 것은, 일상적 장소성과 역사적 장소성을 대응하기 위한 수사적 전략이다. 사실, 일상적 장소는 엄중한 절의나 혁명의 대의보다는 생활의 루트(출퇴근길)로 인식되는 경우가 더 많다.

서면이라는 장소는, 이승만 정권의 독재와 부정부패에 항거하며 거리로 나선 고교생들이 부산의 4·19운동을 주도했던 공간이다. 경남공고 3학년 강수영을 비롯한 고교생들이 시위 중 경찰의 과잉 진압과 폭력에 목숨을 잃었으며, 서면 교차로와 경남공고 교정에는 4·19혁명의 진원지 기념비와 강수영 추념탑이 세워져 있다.[99] 임수생의 「시위행진」이라는 시에서도 볼 수 있듯—"강경대 열사의 가장상여를 앞세우고 서면으로 서면으로 행진해 나아갔다. (···중략···) 서면에 결집한 우리들은 밤이 지새는 줄도 잊은 채 도로에 앉고 혹은 서서 민주화 쟁취 조국의 민족통일을 목이 터져라 부르고 불렀다"—,[100] 서면은 1987년 6월 항쟁의 점거 장소이기도 하다.

거리를 점거하는 일상의 봉기Uprising는 장소의 아이덴티티를 전혀 다른 색채로 변화시키며, 주체와 공간의 관계 자체를 변혁한다. 저항의 장소혼이라는 것이 실존한다면, 아마도 이 순간을 얘기하는 것일 테다. 30여 년 전의 일이 아니라, 최근의 서면에서도 이를 목격할 수 있다.

나는 보았다

병뚜껑에서 솟아오르는 짜릿함을,

그날은 비가 내렸고

서면의 심장은 여전히 뛰고 있었다

아스팔트는 한 치의 불의不義도

빠져나올 수 없을 만큼 빼곡했고

어깨와 어깨가 부딪치는 틈 사이엔

낯선 동지적 사랑이 움텄다

3부 지역적인 것과 정치적인 것 🔑

그리고 나는 보았다

술잔과 맞닿은 탐스런 붉은 입술을,

연단에선 사람들의 비장한 목소리가

연신 귓가를 적시었고

속에서 치밀어 오르는 상식常識의 침들이

낙하하는 빗물과 시원하게 부딪쳤다

다치지 않을 촛불만큼 감싼

신문지의 거대한 반동은 시대를 재촉했다


그리고 그때 나는 보았다

병처럼 굴곡진 그녀의 허리와 매끈한 종아리를,

어질러진 함성이 일제히 자리를 박차며

정돈된 구호로 빌딩 사이를 더듬었고

조막손에서 굵은 주먹까지 내지른 허공은

다가올 당위當爲의 역사로 주름졌다

바로 그 어름으로 재생된 옥탑의 한 광고가

취한 듯 자꾸 내 망막을 흐리게 했다

—「그날, 광장에서」 전문[101]


박진규의 시에서 살펴본 바와 같이, 이제 서면은 무소성의 터이다. 고층빌
딩과 네온사인이 점거한 스펙터클 도심은, 4·19와 6월 항쟁의 기억을 망각하

는 듯하다. 서면은 자본의 축장 구역으로 자리 잡은 듯하며, 항거의 기운이 넘실거렸던 차도는 인간이 건널 수 없는 완고한 법의 경계가 되었다. 그러나 김요아킴 시인의 작품에서 볼 수 있듯, 박근혜 전 대통령을 탄핵한 국정농단 사태는, 부산 시민들을 다시 한 번 서면대로大路로 불러냈다. 촛불인파로 인해 "아스팔트는 한 치의 불의不義도 빠져나올 수 없을 만큼 빼곡"하게 가득 찼으며, "어깨와 어깨가 부딪치는 틈 사이엔 낯선 동지적 사랑이 움텄"다. '촛불행진'은 법의 경계를 범람하며 정의의 세계로 진주하였다.

서면 봉기는 하나의 사건이다. 프랑코 베라르디 비포는 점거의 장소성에 대해 이야기한 바 있다("우리가 알지 못하는 이 장소는 사회적 불안정이 궁핍하게 만든 사회적 환경에서, 사막화된 풍경에서 우리가 찾고 있는 바로 그 장소"이며, "그곳은 특이성의 기쁨을 박탈당한 감수성의 영역을 따스하게 해줄 장소").[102] 촛불혁명의 국면에서 부산/서면은 "카이로의 타흐리르 광장, 마드리드의 태양의 광장, 뉴욕의 주코티 공원처럼 운동들이 모이는 점거의 장소"와 다르지 않았다. 부산의 정체성이 저항의 장소혼을 표상할 수 있다면, 4·19와 6월 항쟁, 그리고 촛불혁명을 견인했던 수많은 부산 시민의 정치적 열망과 공통성이 실존했기 때문일 것이다.


## 부산진, 혹은 내셔널리티를 넘는 저항의 좌표 찾기


공간은 개념적 인지 대상이 아니라 시적 교감의 대상이다. 가스통 바슐라르는 『공간의 시학』에서 개인적 의식을 통해 다채로운 이미지를 현행하는 상상의 현상학을 제시했다. 주체의 장소 체험은 인과적이고 기하학적인 공간을 비인과적이고 탈기하학적인 장소로 바꾸어 주는 과정이며, 이를 가능하게 하는 힘이 '시적 상상력'이라는 주장이다. 지금까지 살펴본 바대로, 장소와 장소 상실은 시적 상상력을 통해 현전하는 것이 분명하다. 하지만 시적인 것은 근대 문학의 장르체계에 따라 분류된 '서정시'에 국한되지 않는다. 그것은 시일 수 도 있으며 소설이나 희곡일 수도 있다. 에드워드 렐프의 말처럼 "화가·사진 작 가·소설가는 장소의 핵심을 포착하여 하나의 작은 특징으로 정체성을 압축"[103] 시킬 수 있다.

부산작가회의는 지역문학의 저항적 입지를 마련한 '요산 김정한 탄생 100주 년'에 맞춰, 부산의 장소혼을 새로운 감각과 이야기로 구성한 앤솔로지를 출간 한 바 있다. 지역의 역사와 문화를 구체적 장소 경험을 통해 재창조하고자 한 『부산을 쓴다—시』편과 『부산을 쓴다—소설』편이 그것이다. 물론 이 외에도, 지역의 장소성을 스토리텔링을 통해 발굴한 사례가 적지 않다. 비록 시는 아니 지만, 임진왜란 체험을 중심으로 '부산진'의 장소보존 의식을 보여주는 작품이 있다. 박영애 소설가의 「시간의 꽃을 들고」이다.

그나마 산 아래, 부산진성의 남문 자리쯤에 우리 지역 항일운동의 정신적 거점 이던 정공단이 있소. 거기서는 정발 장군과 함께 순사한 분들의 제사를 지내오. 내가 어렸을 때는 재혁이 형 때문에 우리 동네를 자랑스러워했다오. (…중략…) 예 전에는 학교마다 광복절에 식을 했소. 올 광복절에 기념식을 한 학교가 몇이나 되겠소? 일본은 독도가 제 땅이라고 또 우기기 시작했소. 나는 두렵소. 왜란 때 의 첫 격전지였던 부산진성이 그저 증산공원으로 불리는 것이, 그 땅의 아픔이 시멘트로 포장된 길 아래 깡그리 묻혀 버린 것이 말이오.[104]

전자서신 형식으로 이야기를 전개하고 있는 이 작품은, 임진년 당시 왜군의 첫 격전지였던 부산진성의 장소상실 문제를 다루고 있다. 서술자는 공성전 끝에 순사한 정발 장군의 사연이나, 독립운동가 박재혁 의사의 기억을 통해 '저항의 토포스'가 망각되고 있음을 지적하고 있다. 이른바 장소상실 서사이다. 본래 존재하던 장소감각은 현대 사회에 이르러 변화되거나("그나마 부산 왜성이나 동물원으로 불렸던 산은 증산공원으로 변해 몹시 낯설었습니다"), 아예 사라져 버렸다("부산진성, 제 이름표조차 없는 곳").

동래 지역과 마찬가지로, 부산진성의 장소상실 체험도 강렬한 장소보존 의지를 보여준다. 다만 조성래의 시와 달리 「시간의 꽃을 들고」는 선조의 아픈 역사를 복기하는 일만이 아니라, 부산진성의 절의와 저항을 민족주의적 정서와 결합시키고 있다. 잃어버린 장소성을 회복하기 위한 유대 감정은 교시적 민족주의Nationalism로 점철돼 있다. 정발 장군의 죽음을 진성鎭城의 장소결핍과 일체화하며, 동시대의 역사 문제("독도")로 비약하는 것이 그 방증이다. 물론 임란과 식민지 체험에 대한 자성은 중요하다. 그러나 지역의 장소상실을 애국적 민족주의로 봉합하는 것은, 오히려 저항적 장소성을 말소시킨다. 이제, 내셔널리티는 저항의 몸짓이 아니라 어긋난 애착의 의례일 뿐이다.

에드워드 렐프의 말처럼, '인간답다는 것은 의미 있는 장소로 가득한 세상'에서 사는 일이다. 그러나 지역의 장소 정체성은 확정되어 있지 않으며, 그것을 강제할 경우 또 다른 '글렁크'를 만들게 된다. 역사 속에 내재되어 있는 저항의 좌표(Busan)는 동시대의 삶을 치열하게 사유하는 자리에서만 힘겹게 정초될 수 있다.

# 오키나와라는 물음
## ―이명원, 『두 섬: 저항의 양극, 한국과 오키나와』(삶창, 2017)

작년 여름, 일본 오키나와에 다녀올 기회가 있었다. 동아시아 지역문화 연구에 조금씩 관심을 가지면서, 제주, 오키나와, 대만 등에 대한 책을 읽기 시작할 무렵이었다. 나는 당시 4·3 70주년을 앞두고, 민주시민교육원 '나락한알'에서 김석범 작가의 『화산도』(1-12권) 독서모임을 진행하고 있었기 때문에, 첫 오키나와 답사에 대한 기대를 다소간 품고 있었다.

오키나와 평화기념공원, 그리고 한국인위령탑 ⓒ박형준2017

그러나 오키나와 다크 투어리즘을 준비하면서, 이 섬의 굴곡진 역사와 문화를 소개하는 한국어 저작이나 번역이 의외로 많지 않다는 사실을 알게 되었다. 후쿠시마 원전과 오키나와 미군기지의 구조적 차별 문제를 비판한 다카하시 데쓰야의 『희생의 시스템, 후쿠시마·오키나와』가 3·11 원전 사고 이후 독자들의 주목을 받았으나, 두 지역의 상동적 로컬리티에 대한 접근만으로는 오키나와에 대한 지적 갈망을 해소할 수 없었다.

이러한 막막함 속에서 만난 책이 평론가 이명원의 『두 섬: 저항의 양극, 한국과 오키나와』(이하 『두 섬』)이다. 문청 시절부터 그의 비평을 종종 읽어온 터라, 통상적인 문학연구의 범위나 방법(론)을 거스르는 지知의 도약이 낯설지는 않다. 하지만 왜 오키나와인가? 한국문학 연구계의 방만함과 위압적 계보에 파열음을 내며, 문학 장의 권위적 언술 체계에 도전했던 저 도저한 평론가는, 어째서 근대적인 학문 경계를 횡단하고 초극하면서 오키나와 탐구에 나선 것일까.

이에 대한 대답은 오롯이 책 안에 있다. 『두 섬』은 전체 3부로 구성되어 있다. 1부(한국에서 본 오키나와)와 2부(기억투쟁과 동아시아 평화)는 '한국과 오키나와'를 매개공간으로 해서 동아시아 식민주의와 패권주의의 제 양상을 분석하고 있다. 1, 2부에는 문학, 언어학, 문헌학, 민속학, 역사학 등의 학문 영역을 통섭("오키나와의 역사·문화·정치 등을 한국과의 교섭·비교사의 관점에서 조명")하면서, 동아시아 역사의 비극적 순간을 이해하고 성찰할 수 있는 연구/비평문(들)이 수록되어 있다.

특히, 오키나와전쟁에서 희생된 "조선인 군부"와 "일본군 '위안부'"의 강제동원 문제를 (재)조명하는 「오키나와의 조선인」을 1부 첫 자리에 배치한 것은 의미심장하다. 이명원의 오키나와 연구는 '한국(인)이라는 시좌視座'를 분명히 인식하고 성찰하는 데서부터 출발하는데—자기 삶을 구성하는 특수한 지정학적 내력에 대한 이해에 입각하며—, 여기에는 오키나와를 연구 대상으로 소재

3부 지역적인 것과 정치적인 것 🔑

화하지 않겠다는 저자의 윤리적 의지Attitude가 반영되어 있다. 이런 태도가 중요한 까닭은, 한국과 오키나와의 역사적 공통성을 기술할 때조차도, 얼마든지 외부자의 굴절된 시선이 개입될 수 있기 때문이다.

주지하는 바와 같이, '오키나와의 조선인'에 대한 기억은 거의 망각되다시피 했다. 내가 오키나와 여행을 준비하면서 느꼈던 막막함과 무력감이 이 평문에서도 발견되는 것은 우연이 아닐 것이다. 오키나와전쟁 말기 모든 문서는 파기되거나 소각되었으며, 남아 있는 증언이나 기록 역시 온전치 못한 것이 대부분이다. 그가 "한국인의 기억 속에 거의 인식된 바 없"는 '오키나와의 조선인'을 연구하는 일("이 어둠을 헤치는 일")을 두고, "마치 고생물학자가 화석을 발굴하는 일처럼 어렵"다고 말한 것은 그런 까닭이다. 우리는 '오키나와를 몰라도 너무 모른다!' 어쩌면 이런 무지에의 감각이야말로, 이명원이 오키나와라는 물음에 필사적으로 응답할 수밖에 없었던 이유가 아닐까.

'오키나와의 조선인'을 이해하기 위해서는 오키나와를 먼저 알아야 한다는 것, 이는 절대적 명제가 된다. 그러나 오키나와전쟁에서 참혹하게 희생된 조선인의 실체를 발굴하는 작업은, 본도 일본군에게 학살당하거나 강제집단사당한 오키나와인(들)과의 조우를 동반하는 과정이기도 하다. 「오키나와의 조선인」보다 다른 글이 먼저 발표되었다고 하더라도, 그 결과는 마찬가지이다. 그것은 "여러 형태의 구조적 차별"을 겪을 수밖에 없는 오키나와인의 "눈물"을 이해하고자 하는 일("공감")이기 때문이다. 그래서일까? 저자는 학술자료 검토나 문헌 조사에만 기대지 않고, 오키나와인의 "감정의 구조"나 "세계관"을 이해하기 위한 현지 답사와 대화에도 각별한 노력을 기울이고 있다.

이러한 마음의 연대는 '오키나와-한국'의 지리적 격차를 무화시키기에 충분하다. 그러나 『두 섬』의 연대 의식은 희생자에 대한 애도나 감정적 동일시에 그치지 않고, 오키나와의 역사와 생활(「류큐왕국 시대 오키나와의 지배와 종속 관계」), 오키나와인의 정신사적 토대(「오키나와의 신화와 민간신앙의 이중구조」), 초기 오키나와학의 성과와 한계(「이하 후유의 일본 인식」), 그리고 미군기지와 민주주의 문제(「오키나와 동아시아 평화 체제」) 등과 같은 지적 탐구로 이어진다. 「해방 70년에 돌아보는 제주와 오키나와」나 「오키나와 전후문학과 제주 4·3문학의 연대」와 같은 비교 문화론적 성과는, 이렇듯 오키나와에 대한 탄탄한 이해를 바탕으로 하고 있다. 타자의 불편함을 마주한 연후에야—오키나와라는 렌즈를 통해—, 비로소 우리 삶의 문제를 되돌아볼 수 있는 사고 실험이 가능해진다는 것. 이 책이 여타의 오키나와연구와 변별되는 지점은 바로 이 대목이다.

『두 섬』의 2부는 여기에서 한 걸음 더 나아가, 오키나와라는 시좌를 "타원 구조"로 전면 "확산"하고 있다. 저자는 일본 내셔널리즘의 파쇼적 약진이 동아시아 평화/민주주의를 얼마나 위협하고 압살했는지를 논증하는 한편, 미국과 일본의 패권적 국제정치와 군비증강 문제를 정당화하는 안보 이데올로기의 허구성을 적확하게 비판하고 있다. 2부의 마지막 글(「안보 이데올로기와 동아시아 희생의 시스템」)이 동아시아 '희생의 시스템'을 '저항의 시스템'으로 전환시켜야 한다는 주장으로 귀결되는 것은 그래서 자연스럽다. 왜냐하면 오키나와와 한국이라는 '고립된 섬'은 동아시아 역내의 평화와 민주주의의 수준을 가늠할 수 있는 역사적 바로미터이기 때문이다. 이채로운 것은, 『두 섬』의 3부에 오키나와 칼럼 25편이 수록되어 있다는 점이다. 그러나 이 글은 여가용 에세이가 아니다. 기획연재 '오키나와에서 온 편지'는 중견 평론가의 현장 감각을 통해 오키나와의 생생한 목소리를 들려준다. 아마도 오키나와에 대한 독자(들)의 궁금증을 충족시켜주기에 부족함이 없을 것이다.

오키나와(혹은 제주/한국)를 근거지로 삼아 미국/일본의 동아시아 패권주의에 균열을 내고자 하는 시도는, 문학이라는 심미적 형식으로는 타격할 수 없는 사회적 의제에 대한 학술/비평적 응전이라 하겠다. 『두 섬』은 그래서 단순한 지역연구나 학술적 결과물이 아니라—"오키나와학이란 말은 내게는 과거 유행처럼 번졌던 지역학이나 지역연구를 의미하는 것이 아니었다"—, 우리의 기억 속에서 완전힌 소실된 사건과 존재를 (재)발견함으로써 동시대의 문제를 다시금 사유하고자 하는 고고학적 실천/저항과 다르지 않다.

그렇다면 문학평론가 이명원의 오키나와 연구는, 『타는 혀』(2000) 이후의 일관된 비평 작업과 비교하더라도 전혀 괴리되거나 이질적이지 않다. 왜냐하면 저자에게 오키나와란, 매우 보편적인 문학적 사건인 동시에 민주주의의 사유 장소이기 때문이다. 물론 『두 섬』은 오키나와라는 물음의 종착지가 아니다. 내가 이 책의 리뷰를 쓰고 있는 시간에도—2018년 2월 15일 페이스북 포스팅("저녁을 먹다 / 늦은 밤에 소리 없이")—, 그는 오키나와에서 홀로 저녁을 먹고 있다. 외로운 평론가의 여장 한 편에 응원을 마음을 담아 보낸다.

# 지역 혐오와 착취를 넘어서: 방문자 X

지역이란 무엇인가. 나는 지역에서 태어나, 지역에서 공부하고, 지역에서 창간한 비평 잡지를 통해 문필 활동을 시작하여, 지금은 그 문예지를 만드는 일을 하며 살아가고 있다. 하지만 지역문화연구와 지역문화정책의 새로운 가능성에 대해서는 회의감이 든다. 아니, 정말로 그런 것이 존재할 수 있기는 한 것인지, 지역문화 현장을 톺아볼 기회가 있을 때마다 무력감에 휩싸이곤 한다.

오해하지 말 것은, 지역에 '문화'라 부를 수 있는 역사와 전통, 웅숭깊은 생활양식이 없다거나, 지역문화에 대한 정책과 연구가 부재한다는 뜻이 아니다. 오히려 '지역학'은 융성하고 있다. 내가 살고 있는 부산의 대학과 민·관 기관에는 십수 년의 연구 성과가 축적되어 있는 지역학연구센터와 사업단이 있으며, 생활문화와 예술문화 현장에는 좋은 귀감이 되는 작가, 비평가, 연구자, 현장 실무자들이 활동하고 있다.

그럼에도 불구하고, 나는 지역문화연구나 지역문화정책에 대한 논의를 낙관적으로 전망하지 않는다. 두 가지 측면에서 그러하다. 첫째, 지역 바깥의 '지역 혐오'와 계몽적 인식론이 지속되고 있다. 둘째, 지역 내부의 '자기 착취'와 운동적 문화론이 여전히 존속하고 있다. 여기에서는, 개인적인 사례를 바탕으로 몇 가지 문제와 방향을 살펴보고자 한다.

먼저, 일국─國적 국가체계 하에서의 지역 혐오에 관한 논의이다. 지역분권과 지역문화의 역동성이 강조되고 있지만, 중앙중심주의와 지역주의에 대한 인식은 전혀 개선되지 않았다. 지역과 지역문화를 낙후한 삶의 양식으로 보는 태도는 여전하다. 아니, 더더욱 은밀하게 전파되는 듯하다. 민족, 분단, 국경, 젠더, 세대, 계급, 환경 등의 사회적 이슈가 공동체 존속의 비판적 의제로 부각된 것과 달리, 지역적 아젠다에 대한 문제 제기와 토론은 오히려 정체된 듯하다.

근자의 뉴스에서 확인할 수 있듯, 중앙부처 공무원과 수도권 직장인의 '지역 발령'은 여전히 좌천 인사로 인식되고 있다. '지역'을 '지방'으로 호명하는 레거시 미디어의 보도 태도 또한 서울중심주의를 탈피하지 못하고 있다. '지방地方'이라는 명명방식 속에는 이미 이항대립적인 사고 격자(중심/주변)가 전제되어 있기 때문이다. 지역은 그 어느 곳도 안정적인 삶의 자리가 될 수 없고, 머나먼 '유배'의 장소로 각인될 따름이다. 지역은 혐오의 대상으로 일상화되어 있다. 그러니 지역에 대한 혐오는 선심성 정책개발과 예산지원으로는 극복될 수 없다.

어쩔 수 없이 불편한 사례를 언급할 수밖에 없을 듯하다. 얼마 전 귀한 저녁모임 자리에 초대받았다. 지역에서 활동하고 있는 모 시인의 근작 시집 출간기념회였다. 이런 자리는 정말 피하고 싶어서 거의 참여하지 않지만, 지역문학 장에서 창작 활동을 하고 인간적으로 교류하다보면 도저히 거절하기 어려운 순간이 있기도 하다. 아니나 다를까, 집으로 돌아올 때는 마음이 상했다. 시집 발간을 축하하기 위해 다른 지역에서 온 출판사 발행인의 언급 때문이다. 내용인 즉, 본인이 발행하는 시전문 잡지에는 'A급 시인'의 작품만 수록한다는 것이다.

악의가 있었다고 생각하진 않는다. 지역에서 활동하는 시인, 평론가, 잡지 발행인에게 문학 매거진의 경영혁신 사례를 들려주고 싶었을 것이다. 하지만 이런 식의 계몽적 수사에는 지역문화를 후진적인 상징자원으로 인식하고 판별하는 정치적 무의식이 깔려있기 마련이다. 지역 혐오인 셈이다. 시인에도 A급, B급, C급, 혹은 1군, 2군, 3군이 있는가. 메이저 문예지가 담지 못하는 다양한 '시적 목소리'를 전하겠다며 잡지를 만든다는 분의 마인드가 왜 저 모양일까? 아직도 '중앙문단', '지방문단' 운운하고 '급'을 따지며, 부산의 낙후한 문화를 지도하고 싶은 것일까.

얌전하게 앉아 끝까지 이야기를 들으면서, "저 분한테 나는 '몇 급' 평론가일까?"라고 상상해 보니 끔찍한 마음이 들었다. 바로 따져 물었어야 하는데, 새해에는 문화판에서 싸움질 좀 그만하자는 생각으로 눌렀다. 작가 선배들도 아무런 말을 하지 않았다. 저 분은 자신이 무슨 말을 하는지 알고 있는 것일까. 먼저 일어나겠다고 공손하게 인사를 하고 돌아가는 길, 지역에 대한 퇴행적 인식론을 다시 목격한 것 같아 씁쓸한 마음이 들었다.

다음으로, 지역의 운동적 문화론이다. 지역 혐오는 곧장 지역 내부의 문화적 커뮤니티에도 영향을 미친다. 그래서 지역문화정책을 검토할 때는 지역 내부의 문화론도 함께 논의되어야 한다. 지역문화와 항상 단짝을 이루는 키워드가 있으니, 바로 '운동(성)'이다. 이는 지역문화를 '운동'의 일환으로 보는 시각으로, 지역사회의 구성원 스스로 지역의 문화적 인적자원을 '착취'하는 상황을 발생시킨다.

건강하고 비판적인 지역문화를 창조하기 위해 지역문화의 실천적 역동성을 확보하는 것은 중요하다. 다만 문제적인 것은, 지역문화운동이 현실적 조건 때문에 종종 '자기희생'을 강요한다는 것이다. 삼십 대 초중반에 지역문단에 나가 실무자로 일하며 느낀 것은, 지역문화계의 창작자, 기획자, 실무자가 제대로 된 대우를 받고 일하는 경우는 거의 없다는 사실이다. 인간적인 인연으로 따뜻한 후의를 베푸는 분들이 없지 않지만, 비제도적이고 반정책적인 문화운동이 지속성을 가질 수는 없는 법이다. 아이러니한 것은, 지역을 문화의 불모지라며 성토하는 이들일수록 지역의 인적 구성원에 대한 착취는 더욱 심하다는 점이다.

멀리 갈 것도 없고 남 욕할 것도 없다. 바로, 내 이야기이다. 아프고 부끄러운 이야기이지만 솔직하게 고백할 수밖에 없다. 필자가 십 년째 편집위원으로 참여하고 있으며 작년부터 편집주간을 맡고 있는 부산의 문예지 『오늘의 문예비평』의 경우도 마찬가지이다. 『오늘의 문예비평』은 1991년에 창간하여 한국문학비평과 지역문화운동의 한 획을 그은 비평전문 계간지이다. 문화적 인프라와 인적 네트워크가 부족한 상황 속에서도, 편집진 세대 교체를 통해 현재에 이르렀다. 지금까지 통권 115호를 발간하고 올해로 29년의 역사를 자랑하는 지역/비평 매거진이지만, 우리는 여전히 '운동'을 하고 있다.

모기업이나 출판사가 없는 상황에서 잡지를 내고 있다 보니, 재정 상황이 말이 아니다. 한국문화예술위원회의 '우수문예지 지원 사업'과 부산문화재단의 '문학 지원 사업'으로 보조를 받고, 뜻있는 분들의 후의로 힘겹게 발간비와 원고료를 감당하고 있지만, 언제 폐간이 돼도 결코 이상하지 않은 상태이다. 가장 마음이 아픈 것은, 몇 호 째 편집장 활동비를 제대로 집행하지 못하고 있다는 점이다. 편집장 본인은 잡지가 어려우니 받지 않겠다고 얘기하지만, 잡지 발행의 실무를 책임진 사람으로서 면목이 없다. 비단 편집장만이 아니라, 편집위원 모두 자기 시간을 쪼개 노동하고 있으며, 지역 매거진의 공적 가치와 역사를 지키기 위해 분투하고 있다.

우리는 비평가일까, 활동가일까? 자기 착취에 가까운 출판/비평 노동이 지역문화를 위한 숭고한 운동으로 포장되어서는 안 되는 법이다. 우리는 모두 '운동'과 '착취' 사이에서 길항하고 견디며 버티고 있을 뿐이다. 이렇게, 혼신의 힘을 다하지만, 잡지 발간의 현실은 녹록치 않다. 잡지는 지역의 소중한 공유가치이자 문화적 자산이다. 지역의 소중한 문화적 성과를 잘 계승하고 가꾸어가기 위해서라도, '운동적 착취'의 악순환을 끊는 것은 무엇보다 중요하다.

지금까지 두 가지 사례를 중심으로 하여, 지역/문화가 혐오와 착취의 대상으로 전유되는 사례에 관해 이야기해 보았다. 굳이 마사 누스바움을 인용하지 않더라도, 혐오는 단순한 감정이 아니라, 특정한 삶의 방식과 존재를 공동체의 영역 속에서 식별하고 배제하는 일임을 알 수 있다. 혐오는 타자의 삶을 누추하게 만들고 파괴하는 인지적 폭력이다. 지역문화연구와 지역문화정책은 이러한 '지역 혐오'의 격자 구조를 기각하고 타파하는 인식 개선으로부터 출발하여야 한다.

또한 다음 세대의 지역문화정책은, 지역문화의 '운동적 착취'의 모순 고리를 끊어줄 수 있는 방향으로 설계되어야 한다. 역내 구성원 스스로도 지역문화운동의 지속가능성과 자립성을 높이기 위해 노력해야겠지만, 지역의 소중한 문화자산과 공유가치를 함께 가꾸어나가기 위한 정책 입안이 필요하다. 지역문화와 관련한 비평과 논문을 여러 편 썼지만, 이런 질문에는 여전히 자신이 없다. 때로는, 재정적 어려움보다 더 큰 파고가 우리를 막아서기도 한다. 흔들림 없이 걸어갈 뿐이다. 그 길에 함께 해주시길 바란다. (* 이 글은 2020년 2월 한국문화정책연구소 웹진 『문화정책리뷰』에 발표한 글이다. 지금은 잡지 일을 그만두었으나, 당시 현장성을 살리기 위해 수정 없이 수록한다.)

## 징후적 사이렌: 한 실천적 지식인의 절박한 경보
### ─야마구치 지로, 김용범 옮김,『민주주의는 끝나는가?』(어문학사, 2021)

정치와 외교를 개개인의 일상생활과 무관한 골치 아픈 사안이라고 생각하는 사람이 많다. 멀리서 찾을 것도 없이, 나 자신이 그러하다. 인문학을 공부하고 학생들을 가르치면서, 수업 시간에는 정치적 중립을 유지하기 위해 부단히 노력한다. 아니, 그렇게 포장하곤 한다. 그러나 대학 교원에게 암묵적으로, 때로는 노골적으로 요구되는 탈정치적 포즈와 수사는 사실 현실정치의 무능과 타락에 눈을 감는 비겁한 태도이다.

대학 사회의 구성원이 기업화된 학교경영 시스템하에서 '직업인'의 한 사람으로 전락한 것은 어제오늘의 일이 아니지만, 가끔은 이 비루한 생계형 학자의 마음에도 '양심'이라는 것이 남아 있다는 것을 깨닫게 해주는 계기가 있다. 바로, 이 독후감의 저자인 야마구치 지로山口二郎 교수와 같이, 지배권력의 모순과 부조리에 맞서는 불복종 운동을 꾸준히 실천해 온 지식인을 만나는 경우이다.

호세이대학 법학부에서 학생들을 가르치고 있는 야마구치 지로는 일본의 정치적 퇴행이 초래하는 동아시아 평화공동체의 위기를 진단하고, 이를 비판적으로 사유해 온 양심적인 지식인이자 리버럴한 정치/시민 운동가이다. 한국에서도 이미『위기의 일본 정치』,『일본 전후 정치사』등의 책을 번역·출간한 바 있다. 이들 저작은 전후戰後 일본의 민주주의 제도와 정당정치 구조가 어떤 역사적 굴곡을 거쳐 반동적으로 보수화되었는지를 이해할 수 있는 이정표가 된다. "벼랑 끝에 서 있는 일본"이라는 위태로운 부제가 붙어 있는 근작 『민주주의는 끝나는가?』(어문학사, 2021) 역시 마찬가지이다. 하나씩 살펴보도록 하자.

우선 '전후체제'에 대한 이해가 필요하다. 전후체제란 일본이 2차 세계대전에서 패한 후 서구와 북미 중심의 정치경제 모델을 바탕으로 50년 이상 지속해 온 민주주의 시스템을 의미한다. 이 책은 전후체제를 힘겹게 지탱하고 있던 "일본적인 억제균형 시스템"이 아베 정권에 의해 어떻게 부서지고 몰락("변조") 하게 되었는지를 보여준다. 비록 현재는 아베 총리가 물러나고 스가 총리가 그 자리를 대신하고 있지만, 여전히 "아베 시대에 확립된 수상에 의한 강권적 지배는 계속되고" 있으며, 이는 일본의 민주주의를 갉아먹고 있다.

저자는 일본의 민주주의 부식 요인을 네 가지로 정리하여 순차적으로 기술하고 있는데, 그것은 첫째, 입법부·행정부·사법부의 삼권三權 분립이 사실상 와해되어 모든 권력이 행정부의 수반("수상")에 집중되어 있다는 것(「제2장 집중하여 폭주하는 권력」). 둘째, 여·야 정당 간 경쟁이 소멸되고 야당이 분열되어, 거대 여당인 자민당의 폭주를 견제할 수 있는 정당정치 세력이 부재하다는 것(「제3장 분열되어 미주하는 야당」). 셋째, 글로벌 경제 위기가 정치에 대한 관심을 소거하고, 그것이 일본 민주주의를 침식시켰다는 것(「제4장 민주주의의 토대를 붕괴시킨 시장주의」). 넷째, 아베 정권의 공포 통치 방식이 제도화, 일상화됨으로써, 국민 개개인의 자유가 "압살"당하고 언론의 비판적 기능 역시 마비되었다는 점(「제5장 개인의 억압, 무너져가는 자유」)이다.

여기에서 한국의 독자들은 의문을 가질 수 있다. 우리가 당대 일본의 현실 정치와 민주주의 붕괴를 함께 고민해야 하는 까닭은 무엇인가. 그것은 바로,

일본 민주주의의 퇴보와 파탄은 인접 국가의 정치적 역행으로만 이해될 현상과 문제가 아니기 때문이다. 이는 일본 사회와 국민을 병들게 할 뿐만 아니라, 동아시아 국가들의 안보와 경제를 위협하는 긴요한 국제정치의 변수가 된다. 그 근거는 아베/스가 정권이 국내 정치의 위기를 돌파하기 위해 역내域內 국가들과의 외교적 긴장을 고조시키는 "배외적 내셔널리즘"을 작동시키고 있다는 데서 확인할 수 있다.

배외적 내셔널리즘은 아베 신조를 주축으로 한 일본 우익의 배타적 민족주의를 의미한다. 일본은 패전 이후 군사대국의 경험을 "봉인"하고 아시아 최고의 경제대국이라는 프라이드를 통해 전후 사회를 유지해 왔다. 그러나 초국적 자본주의의 광풍으로 중산층("총중류사회")이 붕괴하자, "자국의 정당성"과 "우월성"을 주장하는 이데올로그가 다시 집결하기 시작했다. 1급 전범인 기시 노부스케의 외손자인 아베 신조가 다시 정치의 전면에 등장할 수 있었던 것은("기시 노부스케의 손자라는 출신으로부터, 내셔널리즘운동의 호프"), 극우 민족주의 운동의 구심점이 필요했기 때문이다.

일본은 시민 혁명을 거쳐 민주주의를 수립한 경험을 갖고 있지 않기 때문에, 내셔널리즘(민족주의)과 패트리어티즘(애국심)을 구분하지 않고 뒤섞어 사용한다. 애국심과 민족주의의 착종은 민주주의를 파괴하는 위태로운 정념이다. 왜냐하면 "애국"이라는 "이름 하"에 "정치에 대한 비판적인 시좌를 쓸어버리는 것"은, 정치 쇄신의 "원동력을 소거하는 것"이기 때문이다. 문제는, 이러한 배외적 민족주의가 여당의 정치적 위기를 타개하는 관변 정치 전술에 그치지 않고, 동아시아 평화/연대의 가드레일에 균열을 내는 군국주의적 기획과 맞닿아 있다는 점이다. 이를 확인할 수 있는 증례가 "역사수정주의"이다.

역사수정주의는 1995년의 무라야마 담화, 즉 식민 지배와 전쟁 책임에 대한 사과를 전면 부정/철회하는 역사왜곡 행위를 뜻한다. 국제 사회에서는 대놓고 침략의 당위를 주창할 수 없지만, 일본 국내에서는 언론, 문화, 교육이라는 이데올로기적 국가장치를 통해 역사수정주의 담론을 전파/재생산하고 있다. 대표적인 예가 2019년 8월 1일에 열린 '아이치 트리엔날레' 사건이다. 이 전람회에 〈평화의 소녀상〉이 출품·전시되자, 정부와 지자체의 압박과 일반 시민의 "협박"이 이어졌고, 결국 소녀상은 "철거"되기에 이른다. 이는 단순히 표현의 자유와 관련된 논란을 넘어서 일본 민주주의의 붕괴를 경고하는 징후로 보아야 한다.

『민주주의는 끝나는가?』를 다 읽고나면, 아베/스가 정권이 왜 그렇게 집요하게 한국을 때리고 압박하는지를 이해할 수 있다. 그리고 일본 민주주의의 위기가 일본 국민의 자유를 억압하고 동아시아 평화를 위협하는 무서운 사태임을 알 수 있다. 저자는 그 원인을 아베/스가 정권의 "열화"적 "리더쉽"에서 찾고 있으며, 이는 일본 시민사회의 비판적 지성을 마비시키고 민주주의 체제를 뒤흔든다고 보았다. "벼랑 끝"이라는 부제, 혹은 공간 감각에서 절박한 위기감이 느껴진다. 그러나 이 절박한 우려는 일본 국민만을 향한 것이 아니다. 오히려 국제정치의 낭떠러지에서 추락할지 모르는 동아시아 평화공동체를 향해 보내는 처절한 경보이다.

그렇다면 야마구치 지로 교수는 일본 민주주의의 퇴행에 맞서기 위해 어떤 해결 방안을 제시하고 있는가. 그는 「종장 민주주의를 끝내지 않기 위해서」에서 몇 가지 제언을 하고 있다. 첫째, 관료제를 개혁하고, 둘째, 야당과 국회를 재건하고, 셋째, 민주주의를 위한 미디어를 재건하는 것이다. 물론 이를 위해서는 건강한 시민사회가 복원되어야 한다고 본다. 일본 민주주의의 문제 해결 방안이 부서져 가고 있는 '정치'에 있다는 사실이 역설적이다. 물론, 핵심 과제

3부 지역적인 것과 정치적인 것 🔑

는 '정권 탈환'이다. 이를 위해 야당 간의 타협과 단일화, 시민 참여를 확대하기 위한 포퓰리즘 전략을 주장하는데, 여기에서 리버럴리스트로서의 야마구치 지로의 유연함이 잘 드러난다. 다만, 포퓰리즘이 "서민감정"에 기초한 "정책전환"을 목적으로 하는 것이라고 하더라고, 그것은 언제나 자기 내부를 겨냥하는 총구가 될 수 있다는 점은 경계해야 하는 부분이다.

정리해보자. 『민주주의는 끝나는가?』는 수많은 정치적 실패의 좌절을 딛고 7년 만에 세상에 나왔으며, "일본에서도, 민주주의를 죽게 하지 않게 하기 위한 사고와 행동의 가이드북"이 되기를 바라는 저자의 열망이 담겨 있다. 그의 정치적 주장에는 이견이 있을 수 있다. 그러나 일본 군국주의 부활의 다양한 징후에 저항하는 시민 불복종 운동만큼은 기억되고 공유되어야 한다. 야마구치 지로의 『민주주의는 끝나는가?』는 우리의 가슴 속에 남이 있는 '양심'과 '용기'를 환기시키는 징후적 사이렌과 다르지 않다. 민주주의의 파괴에 맞서는 용기, 그 작은 용기를 길어 올릴 수만 있다면, "벼랑 끝"에서도 새로운 희망의 길이 열리지 않을까.

# 4부 역사적인 것과 정치적인 것

ENGAGEMENT OF PASSION

# 동시대 영웅서사의 정치적 무의식

## 영웅서사의 헤게모니와 비판적 리터러시

인간은 고대부터 현재에 이르기까지 수많은 영웅적 형상을 창안하였다. 동서양의 신화적 영웅이 초자연적 능력을 발휘하며 거대한 자연의 위협과 공포로부터 자기 존립의 가능성을 되묻는 이야기로 전승되어 왔다면, 근대적 서사의 영웅담은 비범한 능력과 도전 의지로 자연의 제약이나 인간 삶의 한계를 극복하는 문명Civilization 창조의 모험담으로 기록되어 왔다.

신화원형 비평가 노드롭 프라이가『비평의 해부』나『문학의 구조와 상상력』을 통해 보여준 실제비평의 성과는 인간 삶의 구조적 원리Archetype를 해명하기 위한 노력이라고 말할 수 있다. 그의 작업은 종종 구조주의 이론의 한계와 함께 비판받기도 했다. 하지만 지금도 프라이의 신화원형 비평은 고대에서 현대에 이르는 방대한 영웅서사의 구조와 특징을 이해하는데 도움을 준다.

물론 우리가 중요하게 생각하는 것은,『단군신화』에서『무정無情』으로 이어지는 영웅적 일대기의 구조 분석이나 이론적 적용에 있지 않다. 프라이의 작업이 시사하는 바는, 영웅서사의 반복적 출현과 전승이 현실세계 문제와 공동체의 미래 과제를 사유하는 대화적 방법(론)을 제공한다는 데 있다. 다시 말해, 영웅서사는 비범한 주인공이 혹독한 시련을 극복하고 세계와 자아를 합일의 경지로 이끄는 입사/성장의 과정이 아니라, 동시대의 사회 문제와 공동체의 위험을 사유하게 하는 상징적 재현물인 것이다.

우리는 어린 시절부터 수많은 영웅서사와 위인전기를 읽어 왔다. 초국적 자본주의가 지배하는 각박한 세상에서 낙오하거나 좌초하지 않기 위해서, 영웅/위인의 성장과 출생, 그리고 고난 극복 과정을 학습한다. 이른바 영웅서사를 통해 척박한 현실을 견디며 살아갈 수 있는 지혜와 용기를 배우는 셈이다. 그러나 영웅서사는 단순히 한 개인의 정신적, 신체적 성장 과정만을 그리는 이야기가 아니다. 영웅서사에는 지배집단의 합병적 헤게모니가 기입되어 있기도 하고, 또 부조리하고 모순된 시대적 상황이 리얼리티 있게 반영되어 있기도 하다.

그렇다면 영웅서사는 사적 욕망의 집적물이 아니라, 공동체가 처한 현실을 지각하게 하는, 더 나아가 시민주체의 변혁적 열망을 표상하는 사회문화적 바로미터라 할 수 있다. 지금도 다양한 내용/장르의 영웅서사를 접하고 있는 현대인에게 '비판적 문식성Literacy'이 요구되는 것은 이 때문이다. 한국 사회는 최근 몇 년 동안 그 어느 때보다 절실히 새로운 영웅의 출현과 도래를 꿈꾸어왔다.


## 영화: 영웅서사의 관변화와 탈정치성 비판


최근 한국영화의 흐름과 경향을 살펴보면, 단연 역사적 소재에 대한 관심과 창작이 증가했음을 확인할 수 있다. 황동혁 감독의 〈남한산성〉을 비롯하여, 〈명량〉, 〈군도〉, 〈역린〉, 〈관상〉, 〈순수의 시대〉, 〈사도〉, 〈대립군〉 등과 같은 사극영화가 약진했다. 이는 분명 주목해야 할 문화적 현상 중 하나이다. '조선'이라는 시공간은 영화의 후경으로써만 기능하는 것이 아니라, 작금의 현실을 투사하는 정치적 역학과 사회적 담론을 반영하는 알레고리이다.

사극영화에 등장하는 임금, 장군, 사대부, 그리고 백성들은 각기 다른 영웅의 이미지로 다채롭게 형상화되고 있다. 예를 들어, 그것은 임금을 암살하고자한 적폐세력을 때려 부수는 신적 역능으로 도래하기도 하고(<역린>), 단 12척의 배로 330척 왜군의 공격에 맞서 기적의 승리를 거둔 명장의 모습으로 추앙되기도 하며(<명량>), 포위당한 나라의 운명을 위해 스스로 역적이 되기를 마다하지 않는 신하의 충심으로 재해석되기도 하고(<남한산성>), 지배 집단의 폭정과 억압에 맞서 봉기한 민초들의 의협심으로 그려지기도 한다(<군도>). 개별 작품의 스토리 라인과 영웅의 형상은 다르지만, 이들 영화는 우리가 살아가고 있는 당대현실의 정치적, 사회적 이슈를 간접적으로 반영하거나 우회 비판하고 있다는점에서 공통점을 지닌다.

조선시대 사극영화와 함께 한국영화의 중요한 트렌드 중 하나가 식민지 시대극이다. 근자에 개봉한 주요 작품으로, 〈암살〉, 〈밀정〉, 〈덕혜옹주〉, 〈군함도〉 등을 꼽을 수 있다. 이들 작품은 국민국가Nation state의 구성원이 고양해야 하는 애국주의적 정념에 기초한 영웅서사적 특징을 보여준다. 식민지제국주의에 맞서 싸우는 독립투사의 숭고한 형상은 계급적, 젠더적, 지역적 차이를 지우며 동일화되고 있다. 오해하지 말 것은, 이들 작품의 서사적 동일성에 대한 비판은 개별 작품의 미학적 수준을 언급하기 위한 것이 아니라, 일제강점기 시대극의 내셔널리티가 내포하고 있는 탈정치적 한계를 지적하는 것이다.

허진호 감독의 〈덕혜옹주〉(2016)를 예로 들어볼 수 있다. 「8월의 크리스마스」, 「봄날은 간다」, 「행복」 등과 같은 작품을 떠올려 본다면, 이 영화는 난감하기 그지없다. 〈덕혜옹주〉에서 주인공 이덕혜는 비운의 황녀이다. 그녀는영화 안에서 독립운동가에 근접한 민족적 영웅으로 격상된다. 물론 이는 사실이 아니다. 허나, 영화에서 픽션과 논픽션의 경계를 구분하는 것은 큰 의미가 없다. 그녀가 일본에서 고단하고 힘든 생을 보내며 살았는지, 그게 아니라 일본 정부로부터 왕족의 대접을 받으며 안정적인 삶을 누렸는지는 사실 그리 중요치 않다. 핵심은, 영화 〈덕혜옹주〉가 좌초한 여성영웅의 비극적 서사를 반복하고 있다는 점이다.

〈덕혜옹주〉는 주인공이 비참한 결말을 향해 질주하는 비극적 영웅서사의 전형적 양상을 보여준다. 이 영화의 영웅담은 비범한 능력을 통해 세계의 시련을 극복하는 '신화'적 형식이 아니라 주인공의 비장한 결말을 전제로 하고 있는 '전설'의 그것에 가깝다. 대한제국의 마지막 황녀 '이덕혜'의 삶은 '고난 극복과 성장'의 서사가 아니라, 오히려 그것의 역방향으로 전개된다. 남성중심의 식민지 시대물과의 차이점은 그 정도뿐이다. 비극적 영웅서사인 전설傳說이 사실과 허구의 결합을 통해 극적 비장미를 증폭시키는 서사양식이라고 한다면, 〈덕혜옹주〉가 역사적 사실에 상상력을 덧붙인 팩션Faction의 형식을 취하는 것은 어쩌면 자연스러운 일이라 하겠다.

여러 팩션 요소 중에서도, 강제징용된 조선인 노동자들 앞에서 이덕혜가 연설하는 신Scene은 명장면으로 회자된다. 덕혜옹주는 일제가 준 협력적 연설문을 그대로 읽지 않고 식민지 백성들의 궁핍한 삶을 위로하는 연설을 한다. 그녀의 용기와 결단 앞에 조선인 노동자들은 울분을 터뜨린다. 그러나 이 드라마틱한 저항 장면은 역사적 사실이 아니다. 〈덕혜옹주〉를 둘러싼 역사왜곡 논란은 이 장면에서 가장 크게 점화된다. 하지만 문제는 역사왜곡 여부가 아니라, 좌초한 여성영웅 '이덕혜'의 일대기가 개인적 비극을 넘어서는 시대적 아픔으로 진전되지 못하고 있다는 데 있다. '덕혜옹주'는 '슬픔의 환영Illusion'을 창안함으로써, 몰락한 왕조의 비극을 민족적 슬픔으로 등치시키는 공통감각을 발명한다. 결국, 〈덕혜옹주〉는 퇴락한 영웅의 심상을 통해 대중관객의 애국심과 민족성에 호소하는 감상주의로 추락하고 있는 셈이다.

이와 같은 로맨틱한 민족주의는 당대 사회현실의 모순과 부조리에 눈을 감는 정치적 차폐 효과를 발생시킨다. 식민지 시대극이 보여주는 영웅담론은 감독의 선의나 역사적 진정성과는 무관하게 '지금—여기'의 사회적 아젠다를 지우고 국민국가 바깥에 존재하고 있는, 혹은 존재하고 있다고 상상되는 적대적 대상에 대한 분노만을 증폭시킨다. 민족주의적 영웅서사는 과거 속의 타자를 공통의 적으로 환기하고 호출하면서, 국민국가 내부의 정치적 갈등을 은폐하는 '관변官邊 담론'을 형성하는 것이다. 이를 관변적 영웅서사라 부를 수 있는데, 그것은 우리의 일상/내부 속에 코드화된 지배질서에 대한 비판과 저항 가능성을 소거하고, 오직 바깥의 적대적 환영만을 타격하는 데 골몰한다. 다시 말해, 관변적 영웅서사는 국민국가, 혹은 민족 공동체 내부의 불평등이나 계급적 모순에 대해서는 눈을 감는 탈정치적 문화형식인 셈이다.

아쉬운 점이 없지 않지만, 일제강점기 시대극은 그나마 나은 편이다. 작년에 개봉한 〈인천상륙작전〉은 이데올로기적 영웅서사를 통해 노골적으로 '관변 담론'을 표방하고 있다. 이 작품은 맥아더 장군과 특수부대 대원들의 영웅적이고 희생적인 작전 수행 과정을 스펙터클한 이미지로 재구성하고 있다. 장학수 대위를 비롯한 해군 첩보부대(혹은 켈로부대) 대원들의 목숨을 건 비밀작전은 숭고한 희생의 제의 과정으로 그려진다. 두말할 것도 없이, 대한민국의 평화를 지키기 위한 헌신과 용기는 너무나도 소중하다. 그러나 〈인천상륙작전〉의 이념적 적대의식과 화려한 전투 장면은 오히려 민족 분단의 아픔과 고통을 망각하게 한다. 왜냐하면 이 영화는 인천 탈환작전에 참여한 대원들의 희생과 슬픔을 오락적 소재나 화려한 영상미학의 수단으로 전유하고 있기 때문이다.

1980년대의 관변 반공영화에나 나올 법한 전쟁영웅처럼 말이다.

그러나 〈인천상륙작전〉의 문제는 내용만이 아니다. 최근, 이 영화의 제작 지원에 관官이 직접적으로 개입했다는 의혹이 제기되었다.[105] 이는 민족 분단의 아픔과 안보 위기조차도, 내부 통치 전략으로 활용하는 지배집단의 실체를 잘 보여주는 문화적 증례이다.


## 웹툰: 영웅서사의 대중적 변모와 환상적 리얼리티

영화와 더불어 영웅서사의 한 양상을 보여주는 새로운 문화양식이 '웹툰 Webtoon'이다. 웹툰은 디지털 매체를 기반으로 하고 있기 때문에, 기존의 출판 만화와 달리 다양한 연출 방식과 컬러 구성을 보여줄 수 있다. 또 영화 제작 예산과 비교하자면, 적은 비용으로 복잡한 스토리와 역동적인 장면을 연출할 수 있다는 것이 장점이다. 이른바 웹툰에서 '히어로물'이라고 불리는 장르가 독자들의 관심과 흥미를 끌 수 있는 이유이다. 일반적으로 웹툰의 영웅서사는 드라마와 액션 장르가 결합된 형태(강풀의 〈무빙〉 등), 무협과 역사물이 결합된 형태(형민우의 〈삼별초〉 등), 그리고 액션과 학원물이 결합된 형태(전선욱의 〈프리드로우〉 등) 등으로 나타난다.

웹툰 서비스의 90% 이상을 점유하고 있는 대형 웹툰 플랫폼(Naver와 Daum 커뮤니케이션)에서 연재되는 영웅서사는 대부분 시즌을 거듭하는 장편서사의 형식을 취하고 있다. 하지만 PC보다는 모바일기기 환경을 고려하여 서비스되기 때문에, 1회 분량이 그렇게 길지는 않다. 웹툰은 문학이나 영화와 달리, 이차원적 이미지를 통해 서사적 내용을 표현한다. 또 모바일 매체로 스토리를 전달하기 때문에 누구나 영웅서사를 비롯한 웹툰 작품을 간편하게 즐길 수 있다. 이는 영웅서사 창작/수용의 시공간적 제약, 그리고 비용 부담을 줄여주는 물적 조건이 될 뿐 아니라, 웹툰 콘텐츠로서의 영웅서사에 무한한 상상력을 기입할 수 있는 요인이 되기도 한다.

정보통신기술의 발달에 따라 만화 생산과 유통, 그리고 소비 구조는 더욱 획기적으로 변화하고 있다. 영화나 소설의 의사소통 구조와 달리, 웹툰은 '작가-독자의 쌍방향소통' 체제를 갖추고 있다. 작품을 창작하는 도구나 기술만이 진보하는 것이 아니라, 인터넷만화의 향유 시스템과 독자(들)의 문화도 크게 바뀌고 있다. 예를 들어, '액션'과 '학원물'이 결합된 영웅서사인 〈돌아온 럭키짱〉의 경우—이 작품은 매우 전통적인 출판만화 스타일의 내용/형식을 보여주고 있는데—, 작품의 내용보다 웹툰 커뮤니티나 독자들의 팬덤 문화가 더욱 주목을 받고 있는 형국이다. 이는 모바일 환경에 기반한 영웅서사가 어떤 형식과 내용을 취해야 하는지를 고민하게 한다.

웹툰의 독자층과 사용 연령이 10대부터 30대까지 집중되어 있다 보니, 드라마와 학원물, 무협과 판타지 등이 결합된 액션 히어로물이 영웅서사를 구성하는 중요한 장르적 조건이 될 수밖에 없다. 그러나 웹툰은 출판만화 형식의 복잡한 칸 구성이나 그림체, 혹은 딱딱하고 진지한 영웅상이 아니라, 일상 속에서 만날 수 있는 캐릭터를 요구한다. 그래서 영화나 소설과는 다른 방식의 영웅이 등장하기도 하고, 또 다채로운 내용적 실험과 장르 융합이 이루어지기도 한다. 이를 테면, 기안84의 〈복학왕〉은 미래에 대한 어떤 희망도 없이 찌질한 일상을 살아가고 있는 주인공 우기명을 통해, 한국 사회를 지배하고 있는 속류 권위주의나 성장 담론을 비틀고 희화화시키고 있다. 윤태호 작가의 웹툰 〈인천상륙작전〉의 경우에도 영화 〈인천상륙작전〉과는 달리, 영웅 중심의 역사 각색에서 벗어난 논픽션적 역사 서술의 양상을 보여주고 있다.

웹툰 콘텐츠는 영웅서사의 무거움과 진지함을 거부하고 조소하면서 기성 세대의 가치와 모순에 도전하고 있다. 이는 일상성과 오락성을 겸비한 대중적 코드를 통해 더욱 확장되는 양상을 띤다. 물론 영웅적 형상으로 사회적 의제를 다루고 있는 웹툰이 없는 것은 아니다. 재난서사와 영웅서사의 결합을 통해 파국적 세계와 인간성 상실을 고발하고 있는 〈심연의 하늘〉(윤인완·김선희), 한국 사회의 불평등한 노동 현실과 노동자 연대의 중요성을 강조하고 있는 〈송곳〉(최규석), 또 청년 세대의 고단한 삶과 비정규화된 일상을 보여주고 있는 〈미생〉(윤태호), 자기 삶의 자리를 박탈당한 슈퍼 히어로의 저항을 통해 개인과 공동체의 문제를 성찰하게 하는 〈무빙〉(강풀) 등과 같은 작품이 대표적이다. 이들 웹툰은 대중문화 콘텐츠가 제기할 수 있는 사회적 질문과 문화예술적 책무를 최대치로 펼쳐내고 있다.

그 중에서도, 가장 주목되는 작품은 역시 강풀의 〈무빙〉(2015, Daum)이다. 2000년대 초반부터 본격적인 작품 활동을 시작한 강풀은 지속적으로 개인과 공동체의 관계를 질문해 왔다. 현대인의 관계 단절과 소외 문제를 다룬 〈아파트〉와 〈이웃사람〉에서부터, 1980년 5월 광주에서 자행된 군부의 만행과 역사적 트라우마를 반성적으로 성찰하고 있는 〈26년〉에 이르기까지, 그의 작품은 끊임없이 나와 타자, 개인과 공동체의 문제를 사유해 왔다. 그러나 강풀의 웹툰에서 우리 사회의 부조리와 역사적 모순을 해결하는 존재는 슈퍼 히어로가 아니었다. 〈이웃사람〉에서 연쇄살인마를 때려잡는 것은 특출한 영웅이 아니라 이웃 간의 관심과 연대이다. 마찬가지로, 〈26년〉에서 광주 학살의 주범인 전직 대통령에게 합당한 책임을 묻고 있는 사람 역시 피해자의 가족들이다.

이와 달리, 근작 〈타이밍〉, 〈무빙〉, 〈브릿지〉에서는 초자연적인 능력을 지니고 있는 슈퍼 히어로가 등장한다. 세 작품은 학원물, 드라마, 액션 장르가 복합적으로 결합된 영웅서사의 형식을 취하고 있다. 흥미로운 것은, 이들 작품이 상호텍스트성을 지니고 있다는 점이다. 가장 최근작인 〈브릿지〉는 〈타이밍〉과 〈무빙〉을 통합하는 매개 작품이 되고 있다. 〈타이밍〉이 시간적 한계를 뛰어넘는 초능력자의 영웅담을 보여주고 있다면—시간을 정지시키거나 되돌리는 방식을 통해 타자와의 관계 맺기를 시도하고 있다면—, 〈무빙〉은 공간적 제약을 뛰어넘는 초능력자의 이야기를 통해 '나'와 '타자'의 관계를 새롭게 구성하고 있다. 〈브릿지〉는 2017년 현재 연재 중이다. 그래서 이 작품의 내용과 성격을 섣불리 예단할 수는 없다. 다만 〈브릿지〉가 인간을 둘러싸고 있는 시간(〈타이밍〉)과 공간(〈무빙〉)의 문제에 대한 철학적 질문을 종합하고 연결Bridge하는 통찰적 텍스트인 것만은 분명하다.

　〈타이밍〉과 〈무빙〉에 등장하는 슈퍼 히어로들은 모두 평범한 인간 군상을 하고 있다. 강풀의 웹툰은 언제나 소소한 '일상'으로부터 시작된다. 하지만 두 작품에 등장하는 인물(들)은 비범한 능력과 선한 의지를 지니고 있다. 〈무빙〉의 봉석과 희수를 예로 들어 보자. 봉석은 하늘을 나는 공중부양 능력이 있으며, 희수에게는 어떤 상처도 금방 회복이 되는 치유 능력이 있다. 하지만 이 둘은 자신의 초능력을 숨기고 살아간다. 왜냐하면 국가가 초능력을 지닌 이들을 발굴하여 '인간 무기'로 사용하고자 하기 때문이다. 봉석과 희수의 아버지도 국정원의 북파공작원으로 활동하다가, 사랑하는 사람을 만나 가족과 함께 숨어 지내게 된 것이다. 그러나 봉석과 희수는 결국 노출된다. 영웅서사가 예의 그러하듯, 두 사람은 구출·양육자(부모)를 통해 죽을 고비를 넘기고 악의 무리와 대결에 나선다. 〈무빙〉 역시 전형적인 영웅의 일대기를 반복하고 있는 셈이다.

그러나 이 작품의 환상적 요소(초능력자)는 한국 사회의 구조적 모순과 분단 상황에 대한 비판적 알레고리를 함축하고 있다. 봉석과 희수가 아무리 자신의 능력을 숨긴 채 살아가고자 하더라도, 국가(국정원)는 그들을 가만히 놔두지 않는다. 결국 개인의 삶은 국가나 공동체의 문제를 도외시하고서는 존재할 수도, 성장할 수도 없다는 사실을, 강풀은 다시 환기시켜 주고 있는 셈이다. 이와 같이 강풀의 영웅서사는 흥미 넘치는 대중적 코드에 기반한 환상적 리얼리티를 보여주고 있다.

## 소설: 영웅서사의 해체와 역사적 대화의 현재성

영웅서사의 생산과 향유는 현재까지도 지속되고 있다. 굳이 외국영화나 소설을 언급하지 않더라도, 한국영화나 웹툰에서 영웅서사의 반복적 출현 양상을 쉽게 확인할 수 있다. 다만, 그것이 관변 담론을 수용하며 지배집단의 이데올로기에 복무하게 하는 이야기인지, 사실과 환상의 경계를 가로지르며 한국 사회의 모순과 부조리를 재현하고 직파하는 서사인지가 다를 뿐이다. 최근의 한국영화와 웹툰의 경향성을 살펴본 바와 같이, 영웅서사는 그것이 부정적인 것이든, 긍정적인 것이든 동시대Contemporary적 사회 담론을 반영하고 있다.

즉, 영웅서사는 특정한 인물/사건과의 대화를 통해 현재적 삶의 방식과 가치를 인식하고자 하는 정치적 (무)의식의 산물이다. 하지만 관변적 영웅서사의 사례에서 보듯, 그것은 자칫 지배질서의 헤게모니에 순응하는 문화적 제식이 될 수도 있다. 현실/환상의 경계를 가로지르며 비판적 리얼리티를 전파하는 영웅서사 또한 대중적 코드에 부합하는 카타르시스적 문제 해결을 지향한다는 한계가 있을 수 있다. 이 지점에서, 우리 시대의 영웅서사나 영웅담론을 새롭게 이해하고 재구성하고자 하는 작업이 요청된다. 다행히 몇몇 영화나 소설에서 그러한 가능성을 담고 있는 작품이 발견된다. 오해하지 말 것은, 이는 영화나 웹툰에 비해 소설이라는 서사양식이 우월하다는 사실을 입증하기 위한 비평 전략이 아니다.

영화 〈택시운전사〉에서 '저 먼 역사' 속에 두고 온 '한 사람의 이름("김사복")'을 기억하기 위해 차를 유턴하는 장면은 매우 인상적이다. 이와 공통된 문제의식을 김숨의 장편소설에서도 확인할 수 있다. 일제강점기 강제동원 위안부의 고통과 슬픔을 다룬 『한 명』과 1987년 민주화 과정에서 희생된 이한열 열사의 사연을 반영웅적 서사 형식으로 재구성한 『L의 운동화』가 그것이다. 기존의 영웅서사와 김숨 작가의 작품이 변별되는 것은, 『한 명』과 『L의 운동화』가 훼손된 기억/존재의 문제를 심도 있게 다루면서도, 역사적 사건/존재의 복원을 일방적으로 완수하지 않기 때문이다. 『L의 운동화』가 총체적 기억이 아니라, 분열되고 조각난 기억의 퍼즐 찾기를 통해 역사적 대화를 시도하고 있다면, 『한 명』은 증언의 사실성과 물질성을 채록하고 보존하는 방식을 통해 존재/기록의 문서고를 만들고 있다.

이 중에서도 특히, 『L의 운동화』가 주목되는 이유는—역사적 소재를 다룬 여타의 장편소설과 구분되는 까닭은—, 이 소설이 객관적인 자료 조사와 현장 탐방을 통해 재현의 대상과 장소를 온전하게 복구할 수 있을 것이라는 기대를 배반하고 있기 때문이다. 이 작품은 이한열 열사의 삶과 흔적('L의 운동화')을 고증하면서도, 고故 이한열의 당시 모습은 거의 재현하지 않고 있다. 역사 속의 실제 인물을 이야기하면서, 자칫 재현 대상을 신비화하거나 우상화하는 오류를 범하지 않기 위한 서사 전략인 셈이다. 즉, 『L의 운동화』는 영웅적 인물의 형상과 일대기를 사료적으로 복원하는 일반적인 구성 방식을 해체/포기하고 있는 것이다. 그런데 역설적이게도, 이런 해체적 구성이 오히려 과거와 현재를 잇는 역사적 대화의 새로운 가능성을 정초하고 있다.

"복원과 훼손, 그 둘이 종이 한 장 차이라는 걸 요즘 부쩍 실감하네." 우 선배는 복원가가 예술가가 아니라 장인이라고 믿는 사람이다. 그가 복원에 대해서 내게 가장 처음 가르쳐 준 것은, 복원가는 머티리얼Meterial에만 집중해야 한다는 것이었다. 머니티얼은 직물, 재료, 물질, 원료, 본질적이라는 뜻을 가진 단어다. (…중략…) 전화 통화를 끝내고 나는 한동안 우두커니 서 있다. 운동화가 있어야 집에 갈 텐데 싶어서 L의 어머니가 올 때까지 운동화를 꼭 들고 응급실 한쪽에 서 있었던 마음, 그 마음이 지난 28년 동안 L의 운동화를 버티게 해준 게 아닌가 싶어서.[106]

『L의 운동화』는 1부와 2부로 구성되어 있다. 전체 277쪽에서 1부가 차지하는 분량은 136쪽으로 거의 절반에 해당한다. 그러나 1부에서는 'L의 운동화'에 대한 본격적인 복원 과정이 아니라, 주인공이 복원("치유")을 결정하기까지의 복잡한 심리상태가 기술되고 있다. '나'는 'L의 운동화'를 복원해 달라는 요청을 받고 오랜 기간 "망설"인다. 왜냐하면 "L의 운동화를 복원하는 작업은 L을 복원하는 작업"인 동시에, "역사적 가치"를 지니는 "시대의 유품"을 살려내는 일이기도 하며, 더 나아가 "증언"의 현재적 가능성을 복원하는 행위이기 때문이다. "피해자가 이미 죽고 없으니, 피해자를 대신할 운동화를 어떻게든 살려"[107]내야 한다는 책임감은 막중하다 못해 부담감이 되기도 한다.

그래서 'L의 운동화'를 복원하는 일은 쉽지 않다. '나'는 사실 '이한열'을 잘 모르기 때문이다. (어쩌면 우리 모두에게) 1987년 6월 9일의 'L의 운동화'는 "여전히 내가 모르는 운동화"[108]이다. 이는 김숨 작가의 취재나 자료 조사가 부족하다는 뜻이 아니다. 문헌연구와 인터뷰를 통해서는 결코 복원할 수 없는 존재가 바로 이한열('L의 운동화')이라는 역사적 사건Event인 셈이다. 이 장면에서 'L의 운동화'는 단순한 물질이 아니라, "개인의 기록"[109]인 동시에 상징화된 인격이다. 그러니 어찌 손쉽게 복원 작업에 들어갈 수 있겠는가. 이 작품에서 "작업하는 시간보다 지켜보는 시간이, 기다리는 시간이 여전히 더 길"며, "아무것도 하지 않는 시간이"[110] 더 많을 수밖에 없는 것은 어쩌면 너무나도 당연한 현상이 아니겠는가.

1부에서의 힘겨운 '복원 결정'은, 2부에서 더더욱 어렵고 지난한 '복원 과정'으로 이어진다. 주사기와 각종 의료도구의 등장은, 운동화의 복원 과정이 부서지고 찢긴 역사적 상처를 "치료"하는 과정이자, 숨이 넘어갈 것 같은 "고비"를 함께 버텨가며 생명의 기운을 불어넣는 절박한 과정임을 표현하는 것이다. 그래서일까? 2부의 핵심 구성은 'L의 운동화'를 복원하는 '작업일지의 형식'을 취하고 있다. 2부에서는 작업이 잘 된 날과 잘 되지 않은 날("한 조각도 맞추지 못한 날")이 꼼꼼하게 기록되는데,[111] 이는 단순히 작업 성과를 리코딩하는 하는 것이 아니라, 재현 주체의 예술적 성취/결과보다 복원의 과정/기록이 더욱 중요하다는 사실을 강조하는 것이다. 그래서 어떤 날은 작업일지가 빼곡하게 차고, 어떤 날은 작업일지에 겨우 한두 줄이 적힐 뿐이다.

'L의 운동화'를 복원하는 김숨의 이러한 서사전략은 이한열('L의 운동화')의 희생과 슬픔을 영웅화하거나 소비하지 않으면서도, 아주 조금씩 그 존재/사건과의 만남에 이르는 여정이라 하겠다. 다시 말해, 『L의 운동화』는 존재의 성화聖化가 아니라 역사적 대화를 통해 '이한열'이라는 사건 그 자체를 존재론적 차원으로 격상시키는 실천적 히스토리인 셈이다. 영웅서사의 해체와 역사적 대화의 현재성이란, 바로 이런 "마음, 그 마음"의 연대를 통해서만 가능한 것이 아니겠는가.

ENGAGEMENT OF PASSION

# 문화에서 정치로: 다문화 제국의 탈정치성 비판

## 다문화 제국의 역습

유령이 떠돌고 있다. '다문화'라는 유령이. 다문화 담론은 '민족/국가'라는 강력한 저지선을 월경하며, 그 영역을 확장하고 있다. 일상적인 삶과 학문적인 자리, 그 어느 영역에서도 다문화주의를 이야기하지 않고서는 논의가 불가능한 것처럼 보인다. 하지만 다문화 담론의 부피가 팽창한 것에 비해, 소수자에 대한 배타적 시선은 변하지 않았다.

한국 사회의 다문화 현상과 정책은 여전히 정체성의 정치를 벗어나지 못하고 있다. 이방인에 대한 '관용적 태도' 역시 내국인의 도덕적 우월감을 확인하는 수단으로 작동한다. 차이와 저항, 포용과 동화의 역사로 얼룩져 있는 서구 다문화주의의 역사성을 고려할 때, 한국의 다문화주의 역시 일종의 착종 '상태State'[112]에 빠져있다.

다문화주의는 개인적인 것과 국가적인 것, 사적 자유와 공적 통치의 관계 속에서 소수자에 관한 입장을 구축한다. 결혼이주여성, 이주노동자, 중도입국청소년, 난민, 화교, 탈북자 등의 정체성은 균질적이지 않다. 그러나 이들의 정체성은 '다문화'라는 이름으로 동질화된다. 국민국가의 근대화 프로젝트가 '차이'를 표나게 배제하는 방식으로 정서적 통일성을 유지하고자 했다면, 탈근대 국민국가의 통치 전략은 '차이'를 관리하는 전략을 통해 국민국가의 동일성을 구축한다.

타자에 대한 차이의 '존중과 수용'이라는 말은 '거부와 배제'라는 말과 '한

짝'을 이루며 길항한다. 이방인을 거부하고 배제하는 입장의 반대쪽에는 언제나 공감, 이해, 관용 등과 같은 감성적 언어가 충만하게 자리하고 있다. 타자에 대한 이질감—즉 다른 얼굴, 다른 언어, 다른 복색이 주는 본능적인 거부감—, 이 즉물적인 불편함을 해소하기 위해 '차이'는 포용과 봉합의 언어로 자연화된다. 데리다 식으로 말하자면, '절대적 환대'의 반대 지점에 '적대와 추방'의 어법이 존재하는 것이 아니라, 그러한 발화 구조 속에 이미 '차별과 배제'의 형식이 등기되어 있는 셈이다.

다문화 사회의 정치경제학적 문제를 정서적 이슈(관용의 수준)으로 치환하는 것, 이것은 아이러니하게도 주체의 '차이'를 제거하고 희석시키는 결과를 초래한다. 다문화 담론의 한계는 차이와 평등이라는 가치체계 속에 이미 불평등을 내포하고 있다는 사실이다. 이는 용광로 모델에 기초한 다문화주의의 사례를 통해 쉽게 확인할 수 있다. 서구 자유주의적 전통 안에서 시민성Citizenship의 개념을 재구축하고자 하는 다문화주의의 통치 모델은 '자본/국가'의 포획-틀을 작동시킨다. 흥미로운 것은, 초국적 자본과 권력은 국민국가 경계를 횡단하며 모든 것을 동화同化시키는 제국적 프로젝트를 수행한다는 점이다.

이를 다문화 제국이라 부를 수 있으며, 다문화 제국의 횡단과 도약은 '차별'의 노골화가 아니라, '차이'를 관리하는 긍정의 형식으로 수행된다. 다문화 제국의 글로벌리제이션 전략은 폭력과 억압의 형식이 아니라, 동의와 순응의 형식으로 이루어지며, 그 온화한 탈정치화 담론이 바로 '똘레랑스(관용)'이다. 관용, 이 긍정의 통치술을 비판적으로 사유하고자 하는 노력은 다문화주의가 은폐하고 있는 정치적 활력을 사유하는 것이다.

# 다문화라는 장치의 이름

한국 다문화주의는 국제이주 주체의 다양한 차이를 이해하고 배려함으로써, 공동체 구성원의 조화와 통합을 모색하고자 하는 실천 담론으로 설명되어왔다. 실천 담론이라는 표현을 사용하는 것은 다문화주의의 정치적 효과를 염두에 둔 것이다. 다문화 연구자와 활동가의 선한 의도를 곡해하고자 하는 것이 아니라, '다문화'라는 언술 방식 자체에 내재된 정치적 역학을 분석해야 한다는 뜻이다.

왜냐하면, 관용을 베푸는 자의 의지나 도덕률과 무한하게 '다문화'라는 언술 방식은 이미 주체와 타자를 구별하는 장치로 기능하기 때문이다. 아마도, 알랭 바디우라면 이를 "장치의 이름"이라고 불렀을 것인데, 그것은 다문화주의가 주체를 관리하는 새로운 '장치의 이름'이라는 사실을 사유하게 한다.[113]

오늘날 사람들은 바로 이러한 장치의 이름하에—이를 알거나 또는 알지 못하거나 하면서—우리에게 설명한다. 윤리란 '타자에 대한 인정(이 타자를 부정하는 인종주의에 반대하는)' 또는 '차이의 윤리(이민자를 배제시키고자 하는 민족주의 또는 여성 존재를 부정하려는 성차별주의에 반대하는)' 또는 '다多문화주의(행동과 지성의 통일된 모델을 부과하는 것에 반대하는)'라고. 또는 단순히 타자들이 자신과 다르게 사고하고 행동하는 것을 불쾌하게 여기지 않는, 그 훌륭하고 오래된 '관용'이라고./ 이러한 양식 있는 담화는 힘도 진리도 지니고 있지 못하다. 그러한 담화는 자신이 선포하는 '관용'과 '광신' 사이의, '차이의 윤리'와 '인종주의' 사이의, '타자에 대한 인정'과 '정체성의 수축' 사이의 경쟁에서 이미 패배해 있다.[114]

인용문에서 보듯—"'관용'과 '광신' 사이의, '차이의 윤리'와 '인종주의' 사이의, '타자에 대한 인정'과 '정체성의 수축' 사이의 경쟁에서 이미 패배해 있다"는 바디우의 통찰— 다문화주의라는 용어와 분류학의 심연에는 타자에 대한 이질감이 전제되어 있다. 다문화라는 장치의 이름은 결혼이주여성과 이주노동자를 이방인으로 호명하고 분별한다. 한국 사회는 '다문화'라는 제도적 장치를 사수하기 위해 분투하고 있는데, 수많은 다문화 교실과 학술단체가 그 방증이다. 심지어, 나 역시 그러한 학술적 커뮤니티에 속해 있다.

다문화주의는 '타他-문화'에 대한 낯선 감각을 전제하고 있다. 다문화라는 언술 방식은 다른 세계에 대한 경험적 차이를 표백하고, 그 문명적 이질감을 완화하는 장치로 기능한다. 다문화라는 장치는 주체와 타자의 차이를 분류하고 관리한다. 타자의 언어와 문화는 '타他-문화'라는 억세고 거친 발음이 아니라, '다多문화'라는 부드러운 어법으로 순치된다.

> 문제는 '차이의 존중'과 인권의 윤리가 하나의 정체성을 규정하는 것처럼 보인다는 것이다. 그리하여 차이들에 대한 존중은, 그 차이들이 그러한 정체성(결국은 부유한, 그러나 명확히 기울어져 가는 '서양'의 정체성에 불과한)에 제법 동질적인 경우에 한해서만 적용된다는 것이다. (…중략…) 아마도 다음과 같이 말할 수 있을 것이다. 윤리적 이데올로기는 적어도 그것에 '계시된,' 정체성의 폭을 부여했던 종교적 강론으로부터 분리된 상태에서는 정복적인 문명인의 최후의 보루에 불과하다. "나처럼 되어라, 그러면 너의 차이를 존중하겠다."[115]

타자는 이해/독해 불가능한 대상이지만, 적정한 기준과 알맞은 잣대에 의해 존중 가능한 대상이 된다. "나처럼 되어라, 그러면 너의 차이를 존중하겠다"

라는 바디우의 문장에서 확인할 수 있듯, 타자에 대한 존중은 주류 사회의 요구를 꽤나 충족할 경우에만 가능해진다. 그래서 다문화주의는 문명화 과정과 유사하다. 그 지층의 절단면에는 '야만과 문명'이라는 배타적 인식이 내재해 있으며, '착취와 억압', '순종과 저항'의 역사가 순환하고 있다. '문화=장치'라는 등식을 구사할 수 있다면, 바로 이 대목이 아닐까.

아감벤이 언급한 것처럼, "장치란 무엇보다 주체화를 생산하는 하나의 기계"이며, 문화적 차이를 강조하는 다문화주의는 동화와 차별의 정치를 은폐하고 있다. 국민/국가의 정체성을 견고하게 유지하면서—적당하고 알맞은 차이를 확인함으로써—, 언제나 다수자를 옹호하면서 소수자의 희생을 요구한다. 이러한 값싼 공리주의에는 문화적 우월성과 관용Tolerance의 폭력성이 감춰져 있다. 이는 자유와 선택이라는 말로 은폐된다.

이민자는 정체성의 폐기와 부정, 혹은 유보를 통해 '입국'을 허가받는다. 주체의 정치적 입장을 박탈당하며, '제한'과 '금지'의 실정법체계 속에서 조건부 자유를 승인받는다. 즉, 다문화주의는 이방인에게 '정치적인 것'의 포기를 강요함으로써 허용 가능한 정도의 자유만을 부여하는 셈이다. 자유주의적 다문화주의의 일반적인 특징이다. 우리가 자유주의적 다문화주의를 제대로 이해해야 하는 이유이다.

## 정치의 문화화: 자유주의적 다문화주의 비판

자유주의적 다문화주의Liberal multi culturalism는 '문화'라는 사회·역사적 산물을 진화론적 인과관계로 이해한다. 경제적이고 정치적 문제를 '문화적 차이'로 치환함으로써, 사회적 불평등과 모순을 개인(집단)의 환경론적 요인과 선택의 문제로 전환한다. 마찬가지로, '차이의 윤리'를 주장하는 이들이 이방인에게 설명하는 '평등'이란 언제나 '문화적 차이'를 극복하거나 그것을 수용하는 문제로 인식되며, 다수자의 언어와 문화를 이해하지 못한 무지의 '상태'에서 받을 수밖에 없는 '불이익' 정도로 축소된다.

이것이 정치의 문화화이다. 정치의 문화화 전략은 소수자의 정치적 권리를 일소한다. 정치적 문제는 문화적 패러다임이나 사적 윤리의 문제로 환원되고, 이러한 상태에서는 주체와 타자의 불합리한 계약 관계를 해지하는 것은 불가능하다. 주체와 타자의 불합리한 계약 관계 속에서 '문화'가 일종의 '선택지'로 인식되는 것은 문제적이다. 리버럴한 다문화주의자로 잘 알려진 윌 킴리카는 『다문화주의 시민권』에서 전통적인 자유주의의 핵심은 모든 문제 상황이 개인의 '선택의 자유'에 있다는 점을 분명히 하고 있다.

예를 들어 그는 신앙의 측면, 즉 급진적인 '배교背敎' 행위조차도 개인의 정체성을 담아낸 '자유로운 선택(혹은 관용)'의 문제로 이해될 수 있는 것이라고 본다. 이 경우 모든 종교적 믿음이나 소속감은 개인의 정체성을 결정하는 사회문화적 조건에 의해 선택된 것으로 인식된다. 그렇기에 사회·문화·역사적 맥락 속에서 형성된 각각의 종교 주체(집단)에게 요구되는 것은 차이의 인정인 동시에 '상호 관용'이다. 킴리카는 그 역사적 증례로 오토만 제국과 밀레트 체제의 초공동체주의적 관용 모델을 든다.

이러한 사례는 집단과 집단, 혹은 국가와 국가 사이를 평화롭게 공존시키는 다문화 제국의 통치 전략에 대한 역사적 주석처럼 보인다. 그러나 문제는 이러한 자유주의적 상호 관용 모델이 주체의 선택을 결정하는 정치적 조건과 헤게모니를 은폐한다는 점이다.

문화는 고정된 중심이나 명확한 경계를 갖고 있지 않다. 그러나 내 생각에 그의 핵심주장은 충분히 타당하다. 의미 있는 선택들의 가능성은 사회고유문화의 접근에 달려 있으며, 그 문화의 역사와 언어에 대한 이해, 즉 '전통과 관습에 대한 공유된 어휘'의 이해에 달려 있다. (…중략…) 어쨌든 한 문화가 자유화되면—그리고 그리하여 구성원들에게 전통적인 삶의 방식에 의문을 제기하거나 그것을 거부하도록 허용된다면—결과적으로 도출되는 문화적 정체성은 '더 얇아'지고 덜 독특해질 것이다. 어떤 문화가 더 자유주의적이 될수록, 그 구성원들은 점점 (자신들만의) 좋은 삶에 대한 동일한 실질적인 관점을 덜 공유하게될 것이며, 점점 더 다른 자유주의적 문화의 사람들과 기본적 가치를 공유하게될 것이다.[116]

월 킴리카는 문화가 타락이나 퇴락의 위협으로부터 스스로 생존해야 한다고 본다. 그는 이민자들의 모어는 가정교육을 통해 다음 세대로 일부 전해지기도 하지만,[117] 이민자 3세에 이르면 모어가 국어로 대체되는 현상이 발생하여 원래의 언어를 잃어버리는 경우가 많다고 말한다. 이러한 선택의 결과, 이민자들의 "문화적 정체성은 '더 얇아'지고 덜 독특해"질 수밖에 없으며, "어떤 문화가 더 자유주의적"이 될수록, 그 구성원들은 점점 "자유주의적 문화의 사람들과 기본적 가치를 공유"하게 된다고 주장한다.

이와 같이, 소수자의 독특한 문화가 자연 소멸한다는 확신은 자유주의적 다문화주의가 "기회의 평등"[118]을 충분히 보장해 준다는 "신념"을 갖고 있기 때문이다. 즉, 문화의 생산과 향유 과정을 '우수하고 경쟁력 있는 재화財貨'의 선택과 취득으로 보는 자유주의 경제 원리에 근거해 있는 셈이다. 이 경우, 문화는 개인(들)의 다양한 선택지 중 하나로 보이지만, 실질적으로는 이미 '정답이

정해져 있는 답안지'와 다르지 않다. 1세대 이민자에게서 전수되던 모어/문화가 자연스럽게 소멸되면서 자유주의적 "기본적 가치"에 근접할 것이라는 주장이 그 증례다.

이러한 입장에 따르면, '결정'과 '책임'의 문제는 언제나 소수자 개인의 몫이된다. 또 문화의 독특한 아이덴티티는 위계화될 수밖에 없다. 물론 이는 개인의 자유에 기반한 관용 모델과 다른 종교의 믿음조차도 이해하고자 하는 절대적 관용에 바탕을 둔 것이기는 하다. 하지만 자유주의적 전제는 언제나 '가치 있는 경험(다수 문화)'과 '가치 없는 경험(소수 문화)'을 구분함으로써, (서경식의 표현을 빌려 말하자면) 디아스포라적 주체의 '선택 불가능'한 상태를 고려하지 못하는 모순을 연출할 수밖에 없다.

민족 문화는 특수한 가치나 믿음에 대해 의문을 제기하고 수정할 수 있는 능력을 제한하지 않고서, 사람들에게 의미 있는 선택의 맥락을 제공해준다./ 다른 방향으로 말하면, 자유주의적 이상은 자유롭게 평등한 개인들의 사회이다. 그러나 무엇이 적절한 '사회'인가? 대부분의 사람들에게 이것은 그들의 민족을 뜻할 것이다. 그들이 가장 자치 있게 여기고 누릴 수 있는 종류의 자유와 평등은 그들 자신의 사회고유문화 내에서의 자유와 평등이다. 그리고 그들은 자신의 민족의 존속을 보장하기 위해 기꺼이 더 큰 자유와 평등을 포기할 것이다.[119]

윌 킴리카는 "자유주의자들의 목적은 자유주의적이지 않은 민족들을 해체하려는 것이 아니라, 그들을 자유화하려는 것"[120]이라고 말한다. 이는 집단별 고유문화의 자유로운 선택을 강조함으로써, 통합Integration과 동화Assimilation의 조절을 가능하게 한다. 그러므로 다수자 집단은 소수자 집단을 향한 가시적인 차별이나 배척이 아니라, '모어/문화'의 자연 소진에 필요한 '일정한 권리 부여와 기다림의 시간(관용적 기다림)'을 더 중요한 사회 통합 전략으로 삼는다. 윌 킴리카의 경우, 이를 가능하게 하는 구체적인 방법이 '차별적 시민권Differentiated citizenship'의 보장이라고 보았다.

그러나 국민국가의 귀속 구조 속에서 소수 집단의 문화가 자유롭게 공존할 수 있을 것이라는 기대는 환상에 가깝다. 왜냐하면 이것은 소수자 집단의 의지나 선택과는 무관한 것이기 때문이다. 자신은 독일문학자로 살고 싶었고 또 그렇게 살아왔으나, 전쟁('아우슈비츠')이라는 예외적인 상태State 속에서 자기조차 잊고 있었던 '유대인'이라는 아이덴티티를 등기당한 프리모 레비의 예에서 이를 확인할 수 있다.

다수 문화의 우월성이 여러 언어와 문화를 포괄하는 집단 '사이의 평등 Equality between'한 관계를 구축할 것이라는 주장은 탈정치적이다. 국민국가 내부의 상이한 문화적 집단 '사이의 평등'을 가능하게 하는 '관용적 태도'는 결코 가치중립적인 것이 아니기에 '차별적 시민권' 역시 정치적 목소리로 발화되지 못한다. 왜냐하면 자유주의적 다문화주의의 통치 장치('차별적 시민권')는 오히려 "자신의 언어와 문화에서 일하며 살 수 있게 하는 능력을 축소"[121]시키기 때문이다.

'차별적 시민권'을 제공하지 못하는 다문화주의는 추방과 배제를 합리화하는 장치에 불과하다는 윌 킴리카의 주장은 선하다. 그러나 그것은 다양한 주체의 언어·문화를 통합하고 동화시키기 위한 '정치의 문화화', 즉 '정치/문화'의 명확한 분별에서 벗어나지 못한다. 자유주의적 다문화주의의 종착역에는 언제나 다양한 '문화적 차이'를 시혜적 시각(관용)에서 대상화하는 '자유주의적 통치술'의 권력 의지와 이데올로기가 은폐되어 있다.

## 똘레랑스, 혹은 다문화 제국의 정서적 통치술 비판

지금까지 살펴본 바와 같이, 자유주의적 다문화주의는 타자를 관리하는 '관용'이라는 통치술에 기반해 있다는 사실을 확인할 수 있다. '관용은 정복이라는 얼굴과 함께 온다'는 말에서 확인할 수 있는 것처럼, 그것은 '베풀 수 있는 자'와 그것을 '받는 자'를 선명하게 구분하는 '통치' 전략으로 이해된다. 자유주의의 가치로 비자유주의적 가치를 평가하고 포용하는 '자유주의적 다문화주의'가 그러했던 것처럼, 관용은 근본적으로 시혜적 가치-틀에서 벗어나기 어렵다.

관용은 평등과 동의어는 아니었으며, 종교 간의 실질적인 평등을 목표로 삼지도 않았다. (…중략…) 관용은 평등에 대한 자유주의적 실천의 한계를 은폐하고 그것을 보충하면서, (스스로를 완벽한 것으로 내세우지만 실제로는 그렇지 않은) 자유주의적 평등을 보완하는 역할을 수행하게 되는 것이다. (…중략…) 관용은 차이에 기반한 것이며, 자유주의적 평등이 제거하거나 축소할 수 없는 차이들을 관리하는 데 적용된다. 즉, 관용은 자유주의적 평등의 형식주의로 해결되지 않는, 특히 자신이 사회·문화·종교적 삶과 관계를 맺고 있다는 사실을 극구 부인하는 자유주의적 법치로는 도저히 해결할 수 없는 사회·문화·종교적 문제를 관리하기 위해 전면에 등장하게 된다.[122]

웬디 브라운은 '관용'이 '믿음'의 문제에서 '정체성'의 문제로 변화해왔다는 사실에 주목하며, 서구의 관용 개념을 계보학적으로 추적하였다. 그녀의 분석은 관용이 사적인 도덕률의 문제가 아니라 통치성의 절대적 요소라는 데까지 나아간다. "관용은 그 대상이 되는 요소를 주인 안으로 편입시키는 동시에, 그

대상의 타자성Otherness을 계속 유지시킨다는 점에서, 매우 독특한 타자성 관리 방식"(『관용』, 62쪽)[123]이라는 것이다. 관용은 "평등에 대한 자유주의적 실천의 한계를 은폐하고 그것을 보충"한다. 이것은 자유주의적 다문화주의가 내포한 이데올로기적 성격과 무관하지 않다.

관용의 탈정치화 담론을 비판적으로 사유하고 있는 웬디 브라운의 지적 작업이 중요한 함의를 주는 것은 이 지점이다. "문화를 즐기는 이들과 문화에 지배당하는 이들 간에 그어지는 이러한 분할선을 통해, 문화는 이제 다양한 체제와 사람들을 구별해주는 기준이자 정치적 행위의 원인을 넘어, 해독제로서 자유주의를 필요로 하는 하나의 문제로 구성"(『관용』, 49쪽)[124]된다는 것. 이는 자유주의적 다문화주의가 사회적 착취 구조와 정치적 불평등의 문제를 문화적 코드의 차이('정치를 문화화')로 치환하여 해소한다는 것을 깨닫게 한다.

왜 오늘날에는 그토록 많은 문제들이 불평등이나 착취나 불의의 문제가 아니라 불관용의 문제로 인식되는 것일까? 왜 해방이나 정치적 투쟁도 아니고, 하다못해 무장투쟁도 아니라 관용이라는 게 해결책으로 제안되는 것일까? 즉각 떠오르는 답은 자유주의적 다문화주의 속에 내재된 이데올로기, 즉 '정치의 문화화' 되는 이데올로기가 작동하기 때문이라는 것이다. 정치가 문화화되면서 정치적인 차이(정치적 불평등이나 경제적 착취로 인해 발생하는 차이들)는 본래의 정치적 의미가 중화되어 '문화적' 차이, 즉 '생활 방식'의, 차이로 변한다. 그리고 이런 문화적 차이나 생활 방식의 차이는 이미 정해진 것, 극복될 수 없는 것으로 인식된다. 그저 '관용'의 태도를 보일 수밖에 없다는 얘기다.[125]

자유주의적 다문화주의는 "문화적 차이나 생활 방식의 차이는 이미 정해진 것, 극복될 수 없는 것"이거나, "그저 '관용'의 태도를 보일 수밖에 없"는 것으로 인식하게 한다. 슬라보예 지젝 역시 벤야민을 경유하면서 "관용은 바로 그 정치적 실패가 낳은 탈정치적 대용품"이라고 말하였다. 작금의 다문화 담론이란 '정치의 문화화' 장치인 셈이다. 분명한 것은 '양보할 수 있는 만큼의 관용', '참을 수 있는 만큼의 관용'만을 허용한다는 것이며, 공론장의 담론 층위를 사적 욕망이나 선택의 문제로 대체한다는 점이다.

## 계몽과 치안의 대상에서 정치적 주체로

이민자는 언제나 계몽과 치안의 대상이다. 먼저, 여성이민자는 교육을 통해 직·간접적인 노동자(직장, 육아, 가사노동)로 훈육되고 재창안된다. 이주여성을 위한 교육 프로그램은 대부분 그녀들이 '대한민국'이라는 국가의 주권자로 살아가기 위한 내용이 아니라, 사회 계층의 보조적 역할을 담당할 수 있는 수준에 머물러 있다. 이주여성의 국내 정착을 위해 시행되고 있는 다양한 지원정책을 부정하고자 하는 것이 아니라, 이주여성이 지속적인 '국가/자본'의 관리 대상임을 말하기 위한 것이다. 언어·문화적 간극을 좁히는 것만으로는 이주여성이 처한 '상태-불합리한 삶의 문제'를 해결할 수 없다. 왜냐하면 문제는 문화적 차이가 아니라 이주를 감행할 수밖에 없는 궁핍한 경제 조건과 '자본/국가'의 착취 구조에 있기 때문이다.

다음으로, 도시와 농촌의 남성 이주노동자는 치안治安의 대상이 된다. 도심 주변부 공단 지역은 치안의 사각지대로 오인된다. 실질적인 범죄율에 비해, 다소 과장된 심리적 공포심을 유발하는 공간이기 때문이다. 그러나 실정법의 위배 가능성이 높은 곳으로 '치안 유지 활동'이 강화된 곳이기도 하다. 이방인에 대한 과잉된 치안 인식과 활동은 국가 자본주의의 구조적인 문제점을 은폐하고 봉합하기 위한 통치 전략으로 작동한다. 특정 채널을 지목하지 않더라도, 같은 시간대에 '다문화 가정 이해하기'와 '이주노동자 범죄 급증'이라는 뉴스가 동시에 방송되는 것을 본 적이 있을 것이다. 관용적 태도는 다수자의 영역을 침범하지 않는 데까지만 유효하다.

다문화'는 '다多-문화'이면서, '다異-문화'이다. '다문화'는 각기 다른 문화를 동일한 범주 속에 통합(다문화)시킨다는 측면에서 폭력적이다. 그것은 '관용'이라는 통치술로 상호 집단의 정체성을 관리하는 자유주의적 다문화주의에서 극적 효과를 발휘한다. 이런 시각은 다문화주의를 '보다 나은 문화'를 선택하기 위한 자유로운 통합의 과정으로 설명한다. 그러나 자유주의적 다문화주의는 주류 헤게모니 문화의 역학을 은폐하고 있다. 그렇다면, 이주자가 '자본/국가'의 관리 장치에서 벗어나, 스스로 문제 해결의 주체로 자립할 수 있도록 하는 길은 무엇일까. 아마도 그 질문은 다문화 당사자의 저항 형식을 '문화'의 자리에서 '정치'의 자리로 전환하는 데서부터 시작될 수 있을 것이다.

ENGAGEMENT OF PASSION

# 기억의 에티카: 재현으로서의 역사

누구인가. 4월이 잔인한 달이라고 노래한 시인은. 아픈 기억이 과거의 총구를 떠나 가슴에 박힌다. 과거를 기억하는 방식은 개인과 집단에 따라 다르다. 어떤 이에게는 과거의 시공간이 고통스런 폭력과 억압의 기억으로, 다른 누군가에게는 과거의 시공간이 도시화와 산업화를 향해 전진하던 개발과 성공의 기억으로, 그리고 또 다른 누군가에게는 힘들고 어려운 시절이었지만 삶의 온기와 희망이 존재하던 향수의 시공간으로 기억되기도 한다. 분명 같은 시절을 살아왔음에도 불구하고, 우리의 '기억'은 어째서 이렇게 다른 것일까?

결론부터 말하자면, 기억은 '상징 조작'된다. 주체의 기억은 역사학이나 고고학과 같은 학술/교육적 재현 행위를 통해서, 혹은 영화, 드라마, 음악, 문학, 패션 등과 같은 일상적 문화예술양식을 통해서 재구성된다. 이 글에서는 후자에 주목한다. 불과 한 해 전까지만 해도 대중문화 트랜드는 '복고-붐'에 사로잡혀 있었다. 이는 결코 우연한 현상이 아니다. 영화, 음악, 드라마, 문학 등에서 과거의 기억을 새롭게 호출하면서, 특정 세대의 잔상을 마치 '공통의 기억'처럼 환원하고자 하는 시도가 여기저기에서 참 많이도 이루어졌기 때문이다. 과거를 다루고 있는 텍스트의 대부분이 '유년 시절'과 '청년 시절'의 기억을 추억하거나 낭만화하는 현상은 근자의 대중문화 텍스트에서 발견할 수 있는 공통적 현상이다.

영화 〈국제시장〉(2014)을 예로 들 수 있다. 윤제균은 〈국제시장〉에서 과거의 시공간을 회귀하고 복원해야 할 아름다운 시간/장소로 재현하고 있다. '시장'이라는 낯익은 장소와 이미지, 그리고 '덕수(황정민)'라는 친근한 캐릭터는 수많은 대중 관객들의 공감을 이끌어내기에 충분하다. 즉, 〈국제시장〉은 '시장'이라는 장소감이 환기시키는 휴머니티를 성공적으로 대량 전파했다고 말할 수 있다. 하지만 역설적이게도, 이 영화는 '아름다운 과거'와 대비되는 '당대의 삶'이 그만큼 팍팍하고 고단하다는 사실을 상기시킨다. 〈국제시장〉의 과거 지향성이란 그래서 현재적 삶의 문제와 무관하지 않다. 왜냐하면 이 영화는 '현재'를 살아가는 이들의 삶의 동력(원)을 '과거' 속에서 재발굴하고자 하는 시도이기 때문이다.

　　그렇다면 〈국제시장〉의 과거 재현 방식에는 문제가 없는가? 이미 여러 평론가들이 지적했듯이, 이 영화의 과거 추수적 태도는 반역사적이고 탈정치적이다. 과거의 기억을 사적인 층위에서 '동경/소비'하는 낭만주의적 태도는, 과거의 시공간을 반정치적이거나 탈정치적인 '순수한 장소'로 탈바꿈시킨다. 영화 속의 '국제시장'은 어쩌면 우리가 단 한 번도 가본 적이 없는 '미지의 세계'와 같다. 여기에 군부독재의 정치적 억압과 탄압, 그리고 민주주의를 향한 저항의 역사가 기록될 여지는 없다. 윤제균 감독의 '선한 의도'와 무관하게―만약 그런 것이 존재한다고 가정하더라도―, 〈국제시장〉은 오히려 동시대의 치열한 현실을 표백하고 무화하는 사태를 초래할 수 있다. 자기 성찰을 담보하지 못하는 '과거 회귀'란 현재적 상태State의 부조리를 손쉽게 은폐하는 동시에, '미래'의 시간에 대한 낙관주의로 함몰될 여지가 다분하기 때문이다.

　　윤제균 감독의 전작 〈1번가의 기적〉에서 보여주는 '낙관적 결말'이 동시대의 고통과 폭력까지 함께 '철거'하고 있다는 사실은, 이를 잘 보여주는 증례이다. 〈국제시장〉과 〈1번가의 기적〉은 모두 시공간에 대한 인간학적 해석을 바탕으로 하고 있다. 시간과 장소를 기억하는 윤제균 식의 낙관적 태도는 그래서 알록달록한 휴머니티로 채색되어 있다. 하지만 현재의 삶이 힘들고 어렵다고 해서, 과거의 기억을 과장하거나, 미래의 시간을 낙관적이고 희망적인 것으로만 예지해서는 안 된다. 왜냐하면 그것은 '지금—여기'의 사회 구조적 모순과 부조리에는 눈을 감는 '착시 효과'를 발휘하기 때문이다. 이는 일종의 '상징 조작'이다. 기억의 상징 조작 행위는 '망각의 정치'를 수행한다. 이를테면, 〈국제시장〉은 과거를 기억하는 듯 보이지만, 오히려 '공통의 기억' 속에서 과거를 소거하는 '망각'의 기제로 작동하고 있는 셈이다.

이와 같이 우리의 기억은 '조작'된다. 동시대적 생존 투쟁에서 무력한 개인은 과거를 추억하거나 미래의 유토피아 속에 자신을 투영하고자 하는 '탈정치적 주술 효과'에 쉽게 노출될 수밖에 없다. 영화는 단순히 문화예술의 한 장르만이 아니라, '역사와 이념'에 기반해 있는 정치경제학적 생산물이다. 물론 그렇다고 해서, 〈국제시장〉에 대한 우리의 물음이 역사와 반역사라는 이항대립적 '문제-틀'에 갇혀서는 안 된다. 오히려 그보다는, 어떻게 과거를 기억하고, 또 분유할 것인가에 대한 질문을 거듭 생성할 수 있어야 한다. 즉, 과거의 기억을 새롭게 공유하고 분배함으로써 공통의 삶을 입안하는 문화예술의 수행성과 가능성을 정초하고자 해야 한다는 것이다.

아감벤이 『아우슈비츠의 남은 자들』에서 이야기한 바와 같이, '사실과 진실', '책임과 윤리', '입증과 이해'는 각기 다르다. 전자와 후자 사이에는 메울 수 없는 간극('공백')이 존재하고 있다. 진실, 윤리, 이해에 이르는 길과 사실, 책임, 입증에 이르는 길은 큰 차이를 노정할 수밖에 없다. 사실에 가까운 미장센을 구축하고, 각자의 세대가 도맡은 책임을 강조하고 입증하는 것만으로 '진실'에 도달할 수 없는 것은 이 때문이다.

영상미학의 차원에서는 다소 박한 평가를 받고 있지만, 영화 〈귀향〉(2016)의 사회문화적 가치를 제론해 볼 수 있는 것은 이 지점이다. 영화나 문학을 비롯한 문화예술 양식은 과거의 기억을 통해 현재의 문제를 새롭게 사유하고 재구성할 수 있는 질문을 생성하는 사회문화적 소통양식이다. 이들이 의미 있는 것은—이들 양식이 순수하고 고매한 예술 양식이기 때문이 아니라—, 과거의 기억 속에서 '공통의 사건'을 복원해냄으로써 우리가 동시대를 살아가는데 필요한 '역사적 대화'를 만들어주기 때문이다.

여기에서 아감벤의 '증인/증언' 개념은 유용한 이론적 지렛대가 된다. 그는 '증인'이라는 개념이 '기억'과 '순교'의 두 가지 방식과 연결된다고 말한다. 증인이라는 용어는 '기억하다'에서 파생한 것으로, 아감벤은 "살아남은 자의 소명은 기억하는 것"이며 "기억하지 않을 수 없는 것"[126]이라고 쓰고 있다. 즉, 기억한다는 것은, 곧 어떤 사건의 '증인-되기'와 다르지 않다는 것이다. 그러므로 증인은 망각에 맞서거나, 혹은 궁극적으로 도저히 '망각할 수 없는 존재'가 된다.

조정래의 〈귀향〉이 상당한 영상미학적 한계에도 불구하고, 우리 사회의 수면 위로 '난폭'하게 융기할 수 있었던 것은—벤야민적인 의미에서—, 과거와 현재를 잇는 역사적 대화('증인-되기')를 포기하지 않았기 때문이다. 이 영화가 14년 만에 제작/개봉되었으며, 또 350만 명의 클라우드 펀딩을 통해 생산되었다는 사실은 〈귀향〉의 '대화적 성격'을 짐작하게 하는 좋은 예가 된다.[127]

하지만 '증인'에 대한 연결점은 후자의 경우에서 더욱 시사하는 바가 크다. 증인은 '순교(자)'이다. 아감벤에 따르면, 순교(자)는 기실 어떤 숭고하거나 의미 있는 죽음이 아니라, "본질적으로 완전히 무의미한 죽음"을 의미하는 것이라고 말한다. 역설적인 진실에 이르면, 어떤 이의 죽음도 '의미 있는 죽음'은 없다는 점을 깨닫게 된다. 이를테면, '희생자'의 죽음에 역사적 의미를 부여하거나 '감사'를 표하는 것은 불가능하다는 것이다. 어떤 의미도 없는 죽음. 어떤 의미도 부여되지 않는 죽음 그 자체.

하지만 우리는 그 죽음에 너무나도 많은 현실적 욕망과 정치적 의미를 부여하고자 한다. 영화 <귀향>에 등장하는 소녀(들)의 죽음이란, 그 어떤 수사로도 치장할 수 없는 처참하고 고통스러운 죽음 그 자체일 뿐이다. 즉, 소녀(들)의 죽음이란, 자신들이 왜 그런 일을 당해야 하는지에 대한 합리적인 질문과 대답을 생성시킬 수 없는 '무의미한 죽음 그 자체인 것'이다. 여기에서 오해하지 말 것은, 소녀(들)의 죽음이 역사적으로나 사회적으로 '의미가 없다'는 사실을 뜻하는 것이 아니라는 점이다. 아감벤의 진의는 한 개인의 죽음 자체를 신성하고 우월한 동기로 비약하거나 합리화하고자 하는 시각에서 벗어나야 한다는 데 있다. 왜냐하면 진실과 괴리된 죽음/희생에 대한 '의미 부여'와 '의미 결정'이야말로—그것이야말로 '희생되어도 좋은 재물'에게 가해지는 언술적 폭력이기에—, 희생자에 대한 채무와 감사, 피해자에 대한 자의적 화해와 용서를 '완결/완성'시키는 '망각'의 폭력이 될 수 있기 때문이다.

지금 이 순간에도 국가는 소녀(들)의 죽음을 '불가역적'인 화해와 용서로 귀결시키고자 용을 쓰고 있다. 이 얼마나 무지하고 천박한 행위인가. 국가는 소녀(들)의 죽음에 빚진 슬픔의 공동체이지, 상처받은 국민의 심적 부채(감)를 대신하여 탕감해줄 수 있는 자격을 위임받은 주체가 아니다. 소녀(들)의 죽음에 대한 섣부른 '추도'와 '화해' 시도는 그래서 과거를 '기억'하거나 '애도'하는 방식이 아니라, 오히려 이들의 죽음을 '망각'하거나 '매도'하는 행위와 다르지 않다. 아쉽게도, 영화 <귀향>의 가장 큰 패착은 바로 이 '증언의 (불)가능성'을 더욱 치밀하게 사유하지 못했다는 데 있다. 소녀(들)의 죽음은 인간의 언어로는 차마 복원할 수 없는 '슬픔'과 '고통'의 기억 그 자체이다. 어쩌면 그래서 <귀향>의 조정래 감독은 영혼의 언어를 통해 이를 재현하는 씻김굿으로, 소녀(들)의 넋을 치유Sprits' homecoming하고자 했는지도 모른다. 하지만 안타깝게도 〈귀향〉은 과거의 기억을 고스란히 재현할 수 없다는 '재현/증언의 불가능성'을 좀 더 철저하게 탐구하지 못했다.

이것은 고스란히 〈귀향〉의 영상미학적 한계로 남았다. 아감벤이 말하듯, 증언의 가치는 "본질적으로 증언이 결여하고 있는 것"에 있다. 하지만 역설적이게도, 〈귀향〉의 미학적 한계는 우리로 하여금 과거의 기억을 고스란히 재현할 수 없다는 '재현/증언의 불가능성'을 사유하게 하는 문화적 증례가 된다.

이와 같이, 〈귀향〉의 사회문화적 함의는 소재의 진중함과 무게감에 있지 않다. 그리고 〈귀향〉을 본다고 해서, 우리 마음 속에 자리한 심적 부채감이 탕감되는 것도 아니다. 우리가 경계해야 하는 것은 오히려 '자의적 화해와 용서'이다. 하지만 과거의 시공간 속에 배치되어 있는 타자의 고통을 망각하지 않는다는 것이 정말 가능한 것일까?

한강의 『소년이 온다』(창비, 2014)는 이에 대한 작은 가능성을 보여준다. 만해문학상을 수상한 한강의 장편소설 『소년이 온다』는 '오월의 광주'를 다루고 있다. 하지만 이 작품은 거대 담론 속에서 국가 폭력의 슬픈 내력을 반복하는 추모 행위가 아니며, 또 역사적 사실을 발굴하기 위한 스토리텔링 작업 역시 아니다. 한강은 오히려 지금까지 광주를 다루는 주류적 창작 기법으로부터 한 걸음 물러나 있다. 여기에서 '물러난다'는 표현이 중요한 이유는, 『소년이 온다』는 작가/서술자의 시선에 의해 '광주의 기억'을 매끄럽고 완벽하게 재현하는 방식이 아니라, 마치 흩어지고 잃어버려 맞출 수 없는 '퍼즐 조각'을 배열해 놓은 듯한 서사 전략을 사용하고 있기 때문이다. 그러면서도, 한강은 '오월의 광주'에 대한 기억의 퍼즐 조각을 학술적/비평적 설명서에 맞게 결합시키고자 하지 않는다. 분명, 작가는 역사적인 고증에도 노력을 기울였지만, 그보다 더 중요하게 생각한 점이 있는 듯하다. 그것은 '광주의 기억'을 단순 복원하거나 재현하는 것이 아니라, 지금 이 시점에도 '오월의 광주'를 '잊을 수 없다'는 '다성적 목소리'가 존재한다는 사실을 환기시키는 것이다.

역사적 진실은 완성된 서사물/역사물을 통해 복원되는 것이 아니라—마치 증언이 불가능하듯이—, '산 자'와 '죽은 자'가 '고통과 슬픔의 기억'을 붙잡고 벌이는 역사적 대화의 과정 속에서만 힘겹게 마주할 수 있는 것이기 때문이다. 역사적 진실(다가올 '소년')을 향한 말건넴을 포기하지 않는 기억의 분투! '기억의 에티카'라는 것이 존재한다면 아마도 이런 것이 아니겠는가.

# 무명의 넋들을 위한 축문

## ―이중기,『시월』(삶창, 2014)

"시월이 가고 눈보라쳐도 시월은 끝나지 않았다"

나는 공동의 제의를 시작하기 전, 목욕을 재계하고 정갈한 옷을 챙겨 입는 마음으로 시집『시월』을 펼쳐 들었다. 이와 같은 마음가짐이 필요한 것은, 이중기 시인의『시월』이 국가폭력 앞에 무참하게 희생된 '이름 없는 이'들을 추모하기 위한 시적 제의 행위와 다르지 않기 때문이다. 그러니 시인의 문학적 제의 앞에서 숙연한 태도를 취하는 것은 너무나도 당연하다.

이 시집은 경북 영천의 잊혀진 '시월'에 대한 이야기이다. 여기에서, 이야기라는 말을 한 것은 전체 5부로 구성되어 있는『시월』이 매우 강한 서사적 결속력을 지니고 있기 때문이다. 하지만 이와 같은 시적 특징을 그저『시월』의 서술성이라고 단순화할 수는 없다. 왜냐하면『시월』에 수록된 개별 시편은 각각의 작품으로서도 성립되는 동시에, 그것을 잇고 묶는 광활한 서사적 흐름을 통해서 '영천의 시월'이라는 파국의 드라마를 연출하기 때문이다. 그렇다면 시인이 추적하고 있는 영천의 시월이란 무엇인가, 또 왜 '영천의 10월'이 아니라 '영천의 시월'이 되어야 하는 것인가.

이중기 시인은 1945년 8월 15일을 '해방'이 아니라 새로운 '결박'으로 이해한다. 시인은 이 사실을 구체적으로 묘사하고 있는데, "해방 전에도 도끼눈으로 공출 독촉하던 놈"이 "총 멘 경찰을 양쪽 옆구리에 거느리고" 다시 "왈짜 걸음"(『하곡수집령』)으로 와서 행패를 부리는 장면이 그것이다. 조선의 해방공간은 다시 억압과 고통의 시간 속에 놓이게 되었다는 것. 하지만 "유랑 정부 임정臨政"이나 "국량 없는 조선공산당", 그 어느 쪽도 백성을 보살필 수 있는 정치적 시각과 능력을 갖고 있지 못했다. 그래서 시인은 이 시기를 "해방이 아니라" 또 다른 "결박"이라고 쓰고, '농민'의 목소리를 통해 해방공간의 사회적 모순과 혼란을 생생하게 그려내고자 한 것이다.

그렇다면, 이 사회적 '결박'을 가능하게 하는 통치 기제는 무엇이었을까? 시인은 해방공간의 조선 사회를 몰락시킨 가장 중요한 물적 기반이 '쌀'이었다고 말한다. 왜냐하면 "공산당이 간판 걸고 활동하던 시절, 해방정국 조선 경제는 화폐나 금이 아니라/ 쌀값"(『서시』)이었기 때문이다. 쌀을 수탈하고 해외로 빼돌리는 것이 지배계층과 지주중심의 국가/자본 시스템을 구축하는 데 있어 가장 효과적인 방법이었던 것. 이것은 일종의 '국가폭력'이다. 국가의 실정법과 공동의 질서라는 당위 아래 행해지는, 매우 부당하면서도 물리적인 강제력으로서의 '국가폭력Gewalt'인 것이다. 폭력이라는 것은 국가의 제헌적인 법을 구축하는 '법제정적 폭력'과 그것을 통해 사회 질서를 유지시키는 '법보전적 폭력'이 있다. 이 두 개념을 발터 벤야민은 '신화적 폭력'이라고 불렀다. 물론 중요한 것은 폭력의 이론적 용법이 아니다. 정작 중요한 것은 '쌀'이 단순한 곡물이 아니라 국민의 생명을 관리하는 중요한 통치 도구이자, 지배계층과 지주중심의 국가/자본을 구축하는 '신화적 폭력'의 물적 증거라는 점이다. 이중기 시인은 신화적 폭력으로서의 국가폭력, 다시 말해 '해방 조선'의 새로운 법을 제정하는 차원에서 이루어진 국가폭력의 양상을 2부와 4부에서 집중적으로 다루었다. 2부에서 「하곡수집령」, 「도정금지령」, 「공출량 조사」 등의 작품을 통해 영천의 농민들이 어떻게 '쌀'과 '땅'을 수탈당하였는지를 서술하였다면, 4부의 '백년 살결박을 받다'에서는 지주와 친일 관료들의 수탈에 저항하여 봉기한 백성들이 어떤 과정을 통해 '빨갱이'와 '빨치산'이라는 이름으로 처참하게 살처분되었는지를 힘겹게 담아내고 있다.

해방 직후, 영천은 "한 해 양식을 하고도 남아도는 풍년"이 들었다고 한다. 하지만 "군청 직원"과 "경찰"이 "나락가마를 쟁이"는 바람에, 영천 농민들의 "독에는 쌀 한 톨 남아 있지 않"게 되었다. 이것은 비단 영천 농민의 생산물인 '양식(쌀)'의 수탈에만 국한되는 상황이 아니다. 왜냐하면 '쌀'의 수탈은 그 생산 기반인 '땅'을 빼앗는 생존권 박탈로까지 이어지는 경우가 대부분이(었)기 때문이다. 이것은 "가죽풍구"라고 불리는 악덕 지주가 "장리쌀" 장사를 통해서—"이 논은 죽 두 그릇짜리"로, "저 논은 식은 밥 세 그릇짜리"로 대체하며—, 농민들의 땅을 헐값에 강제 매입하였다는 사실에서 확인할 수 있다. 땅은 목숨이다. 그래서 농민들의 '농토'를 빼앗는 행위는 그들의 생존권을 탈취하는 반공공적 패륜 행위다. 농민들에게 '땅', 혹은 '대지'는 삶의 기반이자 생명을 유지할 수 있는 유일한 자산이다. 그러므로 지주의 농토 강탈은 지배집단의 식량(쌀) 수탈과 함께, 백성들의 목숨줄을 끊어 놓는 패륜적 살인 행위이자 공동체 파괴 작업인 것이다. 이 절체절명의 순간에, 각자의 생존을 위한 '의연한 일어섬(봉기)'이 발발하는 것은 너무나도 당연한 생리 현상이 아니겠는가.

봉기의 노래 「영천아라리」에 주목해 볼 수 있다. 3부 「영천아라리」의 서사적 흐름은 긴박한 리듬 속에서 전개된다. 3부 전체가 혁명의 불길로 타오르는 것이다. '영천아라리'는 농민들의 목숨과도 같은 쌀을 수탈하고 통제함으로써, 자신들만의 '자본/국가'를 건설하려는 지주와 지배계층의 국가폭력을 뒤집어

엎는 강력한 힘을 발휘한다. 하지만 '영천아라리'의 전복적 에너지는 누군가의 지시나 주체의 의지대로 수행되는 힘에 근거한 것이 아니다. 오히려 그것은 주체가 통제할 수 없는 강력한 힘을 상징한다. 자신을 통어하던 실정법의 체계와 권력의 통제를 찢어발기며 솟구쳐오르는 '무법적인 힘'의 발현이 '영천아라리'인 것이다. 발터 벤야민 식으로 말하자면, 이는 신화적 폭력과 구분되는 '신적 폭력'에 가까운 것이며, 또 국민을 통제하는 '입법 장치'로서의 국가/상태State를 전복하는 '법외적인 힘'을 의미하는 역능Violence 자체이다. 그러니 영천의 봉기는 지주 중심의 삶의 질서를 끝장내고, 새로운 삶의 질서를 구성하고자 하는 백성들의 염원을 담고 있는 가슴 벅찬 '힘의 발현'이라고 하겠다.

이와 같이 『시월』의 3부 「영천아라리」는 "대구가 신호탄을 쏘아올린 시월 일 일"의 "그날 밤"을 기록하고 있다. 하지만 여기에서 놓치지 말아야 하는 것이 있다. 먼저, 대구의 '10월'과 영천의 '시월'은 무엇이 같고 다른가, 하는 점이다. 대구와 영천 모두 혁명의 모티프가 된 것은 '쌀'이다. 하지만 대구의 시월이 '식량 투쟁'이었다면, 영천의 시월은 '공출 거부' 투쟁이었다. 둘째, 어째서 '영천의 10월'이 아니라 영천의 '시월'인가, 하는 물음이다. 그것은 영천의 봉기가 이데올로기적 기반이나 조직적인 계획·투쟁 과정 속에서 이루어진 것이 아니라는 점을 의미한다. 시인은 그래서 "해방구에 인공 깃발 드높이 내걸리지 않았"으며, "단 한 발 총소리도 읍내 추녀 끝을 흔들지 않았다"고 적고 있다. 대구의 '10월'은 영천의 봉기를 촉발한 것이 분명하지만, 영천의 '시월'은 계획적이거나 조직적인 이념 투쟁의 산물은 아니었다는 것이다. 그러니 영천의 봉기를 '10월'의 특정일과 장소로 소급하는 것은 옳지 않다. 왜냐하면 영천의 혁명적 봉기는 '이념'과 '조직'의 문제가 아니라 '생존'의 문제와 직결되는 것이었기 때문이다. 시인이 영천의 봉기를 '10월'이 아니라 '시월'이라고 쓴 것은 그런 까닭이 아니겠는가.

　하지만 영천의 봉기는 '짧은 혁명'으로 끝났다. 봉기를 주도하였던 이들은 아무도 "하루 뒤를 의심하지 않았"다. 그만큼, 영천 농민들의 혁명은 조직적이거나 계획적이지 않았던 것이다. 우리 삶의 지배적 질서를 타파하고 새로운 삶의 가능성을 모색하고자 하는 혁명적 폭력은 '야누스(우에노 나리토시)'의 얼굴처럼 이중적이라서, 다시 강력한 '신화적 폭력' 앞에 노출될 수밖에 없다. 봉기의 횃불이 사그라질 때, 국가 권력은 냉큼 그 자리를 복구하고자 한다. 즉, 국가가 농민 혁명을 진압하고 일상의 질서를 회복시키기 위해 처참한 권력의 폭력 Gewalt을 재가동하는 것이다. 그것이 바로 『시월』의 4부 '백 년 살결박을 받다'에 해당하는 부분이다. 이중기 시인은 국가폭력을 '인종 청소Genocide'에 비유한다. 시행과 시행 사이에 묻어 있는 핏자국이 끔찍하다. 혁명이 지나간 자리에, 다시 외세("미군전술부대")의 총칼을 빌린 "개망나니 경찰"의 "피 튀기는 보복이 시작"된다. 그리고 "테러"에 가까운 "부족마을"의 "인종 청소"(「인종 청소기」)가 끝없이 이어진다. 이른바 "영천은 빨갱이 소탕"의 "최초 실험무대"가 된 것이다. 이 '실험'의 성공이 삼월의 마산, 사월의 제주, 오월의 광주로 이어진 것은 아닐까.

　그렇다면, 소지역 영천의 '시월'은 한국 현대사의 중핵 공간에 놓여야 한다고 말할 수 있지 않을까. 하지만 '대구의 10월'을 다룰 때조차도 '영천'의 이야기는 소략하다. 시인은 시집 후기에서 그 날의 "영천"에 대해 "증언 한 마디, 기록 한 줄 남겨놓지 않은 영천 사람들은 비겁"했으며, 또 "그 비겁한 사람들 중에서 나도 비켜날 수는 없"었다고 말하고 있다. 누구도 쉽게 말할 수 없는 죽음의 기억, 그리고 학살Genocide의 트라우마가 영천 사람들을 억누르고 있었기 때문일 것이다. 아무도 죽은 이에 대해서 말할 수 없고, 또 누가 죽었는지도 모른다. 하지만 시인은 이제 죽음으로 점철되어 있는 '기억'과 '슬픔'의 말문을 트

256

는 것이 필요하다고 말한다. "죽을힘 다해 그때를 살아내야 했던 사람들"의 "눈 멀고 귀 먹은 척 입 봉해 시월을 부정"(『서시』)하며 살아올 수밖에 없었던 이들의 목소리를 되살려내는 것, 그것이야말로 동시대의 '시월'을 다시 사는 길이라고 믿고 있기 때문일 것이다.

이 서사시는 처음에 '르포'로 기획되었다고 한다. 여러 가지 사정으로 르포로 나오지 못했는데, 나는 오히려 그것이 다행이라고 생각한다. 영천의 '시월'에 대한 역사적 사실도 물론 중요하다. 하지만 그보다 더 중요한 것은 이름 없는 이들의 존재와 목소리를 되찾는 일이다. 시는 역사적 '사실'에 대한 재현을 넘어 삶의 '진실'을 추구한다. 그래서 영천의 그날을 기록한 『시월』 역시 사건을 연대기적으로 재현하는 데 그치는 것이 아니라, 어긋난 현대사가 왜곡하고 은폐해 놓은 삶의 진실을 발견하는 과정을 더 중시한다. 이중기 시인의 『시월』이 기억과 기록을 넘어, 지금까지 차마 말하지 못했던(혹은 말할 수 없었던) 이들의 말문을 열고, 그 사연에 귀 기울이는 공동제의의 마당이 되는 것은 그 때문이다.

즉, 시집 『시월』은 고통스러운 과거를 애도하고 추도하는 따뜻한 제의 행위와 다르지 않은 것. 그래서일까? 시인이 꾹꾹 눌러쓴 『시월』의 문장 하나하나는, 죽음의 구덩이 속에 결박당한 채 수십 여 년을 버텨온 이들을 위한 시인의 축문祝文처럼 느껴진다. 그것을 낭독하는 이중기 시인이 무명無名의 넋들을 달래고 위무하는 '진실의 사제司祭'처럼 보이는 것은 나만의 착각일까.

# 연좌의 사슬을 끊는 시의 절규

## —김진수, 『좌광우도』(실천문학사, 2018)

　시는 개인의 사고와 감정을 함축적 언어로 표현하는 문예양식이다. 시적 자아는 자신만의 경험과 언어를 통해 세상을 감각하고 이해한다. 우리는 시의 이러한 특징을 서정성이라 부른다. 그러나 시는 특수한 체험의 모사나 재현적 기록이 아니다.

　시적 자아는 사적 경험을 통해 공적 울림을 현현하는 존재이다. 시 텍스트에 글쓴이의 생애 내력이 반영된다 하더라도, 이는 개인적 사연이 아니라 보편적이고 원형적인 생生의 양태에 더 가깝다. 시가 사물과 세계 속에 감춰진 인간 삶의 진실을 궁구할 수 있는 까닭은, 바로 이 때문이다.

　김진수의 첫 시집 『좌광우도』(실천문학사, 2018)는 시적 자아의 개별적 현실 체험이 보편 세계에 대한 탐구와 질문으로 어떻게 확장될 수 있을지에 대한 가능성을 보여준다. 이 시집은 전체 5부로 이루어져 있다. 시인은 시간적 순서에 따라 작품을 나열하는 연대기적 구성 방식이 아니라, 작품 창작의 의도와 맥락에 따라 시 텍스트를 배치하는 편집자적 구성 전략을 취하고 있다.

　『좌광우도』는 시의 내용에 따라 크게 두 부분(1, 2부와 3, 4, 5부)으로 나눌 수 있다. 먼저, 여순사건을 비롯하여 한국 사회의 모순과 부조리를 비판하고 있는 1, 2부의 작품 군群이다. 다음으로, 디스토피아적 현실 인식과 이를 치유하고 극복할 수 있는 유토피아적 상상력(자연, 고향, 가족 등과 같은)을 담고 있는 3, 4, 5부의 작품 군群이다. 이 중에서도, 독자의 관심을 끄는 것은 단연 1부에 수록된 여순사건 시편이다.

더디기는 하지만, 역사적 진실 규명과 치유 노력이 진행되고 있는 여타의 국가폭력 문제와 달리, 여순사건은 아예 언급조차 되고 있지 않다. 왜 그런 것일까? 「각색된 이름」이라는 시에서 알 수 있듯, 국군 제14연대의 "제주 파병" 반대 봉기는 명백한 "반란" 행위로 인식되고 있기 때문이다. 이 사건과 관련된 사람은 모두 "호적부"에 "빨갱이"(「첫 장」)로 등기되었으며, 무고한 양민조차도 적의 형상으로 창안되었다.

그래서일까. 여순사건의 흔적("마땅한 발자국", 「시방, 눈이 내린다」)은 "납작"하게 엎드려 귀 기울여도 찾기가 쉽지 않다. 『화산도』와 같이, 제주 4·3을 배경으로 한 소설에서 잠시 언급된 적이 있긴 하지만, 여순사건을 본격적으로 다룬 작품을 발견하기란 여간 어려운 일이 아니다. 그런데 『좌광우도』에서는 '여순사건'을 정면으로 응시하고 있다. 이는 하이데거가 시적인 것의 숙명이라고 말한 '진실의 탈은폐Aletheia'와도 무관하지 않다.

표제작 「좌광우도」에서 확인할 수 있듯, 여순사건은 이념적으로 "함부로 분별해선 안 될 슬픈 과거사"이다. 하지만 이 사건은 한국에서 이데올로기적 금기Taboo가 되어버렸다. 분단된 한반도에서 '여순사건'을 재론한다는 것은 자기 스스로 국민으로서의 권리와 자격Citizenship을 포기하는 것처럼 비춰질 수 있다. 여순사건의 속박적 굴레를 묘사하고 있는 시적 이미저리("연좌 넝쿨", "연좌 무덤", "연좌의 발목" 등)는 이를 방증하는 예이다.

그렇다면 여순사건이 역사적 의제로 채택될 수 없는 까닭은 무엇인가. 우리가 통념적으로 알고 있는 것처럼, 정말로 학살당한 군인과 양민들이 '빨갱이'라서 그런 것일까. 당연히 그렇지 않다. 개인의 이념적 성향과 정치적 지향이 다르다는 이유가 '불합리한 죽임'을 당해야 하는 폭력의 근거가 될 수는 없다. 그래서 시인은 여순사건이 정치적 목적에 의해 "각색"되어 전승되고 있다고 말한다.

시 「각색된 이름」에서 볼 수 있듯―윤리적인 선택은 지배질서를 보존하는 법적 체계를 넘어서는 것이기에―, 1948년 10월 19일의 봉기는 "동족상잔"의 "비극"을 막기 위한 윤리적 선택으로 해석될 수 있다. 그럼에도 불구하고 "대한민국 초대정부 이범석 총리는/ 1948년 10월 21일 첫 번째 공식 기자회견장"에서 "여수에서 국군 제14연대가 반란을 일으켰다"고 "이 사건의 성격"을 명확하게 규정해버렸다. 이것이 결정적 계기가 되어, 여순사건은 70년간 반역의 프레임("연좌")에 포박된 채 풀려나지 못하고 있는 것이다.

이 과정에서 무고한 생명이 학살당하고, 수많은 이들이 '빨갱이'로 내몰려 죽음에 이르렀다는 사실은 "망각"되고 있다. 그것이 이승만의 반공국가 프로젝트 중 하나였다는 사실은 학술적 논의에서도 이미 밝혀진 바다(『빨갱이의 탄생―여순사건과 반공 국가의 형성』, 선인, 2009 참조). 그렇다면 이 사건의 진실이 은폐되고 삭제된 이유는 명약관화하다. 여순사건은 (반공체제를 애국적 국민 형성의 동학으로 삼은) 대한민국 건국의 정당성에 흠집을 내는 역린의 형상이기 때문이다. 이러한 이유로 우리는 오랜 시간 '여순사건'을 외면해 왔다.

시는 말할 수 없는 것을 발설하는 '진실의 총구'이다. 시적인 것의 창조성과 변혁성은 지배질서의 언술체계 속에서는 발화될 수 없는 역사적 진실을 격발시키는 데서 성취될 수 있다. 시인은 우리의 기억에서 지워져, 더 이상 펼쳐놓고 이야기할 수 없는 '여순 사건'을 힘겹게, 힘겹게 호명하고 있다. 이런 점에서, 김진수의 작품집에 수록된 '여순사건 시편'은 충분히 '시적인 실천'이라 평가할 수 있으며, 나아가 예술의 알레테이아 기능을 충실히 수행하고 있다고 말할 수 있다.

그의 여순사건 시편에는 개인사적 내력("연좌넝쿨 칭칭한 피울음 한마디/ 나서지 마라! 나서지 마라!/ 어머니 등 굽은 낫질에/ 올해도 가시넝쿨 눈물다발로 걷힌다", 「헛 장」)을 짐작해 볼 수 있는 대목이 나온다. 그러나 앞에서 얘기한 것과 같이, 시적 자아는 특수한 경험을 통해 보편적 울림을 정초하는 존재이다. 중요한 것은, 시인의 경험과 시적 내용의 일치 여부가 아니라, 학살된 희생자의 "넋"조차도 마음 놓고 추모할 수 없는 "세상"(「환상의 여학생부대」)에 대한 반성과 성찰이다. 그래서 시인은 "애기섬에 수장된 새빨간 역사의 진실"(「애기섬 수장터」)을 묻고, 또 묻는다.

1부와 마찬가지로, 2부에 수록된 작품에서도 시인의 현실 인식과 저항 의지가 잘 드러난다. 부당한 권력에 대한 직설적 비판으로부터 시작(「아주 불길한 예감」, 「칼론」, 「퐁당퐁당」, 「가역 불가역」)하여, 비정규직 노동자의 위태로운 삶(「겨울 사루비아」, 「누가 또 버렸나」, 「씨불알」)에 이르는 시인의 현실참여적 목소리는 충분히 공감할 만하다. 3부에서는 현대인의 고단한 삶과 매정한 현실 풍경을 담아내고 있으며, 4, 5부에서는 이와 분별되는 유토피아적 세계("초도, 혹은 "풀섬")를 묘사하고 있다.

'서울'과 '초도'는 문명과 자연을 표상하는 이미지이다. 하지만 도시/고향이라는 대립적 심상을 통해 현대인의 심리적 빈곤을 치유하고자 하는 시적 발상은 그리 신선하지 않다. 그리고 시인의 치열한 현실 인식에 값하는 언어적 쇄신 역시 발견하기 어렵다. 시적 언어에 대한 자기 혁신이 동반되지 못한 현실참여나 변혁 의지는 공허할 수밖에 없다. 왜냐하면 시적 발상과 표현의 상투성은, 결국 지배질서의 이데올로기에 순응하는 담론 효과를 발휘하기 때문이다.

『좌광우도』의 마지막 장을 넘기고 나서도, 다시 1부의 작품으로 되돌아오게 되는 까닭이 여기에 있다. 대한민국 건국사의 이면에 기입되어 있는 이데올로기적 폭력과 야만성을 까발리는 김진수의 언어는 "거친 한숨"처럼 느껴지지만, 오히려 그것이야말로『좌광우도』를 빛나게 하는 시적 특장特長임에 분명하다. 왜냐하면 시인의 여순사건 시편은 부당한 연좌의 사슬을 끊는 처절한 시적 절규이기 때문이다.

# 압도적 슬픔을 넘는 힘

## —김수우, 『몰락경전』(실천문학사, 2016)

아우슈비츠 이후에 서정시가 쓰여질 수 없다고 말한 이는 아도르노이다. 하지만 이는 서정시 창작의 불가능성을 논파한 것이 아니라, 세계를 자아화하는 방식의 폭력적 서정성과 낭만성을 지적한 것일 따름이다. 프리모 레비의 '살아남은 자의 아픔'을 언급할 것도 없이, 때로는 서정시야말로 참담하고 고통스러운 현실을 기록/기억할 수 있는 유일한 표현 방식이 된다. 김수우 시인의 다섯 번째 시집 『몰락경전』(실천문학사, 2016)은 동시대의 시적 가능성과 쓸모에 대한 근본적인 물음을 제기하고 있다.

시인이 응시하고 있는 세상은 "슬픔"과 "절망"으로 가득찬 세계이다. 누군가는 "철탑"(「몰락을 읽다」) 위에서 밤을 지새고, 또 누군가는 "폭탄"의 공습 하에서 위태로운 하루하루를 견디고 있으며, 또 어떤 아이들은 "아파트"에서 "뛰어내"(「나팔꽃, 떠내려가다」)리거나, 심지어 영문도 모른 채 "바다 밑"으로 "바다 밑"으로 가라앉을 수밖에 없는 절망적 상황에 처한다. 그래서일까? 『몰락경전』에서 주조를 이루고 있는 하강적 이미지는 바다으로 추락하거나, 심해 속으로 침몰하고 있는 세계 파국의 비극상을 잘 보여준다.

이와 같은 상황에서 서정시를 노래한다는 것이 도대체 무슨 의미를 지닐 수 있겠는가. 무엇인가를 쓴다는 것은 시인 스스로를 향해 "절망"의 "총알"을 격발함으로써—"세월호 이후 글을 쓸 수 없다는 생각이 밀려왔지만, 나는 도무지 말이 안되는 나날 속에서 나는 자꾸 글을 쓰고, 책을 내고 있었다."(「시인의 말」에서)—, 회한과 고통을 축적하는 행위일 뿐일 텐데 말이다. 지금, 그녀에게 시는 "혀끝으로 외워지지 않"는 "강"이자 "산"이며, 또 "혁명의 공식"(「사라진 詩」)이다. 아름답고 조화로운 자연 세계(강과 산)와 인간 세상의 변혁을 위한 시적 울림이라는 것이 무용해져버린 순간, 이제 시는 더 이상 세계와 인간을 아름답게 합일시키는 구원의 매듭이 아니다.

「다시, 詩」이라는 시는 이러한 맥락을 잘 보여준다. 이 작품의 시적 화자는 "어둠을 만들면 언젠가는 꽃눈 틔우리라 믿은 적도 있다"라고 말한다. 어둠이 물러가면 자연스럽게 빛이 찾아오는 세계 순환의 이치와 논리를 믿었기 때문이다. 분명 시인은 "등불을 밝혀 어둠을 조금 내몰고 시대처럼 올 아침을 기다리는 최후"(윤동주)의 존재임이 틀림없다. 하지만 그녀는 무턱대고 시적 언어를 발굴하고 생산한다고 해서 그 말이 "진실"의 빛Logos으로 "환생"하는 것은 아니라는 것을 깨닫는다. "진리와 동떨어진 슬픔" 혹은, "슬픔과 동 떨어진 진리"(「나팔꽃, 떠내려가다」)를 추구하는 것만으로는 시적 쓸모와 가치를 증명할 수 없기 때문이다. 그래서 김수우 시인은 "시의 턱뼈를 잃었다 자꾸 시가 우그러진다 자꾸 뭉그러진다 문법의 발톱도 은유의 꼬리도 썩은 동아줄이 된다 바닥으로 가라앉는다"고 말하고 있는 것. 아니, 힘겹게 더듬거리고詩 있는 것이다.

그렇다면, 그 어떤 시적 기교("문법"과 "은유")를 사용한다고 해도, 시의 추락을 막을 수는 없다. 시인을 시적 세계로 입문시키는 모든 수사와 전략은 마치 "썩은 동아줄"과 같기 때문이다. 이제 시는 구원의 동아줄을 타고 비상하지 못한다. 그 이유는 시인의 "슬픔"이 아직 "부족"(「슬픔이 부족하다」)하거나, 이 세계의 황폐함에 "더 절망하지 못"했기 때문이 아니다. 여기에서 김수우 시인이 첫 시집 이후 지속적으로 추구해 온 시적 지향(성)이 잘 드러난다. 서정시가 지향하고 응시하는 곳은 "하늘"의 이치가 아니라, 대지("땅")의 현상(사물/존재) 그 자체라는 것. 즉, 저기 먼 피안彼岸을 향해 비상하는 '초월'적 도약이 아니라, 차안此岸의 삶을 타고 넘는 '포월'적 삶의 선취라는 것이다. 그래서 시인은 세계의 '몰락'을 이야기하면서도 "폐허의 품위를 믿던 기다림"은 왜 "한 번도 끼니가 되지 못한 걸까"(「타조 눈에 갇히다」)라고 질문하거나, 또 "수미산 넘는 오체투지 순례"보다, 오히려 "먹고 사는 일"(「화엄맨발」)이 더 중요하다고 말하는 것이다.

김수우의 『몰락경전』이 중견 작가의 완숙함을 보여주는 것은 이 대목이다. 그녀는 세월호 이후의 세계 "몰락"을 노래하고 있지만—이 시집의 주된 정조는 절망감이다—, 처참하고 황폐한 파국의 풍경을 스케치하거나, 로맨틱한 유토피아적 전망으로 과장하지 않는다. 시적 화자는 "오십이 훌쩍 넘었"기 때문에 "초월을 흉내 내야지"라고 말하기도 하지만, 시인은 여전히 "삶이 당기는 팽팽함이 두려워"(「슬쩍슬쩍」)서 그리 하지 못한다. 초월적이고 관조적인 삶을 흉내낼 수는 있겠지만, 시인은 생의 가치와 긴장을 놓지 못하기 때문에 다시 삶의 자리로 귀환할 수밖에 없다. 그렇기 때문에 시를 쓴다는 것은, 가벼이 "푸른 실선"을 그려내는 낙관적인 미래 모색이 아니라—"수직을 잊은 지 오래"(「바닷달팽이」)—, 여전히 "풍화를 견디"며 "시퍼런 벼랑"으로 나아가는 고단하고 위태로운 행위이다.

시인이 이와 같은 삶의 길을 택할 수밖에 없는 것은, 우리가 사는 세상에는 여전히 "유통되지 않는 슬픔"(「1원의 무위」)이 너무 많이 존재하고 있기 때문이다. 그래서 시인은 다시금 시의 '쓸모'를 고민하는 한편, 시 자체의 하강 지향적 속성没落을 새롭게 성찰하는 것이다. 시인은 『몰락경전』에서 시는 스스로 "죽어서 사는"(『선물』) 언어라고 말한다. 다시 말해, 시 자체가 몰락의 삶을 기록/기억하는 '몰락의 경전'이며, 그래서 시는 '죽음/언어'와 다르지 않다는 것이다. 굳이 하이데거를 인용하지 않더라도 시가 죽음과 공속 관계에 놓여 있다는 점은 쉽게 이해할 수 있다. 이는 시집 『몰락경전』이 '죽음'이나 초월적 주제를 다루고 있음을 뜻하는 것이 아니라, 시와 죽음의 관계 속에서 오히려 주체의 '실존적 가능성'이 재구될 수 있음을 의미하는 것이다.

기실, 세월호 사건은 모든 일상을 무력화시켜버릴 만큼의 압도적인 파국 경험이다. 시인이 사는 "사십 계단"(『철갑둥어』)까지 밀어닥친 세월호의 처절한 주검/기억은 그래서 다른 어떤 것으로도 대체할 수 없는 슬픔을 분출한다. 하지만 김수우의 『몰락경전』은 이 슬픔을 씻김굿을 통해 해소하거나 "기적"의 "등신불"로 승화시키지 않고, 우리 삶의 심연을 새롭게 성찰하는 계기로 재전유한다. 왜냐하면 시인은 추락하는 세상의 "무수한 몰락"(『몰락을 읽다』)을 기록하는 시적 실천 속에서만 '시적인 것'의 가능성이 힘겹게 잉태될 수 있다는 사실을 너무나도 잘 알고 있기 때문이다.

에필로그

ENGAGEMENT OF PASSION

# 당신의 정치를 즐겨라
## ─지식/권력의 매트릭스를 깨는 시적 문식성

### 교육 장의 우경화와 성장주의

미셸 푸코는 역사적 사건을 계보학적 방법으로 탐색하면서 '사건Events'과 '사실Facts'을 구분하였다. 역사서술은 역사적 사건을 단순히 나열하거나 자기 이즘에 부합하는 편의적 기술로 대체하는 작업이 아니다. 우리에게 역사적 사건이 하나의 의미로 성립될 수 있다면, 그것은 현실권력의 자장 속에서는 발화되지 못하였던 담론이 복원되거나, 그를 통해 과거를 성찰하는 일련의 계기, 다시 말해 우리 삶의 부조리를 현재화하고 전경화하는 진실의 창구를 마련할 수 있기 때문이다.

이런 점을 고려한다면, 어떻게 식민 통치나 군사정권의 억압적 치세를 근대화의 자산으로 미화할 수 있겠는가, 그리고 그런 식의 논리와 태도로 어떻게 일본의 군국주의 망령을 비판할 수 있겠는가. 물론 이보다 더 심각한 것은 역사를 어긋난 시각 속에 재배치시키는 보수 회귀적 지식 구조의 생산 움직임이 국지적 사태가 아니라 동아시아 전반에 적용되는 세계사적 사건으로 도래하고 있다는 점이다. 역사교육으로 촉발된 교육 장의 갈등과 충돌은 한국의 특수한 경우가 아니라, 일본과 중국을 비롯해 전 세계적인 '교육 우경화'의 흐름을 보여주는 징후이다. 동아시아 교육장의 우경화는 신자유주의적 시장 논리의 침투를 무제한적으로 허용하고 심화시킨다.

그것은 국가 교육과정의 운영 양상을 통해 간단히 확인할 수 있다. 신자유

에필로그

주의적 논리 구조에 기반한 교육정책은 내부 경쟁을 가속화하고 기존 체제의 계급 구조를 재생산하는데 기여한다. 그래서 마르크스주의를 기반으로 하는 신교육사회학자들은 지배계급의 이익에 봉사하는 '이데올로기로서의 자유주의 교육철학'을 분쇄하는 것이 우선되어야 한다고 주장한다.

경제체제란 그것을 구성하는 사회계층과 계급의식이 사회적 생산관계와 조화될 때에만 안정적이다. 계급 구조를 유지하기 위해서는 위계적 노동분업이 사회 성원의 의식을 통해 재생산되어야 하는 것이다. 지배 계층이 이러한 목적을 달성하기 위해 사용하는 재생산 메커니즘 중의 하나가 교육제도이다. 기술을 가르치고 경제적 불평등을 정당화하며 개인들에게 특정유형의 사회적 교제를 하게 함으로써 소외된 노동을 조장하는 방향으로 인간의 발달을 유형화시키는 것이다. 교육제도는 산업사회의 노동분업을 재생산해 내는데, 이는 부분적으로 교육 내적 사회관계가 작업장에서의 사회관계와 대응되기 때문이다.[128]

보울스와 진틴즈는 대중적 학교 성립의 기원을 추적하면서, 그 심연에 근대 자본주의라는 괴물이 존재하고 있다고 말한다. 이는 학교교육이 "기존의 경제적 지위에 거의 상응하는 경제적 지위를 준비시키는 경향"이 농후하며, "지배계층이 이러한 목적을 달성하기 위해 사용하는 재생산 메커니즘 중의 하나가 교육제도"라고 보았다. 라이머도 『학교는 죽었다』를 통해서 '학교-직장-사회'의 구조적 친연성을 밝히고 있다. '학교는 죽었다'라는 급진적인 선언은 현대 학교교육 자체의 무용성을 애도하는 것이 아니라, "학교 구조와 직장의 직위 구조 그리고 사회계층 구조"가 상동성을 지니고 있으며, 그것이 "다른 사람들의 희생을 토대로 해서 이루어지"[129]는 성장주의에 기반해 있음을 폭로한다. 이 과격한 언술 뒤에 내장되어 있는 라이머의 묵직한 비판은 교육 장이라는 상대적 자율체조차도 신자유주의적 경쟁체제 앞에서는 무력하게 투항할 수밖에 없음을 환기시킨다.

마르크스주의적 시각에서 보자면, 현대 교육학의 거장인 피터스와 허스트는 교육 장의 이데올로기 문제를 전혀 고려하지 못하고 있는 자유주의적 교육철학자의 대표적인 예가 된다. 이들은 교육과 경제라는 두 체제의 상대적 자율성을 탁화시키고 양자의 관계를 매끄럽게 접속시키고자 하는 자유주의 교육체제의 한계와 폭력성을 인식하지 못한다는 비판에 직면할 수밖에 없다. 신교육사회학자들은 "자본 축적과 자본주의적 질서의 재생산 간의 모순"을 "교육변화의 동력"[130]으로 삼아야 한다고 주장하면서, 교육과 경제를 상부 구조와 하부 구조의 관계로 인식하거나 교육을 경제적 이해 논리로 손쉽게 대체하는 자본주의 메커니즘을 해체해야 한다고 말한다. 즉, 교육 장의 상대적 자율성과 역동성을 중시하고, 경제 논리를 통해 교육제도를 지배계급의 이익에 부합되는 구조로 재생산하는 상황을 정지시켜야 한다는 것이다.

마단 사럽은 교육의 정치경제학이 거시적 수준의 설명 방식을 보완하는 것과 함께, 교육 장의 재생산 시스템을 기계적 환원론에서 구출할 수 있는 섬세한 논의를 동반하여야 한다고 주장한다. 학교교육이 자본과 시장에 순종적인 장치로 구축되고 있는 것은 분명하지만, 이를 이데올로기 투쟁처럼 직접적이거나 과격한 방식만으로는 개선하기 어렵다는 것이다. 왜냐하면 교육제도의 지배구조는 오히려 매우 정교한 장치와 탈이념적인 포즈로 그 내용과 방식을 구성하기 때문이다. 푸코 식으로 말하자면 이데올로기적 국가 장치에 대한 분석이 아니라 생명정치적 억압 구조에 더 주목해야 한다는 것이며, 부르디외 식으로 말하자면 계급과 문화를 구별하는 아비투스의 조율 방식을 묘파해 내는 것이 필요하다는 것이다.

이 중에서 부르디외는 '취향과 문화'라는 개념으로 교육 장의 재생산 시스템을 정교하게 설명하고 있다.

모든 형태의 메커니즘에 맞서 사회세계의 일상적 경험은 인식이라는 점을 재확인해야 할 필요가 있듯이, 수많은 "계급의식화" 이론이 제시하는 최종결론, 즉 의식은 자발적으로 발생한다는 환상과는 정반대로 시초의 인식은 오인誤認인 동시에 머리 속에서 성립되는 질서의 승인이라는 점을 깨닫는 것도 마찬가지로 중요하다. 이처럼 생활양식은 아비투스의 체계적 산물이다. (…중략…) 취향은, 즉 구분하고 구분된 특정한 대상 전체를 (물질적으로 또는 상징적으로) 전유할 수 있는 적성이나 능력은 동산動産, 옷, 언어, 또는 육체적 엑시스와 같은 각각의 상징적 하위공간의 특수한 논리 안에서 동일한 표현적 의도를 드러내는 생활양식의 생성양식, 즉 구별적 기호의 통일적인 체계이다.[131]

부르디외는 개인의 취향은 '소비와 상품'과의 관계가 '취향과 상품'의 관계로 전화됨으로써 가시화된다고 보았다. 즉, 상품의 소비를 통해서 드러나는 사람들 사이의 차이가 '인식/구별/평가'되어 생활 공간에서 상징적 구별짓기가 이루어진다는 것이다. 이와 같이 생활양식의 배타적 구별을 형성하는 문화적 성향체계를 '아비투스Habitus'라고 부른다. 아비투스는 각 계급에 부여된 생활양식을 자연스러운 것으로 인식하게 만드는 성향체계이면서, "집단적으로 구별되는 생활양식의 차이를 낳는 행위의 기제"이다. 이와 같은 구별적 기호의 형성 과정이 '오인誤認'인 동시에 '승인'이라는 점은 부르디외 사회학에서 매우 중요한 요소이다. 이 '오인 메커니즘'은 직접적 조작을 지양하고, 그것과 대비되는 상징적 조작을 통해 실행된다. 상징적 조작은 "특수한 생활조건의 체계적 표현으로 파악될 수밖에 없는 구별적 특징으로 구성되는 체계의 근원", 즉 아비투스를 매개로 가능해진다. 그래서 주체의 문화적 취향은 "신체의 물리적 질서 안에 각인된 차이를 표상적 구별의 상징적 질서로 끌어올"리며 이를 승인하고 내면화하는 것이다.

피에르 부르디외는 언어와 문학, 예술과 사진, 영화와 TV미디어, 젠더와 섹슈얼리티 등의 주제와 함께 중등교육(『재생산: 교육체계 이론을 위한 요소들』)과 고등교육(『호모 아카데미쿠스』)의 시스템에 대해서도 정교한 사회학적 분석과 철학적 성찰을 내놓고 있다. 그는 주체의 신체에 기입된 아비투스를 순종적이고 비인위적인 문화/계급적 차이로 수용하게 만드는 오인 메커니즘을 매끄럽게 구동하는 것이 교육제도라고 보았으며—"교육은 역사의 연속성을 위한 근본적인 도구로서 문화적 자의성을 시간의 흐름 속에서 재생산해 내는 과정"[132]이라고 보았다—, 이는 자본주의 상징폭력의 물적 토대로 작동한다고 하였다. 여기에서 중요한 것은 기득권 세력이 국가 교육과정이라는 정당한 장치를 통해 상징권력의 지분을 위임받는다는 사실이다. 하지만 이 위임의 과정과 내용은 자의적이다. 배움의 주체인 학생(학습자)은 자율적 선택권을 박탈당한 채, '자의적인 권력'에 의해 취사선택된 '내용'을 공적 교육 행위를 통해 주입받는다. 그러므로 이는 지배계급의 사회적 재생산 수단을 격파하는 무기가 아니라, 오히려 자본주의 문화에 적합한 아비투스를 형성하는 자원이 될 수밖에 없다.

이 대목에서, 몇 가지 질문을 던질 수 있겠다. 개인의 노력에 의한 성취 역시 지배계급의 문화를 재생산하는 데 기여하는 것인가? 개인의 엄정한 도덕률과 실천을 통하여 교육은 계급적인 것이 아니라 가치중립적인 것이 될 수 있지 않은가? 의사소통의 합리성을 통해 이와 같은 소통 부재의 문제를 극복할 수 있지 않은가? 부르디외라면 아마 다음과 같이 답했을 것이다. 교육제도는 지속적인 '주입' 작업을 통해서 "윤리와 지식 차원의 경계선에 대한 오인을 더욱더 완벽하게 생산해 내"기 때문에 "이런 오인은 문화적 자의성의 구성 범위"를 더욱 확장하고 "내면화"[133]할 뿐이라고 말이다. 성직聖職 관에 가까운 교육자의 순진무구함, 다시 말해 교육의 가치중립성을 신뢰하는 '순수에의 의지'를 비난하려는 것이 아니다. 단순한 대화 방법으로서의 의사소통이 아닌 교육 장 내/외부의 커뮤니케이션은 우리가 기대하는 것처럼 갈등과 소음없이 수월하게 이루어지지 않으며, 심지어 지배질서를 유지하는 계급적 차이를 상징자본을 통해 은폐하는 효과를 발산한다는 사실을 잊지 말아야 한다는 것이다.


## 주입식 반향에서 해방의 프락시스로

역사적 사례 하나: 1920년대 초기 조선인 학생들은 경제적 조건과 사회적 취약성 때문에 상급학교인 중학과정에 진학하지 못하는 경우가 많았다. 그래서 조선인 독지가와 교육가는 중학과정에 진학하지 못한 조선인 학생들을 위해 중학과정의 통신학교를 설립하였다. 그것이 1921년에 세워진 최초의 통신학교 '조선통신중학관'이다. 하지만 조선통신중학관의 원격교육조차도 일제의 교육제도(조선교육령)에 의해 철저한 통제를 받았다. 중학교육을 이수하지 못하는 조선인을 위해 설립한 학교이지만, 실제 교육은 일본어 교재의 번역을 통해 이루어질 수밖에 없었다. 즉, 조선교육령의 통제 속에서 이루어진 학교교육은 설립자의 선한 의도에도 불구하고, 결국 "식민지의 삶과 구조를 입안하고 재생산하는 '입신'의 회로망 역할을 할 수밖에 없었"[134]던 것이다.

이와 같은 역사적 증례에서 확인할 수 있는 것은 완전한 제도교육(정식 학교)이 아닌 통신학교에서도 종속적 교육제도로의 입문과 수용은 피할 수 없었다는 점이다. 교육제도의 막강한 선발 기능과 질서 유지 기능 때문이었다. 이는 식민 경험을 경유하여 근대적 교육제도를 입안한 한국의 국가 교육과정 하에서 더욱 강력한 효과를 발휘하는데, 그 토대에는 정치가 소거된 시장 경제의 경쟁 원리가 제도 구성의 최고 도덕률로 존재하고 있다.

국가 교육과정의 주요 가치는 표준화된 목표와 내용과 주요 과목의 성취 수준을 향상시키도록 장려하는 것과는 별로 상관이 없다. 물로 그것을 무시할 수는 없지만, 국가 교육과정의 주요 역할은 '국가 학력평가를 가능하게 하는 틀을 제공하는 것'이다. 소비자를 위해 학교의 "품질 표시"를 달아 주어 자유 시장의 힘이 최대한 작용할 수 있는 절차를 확립해 주는 것이다. (…중략…) 기준은 객관적으로 보일 수 있지만, 계급, 인종 차별, 주어진 자원의 차이를 고려한다면 그 결과를 객관적이지 않을 것이다. 문화적, 사회적 통합보다는 '우리'와 '타자'라는 차이가 사회적으로 더 커질 것이며, 사회적 반감이나 문화·경제적 해체가 심화될 것이다.[135]

마이클 애플은 신자유주의와 정치적 보수주의는 상호 모순 관계에 놓일 수밖에 없는데도 불구하고, 교육제도 속에서는 정치와 경제 영역이 각개약진하면서 통합된다고 말한다. 일반적으로 교육계가 다른 분야 및 직군에 비해 더 보수적인 것은 이와 무관하지 않은데, 그것은 교육 장이 '정치'적 이슈(계급이나 젠더, 인종 갈등 등)를 '경제'적 효과로 치환하거나 대체하는 경향이 강하기 때문이다. 교육은 정치적 가치중립을 유지해야 한다는 탈정치적 논리를 통해서 교육제도를 구성하는 정치적 의제 자체를 통제한다. 특히, 서구 근대의 자유주의적 사상에 기초한 교육제도는 개인의 내적 성장과 개인 간의 경쟁을 활성화하는데 중점을 두기 때문에, 주체와 타자의 경쟁 구조 속에서 건전한 생활양식을 발명하고 그것을 서로에게 전이시키는 데 중점을 둔다.

자연스럽게, 그것은 기존의 계급 구조나 지배질서를 공고하게 유지시키는 기능을 한다는 사실은 외면한다. 모든 결과를 개인의 조건이나 능력치로 환원하고자 하는 자유주의적 경쟁체제에 대한 승인을 내면화한 교육제도는 경제자본의 흐름이나 지배질서의 계급 구조로부터 자신을 자유롭게 할 수 없다는 점에서 근본적으로 억압적이다. 겨우 그 시스템의 선발 절차와 이수 과정을 마쳤다고 하더라도, 그와 같은 삶의 형식에서 완전히 벗어나기는 어렵다. 왜냐하면 이와 같은 경쟁과 생존 투쟁은 자본주의라는 괴물이 우리 신체에 기입해 놓은 아비투스를 통해 직장에서, 그리고 가정에서 반복적으로 재현될 수밖에 없기 때문이다. 교육제도는 현재의 계급 구조를 조화롭고 안정적으로 재생산하기 위해 몇몇의 예외적 사례를 제공하는데—'개천에서 용이 나는 경우'와 같은 신분 상승의 신화—, 이와 같은 메커니즘에는 당대 사회의 잠재적인 모순과 부조리가 내장되어 있다. 특히, 학습 주체는 이와 같은 현상을 인지하지 못한 채, 기득권의 계급 구조를 수용하며 체제화되어 간다는 사실이 해결하기 어려운 숙제로 남는다.

여기에서 파울루 프레이리의 해방의 교육학을 상기할 수 있다. 그의 대표 저작 『페다고지』는 마르크스주의 교육사회학자들에게 낭만적인 방법과 전망을 제시한 것으로 평가받았다. 교사와 학생의 관계 변화가 억압적 교육의 패러다임을 전환시켜 줄 수 있는 길이라는 주장은 지나치게 낙관적이며, 계급 투쟁적인 요소도 감소시킨다고 보았기 때문이다. 하지만 '피억압자의 교육학'이라는 원제가 함의하고 있는 바와 같이 이 책은 대안적인 교수 방법론을 제시한 것이 아니라, 우리 사회의 교육 시스템이 내장하고 있는 파시즘적 요소를 폭로하고 교육적 문제를 '교사-학생'의 관계를 통해 풀어내고자 하였다는 점에서 지금도 시사하는 바가 적지 않다.

이 설명식 교육의 뚜렷한 특징은 변화시키는 힘이 아니라 말의 반향反響이다. (…중략…) 설명은 학생들이 설명된 내용을 기계적으로 암기하도록 만든다. 더 나쁜 것은 학생들을 교사가 내용물을 '주입'하는 '그릇'이나 '용기'로 만든다는 점이다. 더 완벽하게 그릇 안을 채울수록 그 교사는 더욱 유능한 평가를 받는다. 또한 내용물을 고분고분 받아 채울수록 더욱 나은 학생들로 평가된다. 이렇게 해서 교육은 예금 행위처럼 된다. 학생은 보관소, 교사는 예탁자다. 양측이 대화하는 게 아니라, 교사가 성명을 발표하고 예탁금을 만들면, 학생은 참을성 있게 그것을 받아 저장하고, 암기하고, 반복한다. 이것이 바로 '은행 저금식 교육' 개념이다. 여기에는 학생들에게 허용된 행동의 범위가 교사에게서 받고, 채우고, 보관하는 정도에 국한된다.[136]

그는 학교를 구성하는 기본 요소 중에서 '학생-교사'의 관계를 새롭게 정립하는 것이 무엇보다 중요하다고 보았다. 왜냐하면 교사와 학생의 관계는 근본적으로 "설명하는 주체(교사)와 인내심을 가지고 그 설명을 듣는 객체(학생)"로 설정되기 때문에, 그 억압적 관계를 해결하는 것이 교육제도의 많은 문제를 해결할 수 있는 우선 과제라고 보았던 것이다. 물론 교육학에서는 학생의 신체적인 정태성이 인지적 수동성을 의미하는 것은 아니라는 이론도 존재한다. 하지만 그가 이야기하는 것은 새로운 교수법 이론이나 교사-학생을 위한 대안적 의사소통론이 아니다. 프레이리의 『페다고지』가 사용 가치를 다한 낡은 이론서가 아니라, 일상적 억압의 장치로부터 우리를 해방시켜줄 '지적 선언(文)'이 될 수 있는 것은 이 책이 자본주의 교육의 '형식-틀'을 기가 막힌 은유로 표현하고 있기 때문이다.

이 메타포는 다름 아닌 '은행 저금식 교육'이다. 은행 저금식 교육은 자본주의 체계 속에서 교육이라는 실천 형식이 억압적 계급 구조를 지속시키는 시스템으로 유지될 수밖에 없음을 폭로하는 은유로 기능한다. 그는 학생을 교사가 주입하는 내용을 기계적으로 수용하는 '용기'나 '그릇'으로 비유하는데, 이 지적 용기를 차곡차곡 채워나가는 과정이 일종의 저금 행위와 다르지 않다고 말한다. 프레이리의 메타포를 전유하자면, 교육에 대한 이러한 은유는 '자본의 축적' 과정을 상상하게 한다. 이와 같은 지식 축적(저금) 행위는 그 성공 여부와 무관하게 기존의 계급 구조를 재생산하는 역할을 하는 동시에, 일상의 생활양식을 온건하게 구축하고 유지시키는 유순한 주체(학생) 생산의 토대가 된다는 점에서 문제적이다.

학교 현장에서 교육적 저금 행위가 가능한 것은 모든 사태를 '설명적 방식'으로 전달하고자 하는 관성이 존재하기 때문이다. 설명이라는 언술 방식은 정보를 전달하는 기능이 핵심이다. 다시 말해 설명은 교육의 내용을 창의적으로 사고하는 물음을 수행하기 어려운 텍스트성을 지니고 있다. 특히, 국가 교육과정과 그것을 번안해 놓은 교과서를 통해 교사와 학생이 설명식 의사소통을 이어가야 하는 상황에서는 더욱 그러하다. 설명식 교육의 "뚜렷한 특징은 변화시키는 힘이 아니라 말의 반향反響"이기 때문에 "설명은 학생들이 설명된 내용을 기계적으로 암기"하게 만든다. 설명식 교육은 어떤 '내용'이 입력되느냐보다는 어떤 '성과'를 산출하느냐를 더 중요한 직무 요소로 삼는다. 결과와 성과 중심적 교육이란 내용적 타당성과 정당성을 묻지 않는 축적 구조에 의해 생산된다.

그러니 "은행 저금식 교육은 학생들의 창조성을 위축시키거나 소멸시키고, 학생들을 단순하게 만들 수 있으므로, 세계를 폭로할 필요고 없고, 변혁할 필요도 느끼지 않는 억압자의 이익"에 부합된다. 이러한 은행 저금식 교육의 축적 행위를 어긋내는 변혁의 지향점이 "프락시스"이다. 파울루 프레이리는 주체의 삶을 자율적으로 재구성할 수 있는 자기 해방이란 단순히 정보를 이해하거나 전달하는 주입식 반항을 넘어서 성찰과 수행이 동반되는 실천Praxis 행위가 되어야 한다고 주장한다. 그는 그 가능성을 은행 저금식 교육이 아닌 문제 제기식 교육에서 찾는다. 왜냐하면 "문제 제기식 교육은 억압자의 이익에 기여하지도 않고 또 기여할 수 없"으며, "억압적 질서는 피억압자가 '왜?'라는 의문을 품는 것을 허용하지 않"기 때문이다.[137]

프레이리의 『페다고지』는 교사와 학생의 관계를 새롭게 설정하는데 중점을 두고 있는 책이기도 하지만─파울루 프레이리의 낙관론에 대한 비판을 반복할 필요가 없듯이─, 그보다는 은행 저금식 교육이라는 은유를 통해 우리의 삶과 교육 문제를 재인식하게 하는 해방의 촉매제에 더 가깝다는 사실을 알 수 있다. 그렇다면 우리에게 정말 중요한 것은 교사의 설명을 통해 학생에게 지식을 주입하는 교수법에 대한 비판이나 대안적 방법 모색이 아니라, 배움의 주체가 누구이며 또 그 배움은 무엇을 위해 필요한 것인가를 성찰하는 물음(들)이 될 것이다.

## 주체적 삶의 조형을 위한 시적 문식성

2013년 박근혜정부 시절, 역사지식과 국사 교과서의 검정/보급 문제가 사회적 화두로 융기한 적이 있다. 당시 교육 당국에서 대놓고 편을 들었음에도 불구하고, 교학사(본) 교과서의 실제 채택률은 거의 제로에 가까웠다. 하지만 뉴라이트 교과서 사건은 우파 세력의 정치적 집결을 가능하게 하는 이벤트가 되었다는 점에서 전혀 쓰임새가 없었던 것이 아니다. 이들에게 중요한 것은 뉴라이트 교과서의 채택 여부가 아니라, 이념적 갈등의 조장을 통해 우파 세력을 재결집하는 담론 효과에 있다. 그러므로 나는 학교 현장에서 교학사 교과서가 외면당했다는 사실 자체보다, 그것을 격파하는 주체와 형식에 주목하고 싶다. 구체적으로 그것은 대자보를 통해 우리 시대의 '안녕'을 되묻고 있는 청소년들의 목소리였다.

2013년의 '안녕 대자보'에서 교육제도의 보수화와 성장주의에 저항하는 청소년들의 용기와 감수성을 체감할 수 있다. 그 실천 행위와 정치적 응답이 주체의 잠재성이 발현된 징후인지, 혹은 신자유주의 시대를 살아가는 청소년들의 구조 신호인지는 조금 더 지켜보아야 하겠지만, 이와 같은 실천적 행위가 교육 장의 우경화를 비판하고 성장의 바른 의미를 묻는 자율적인 문제 인식에서 촉발된 것만은 부정할 수 없다. 학생(들)이 뉴라이트 역사교과서를 반대하며 붙인 대자보를 철거해버리는 학교 권력의 무지막지함에서 확인할 수 있듯이,[138] 청소년들의 '문제 제기'는 기성세대에게 불안감과 불편함을 안긴다. 청소년의 봉기는 지금까지의 완고한 계급 구조와 오인 메커니즘에 균열을 내는 새로운 정치 효과를 발휘할 수 있기 때문이다.

역으로, 학생들에게 지배질서의 감각을 기입하는 국가주의 교육은 자칫 우리 삶의 변화를 촉구하는 '정치감각'을 말살시킨다. 이것은 현실정치에 대한 관심의 상실이기도 하지만, 정확히는 '감수성'의 퇴화를 지칭한다. 감수성 Sensibility은 유사한 어휘인 감성Sensitivity과 구분된다. 영어로는 'Sensibility'와 'Sensitivity'가 모두 '감수성'으로 번역될 수 있지만, 'Sensitivity'가 세계가 부여하는 자극에 대한 반응이나 정보전달 수준에 그치는 감각이라면, 'Sensibility'는 자신의 맥락에서 세계를 재구성할 수 있는 미적 활력을 내장하고 있는 단어이다. 프랑코 베라르디 비포는 이를 "말로 표현될 수 없는 것을 이해하는 능력"인 동시에, "제한적 통사의 형식으로는 표현할 수 없는 것을 이해하는 능력, 언어적으로 표현될 수 없고, 그렇게 만들어질 수도 없는 기호들을 해석하게 만드는 능력"[139]이라고 하였다. 청소년 혹은 학생을 미성숙한 교육의 대상으로 규정하고자 하는 기성세대는 사회적 방어 기제를 통하여 이와 같은 감수성의 발현을 통제하는 경향이 강하다. 특히, '주입식 교육'과 '양적 평가'라는 교육제도적 장치는 주체적 삶을 재구성할 수 있는 능력인 감수성의 마모를 가속화한다.

필자가 확언하건데, 서구 로고스의 문화에서 시험Examination이라는 교육적 실천은 명백히 12세기의 발명품이다.(여기서 나오는 시험의 개념은 '시험'이라는 의미보다 '고찰'에 더 가깝다. 이는 examination이라는 단어가 본래 시험과 고찰이라는 두 가지 의미를 지녔기 때문이다.) 이 시험의 발명은 아리에스가 그의 책에서 오랫동안 추적한 제도인 대학과 직접적인 관련을 맺고 있다. 중세 세계의 시험은 그 기원에서부터 복잡한 실천이었다. 이 실천은 '권위있는 텍스트들을 읽고 되쓰는 양식'이었다. 다시 말해 시험이란 권위 있는 텍스트를 읽되, 표면적인 모순을 넘어 내부의 진리를 발견하는 비판적 읽기이다. (…중략…) 하지만 서구 19세기 이전의 어떤 문화에서도 인간의 자질을 수량화시키는 전략은 존재하지 않았다.[140]

에필로그 🔑

호스킨의 주장에서 확인할 수 있는 것처럼, 원래 시험Examination은 명문을 읽고 다시 쓰는 활동을 통해 비판적 능력을 기르는 진리의 발견 과정을 의미한다. 하지만 시험은 근대 이후 인간의 자질을 수량화하여 나열함으로써 사회적 계급 구조와 지배질서를 고착화시키는 통치 전략으로 고도화되어 왔다. 이것은 학생들의 주체적 감수성을 마모시키는 정보처리 시스템의 순환 작용과 무관하지 않다. 이와 같은 양적 평가 방식과 길항하는 보조 장치가 '주입식 교육 방식'이다. '주입'이라는 기제는 무비판적인 내용 축적 방식인 '섭렵하기'를 통해 강화된다. 주입의 하위 기능인 '내용 섭렵하기'가 양적 평가 방식에 적합한 이유는 내용 자체에 대한 물음을 허용하지 않는 비성찰적 축적 방식을 취하고 있기 때문이다. 양적 평가(시험) 체계와 주입식 교육은 기존의 정보를 수월하고 효율적으로 처리하는 데만 목적을 둘 뿐, 그 정보가 사회문화적 맥락에서 어떤 의미를 지니는지, 또는 어떤 방식으로 활용되는지에 대한 물음은 제공하지 못한다.

여기에서 우리는 '주입식 교육'이라고 부르는 '주입'의 개념이 단순한 교수법의 문제가 아님을 직시할 필요가 있다. 주입은 학습자에게 각인되는 계급적 차이(취향)를 아주 순응적인 방식으로 기입하는 교묘하고도 위력적인 주체 운용의 체계, 다시 말해 근대적 통치 전략의 하나이다. 현대적 교육제도는 이미 근대적 통치술의 맥락 속에서 프로그래밍화되어 있으므로, 교사와 학생 그 어느 쪽도 이와 같은 '주입'의 기제로부터 쉽게 자유로워질 수 없다(이것은 지독한 시스템의 문제이니 제발 교사와 학생 탓은 하지 말자). 그러므로 우리는 지배질서 시스템과 기존의 계급 구조를 충실하게 유지시키는 상징조작의 핵심 기제(주입식 교육)를 인식하는 것과 더불어, 지금까지와는 다른 방식의 교육적 플랜을 제시하는 일을 동시에 요청하여야 한다.

이를테면 마사 누스바움의 지적과 같이 "그 '내적 투쟁'은 학교·대학 공간에서만 진행되"어서는 안되며, "그 투쟁공간에 보다 큰 영역인 사회 역시 포함"[141]해야 하는 것이다. 그녀는 서구의 페다고지 전통에 기대어 세계시민을 양성하는 데 필요한 서사적 상상력(공감 능력)을 놀이와 예술(문학)을 통해 함양해야 한다고 말한다. 왜냐하면 "예술 작품은 (그것이 문학적이든 음악적이든 연극적이든) 바로 이러한 무딤에 대한 비판 능력, 보이지 않는 것(즉 사각지대)에 대한 보다 나은 관점의 계발을 돕기 위해 활용될 수 있"[142]기 때문인데, 누스바움은 학교와 대학이라는 제도의 안팎에서 수행되고 있는 예술과 인문학 교육에서 그 가능성을 모색한다.

> 공적인 시Public poetry의 필요성에 대한 휘트먼의 요청은 그의 시대뿐만 아니라 지금 이 시대에도 적절한 것으로 보인다. 오늘날의 정치적 삶에서 우리는 서로를 "꿈이나 점" 그 이상의 온전한 인간으로 보는 능력이 부족하다. 또한 인간 행동을 모델화하는 기술적인 방법, 특히 경제적 공리주의에 근거한 방식에 지나치게 의존함으로써 인간적인 공감을 거부하는 경향은 더욱 부추켜지고 있다. (…중략…) 좋은 문학이란 대부분의 역사 및 사회과학적 글쓰기가 갖지 않는 혼란을 가져다준다는 점이다. 좋은 문학은 우리에게 격렬한 감정을 불러일으키고, 불안을 야기하며, 당혹스럽게 만든다. 이는 전통적인 경건함에 불신을 조장하고, 자신의 생각과 의향을 자주 맞닥뜨리게 되는 고통을 가져다준다.[143]

누스바움의 세계시민 양성론은 개인의 인지적·정의적 능력치를 강조한다는 측면에서 자칫 자유주의적 교양론의 한계를 반복할 여지가 없지 않다. 그럼에도 불구하고 제도적이고 사법적인 무능의 한계를 돌파할 수 있는 가능성을 가장 노쇠한 미디어인 '문학'에서 찾았다는 점은 매우 흥미롭다. 그녀는 문학적 상상력에 바탕한 '공감의 능력'이 당대 현실의 모순을 직파할 수 있는 정치적 목소리, 다시 말해 공적 담론의 생성 기반이 된다고 보았다. 그녀는 이를 '시적인 것'에서 찾았다. 실제로 누스바움은 브론슨 올컷의 시 교육 사례를 들면서, 워즈워스의 시가 상당한 감화력을 가지며, 그것이 타자의 감정과 입장에 주목할 수 있는 실천 방식이 될 수 있다고 말한다. 즉, 시는 주체의 내면을 함양하고 상상력과 감정 능력을 고양시켜줄 수 있는 미디어이자 방법이라는 것이다. 왜냐하면, "공적인 시Public poetry"는 "역사 및 사회과학적 글쓰기가 갖지 않는 혼란을 가져다" 줄 수 있으며, 이를 통해 "인간 행동을 모델화하는 기술적인 방법, 특히 경제적 공리주의에 근거한 방식"에 저항할 수 있기 때문이다. 그녀가 말하는 '시적인 것'의 가능성이란 그래서 특정 문학 장르에 국한되지 않는 공감 능력—"존재하는 모든 것을 인식하게 하고, 또 그것이 우리의 눈에 드러나게 한다"[144]는 측면에서—, 다시 말해 문학적 상상을 통해 제도적 제약을 넘어서는 정념Passion의 역량을 의미한다.

'시'가 아닌 '시적인 것'이 중요한 이유는, 시가 교육제도 속에서 이미 비평가와 교사에 의해 해석된 결과를 주입하는 방식을 선택할 수밖에 없기 때문에 그 한계가 명백한데 비해, 시적인 것은 문학적 상상을 통해 자기 자신의 삶을 구속하고 있는 지적이고 정서적인 사고틀과 여러 관계망을 전복적으로 사유할 수 있는 잠재성을 내장하고 있기 때문이다. 즉, 시적인 것의 가능성은 실체적 문학지식으로서의 서정시를 익히는 과정이 아니라, 자신에게 제기되는 문제를 주체적으로 재구성하여 해결하고자 하는 문화적 실천 의지Praxis에 가깝다. 그것은 주어지는 것(주입되는 것)으로서의 공적 지식에 대한 회의와 반성을 포함하는 동시에, 이 공적 지식을 생산하고 유통하는 시스템 자체에 대한 의

문을 제기하는 주체의 새로운 이해/표현 방식을 의미하는 것이다. 이른바 문식성의 재개념화.

　문식성Literacy은 소박한 의미에서 문자를 읽고 쓸 수 있는 능력을 지칭한다. 학생들은 학령기부터 지식을 습득하고 그것을 자기식대로 표현하는 능력을 체득하는데, 이 과정을 통해 일반적인 문식성이 획득된다. 그리고 문식성은 단순히 문자를 이해/표현하는 차원을 넘어서, 세상과 사물을 이해하고 표현하는 방식/능력으로 확장된다. 하지만 기존의 문식성 교육은 가치중립성이라는 명제 아래 지배질서의 감각이나 계급 구조 역시 거부감 없이 기입하고 만다. 우리 삶을 안정적인 리듬 속에서 유지시키는 지식/권력의 매트릭스를 깨는 문자혁명, 다시 말해 새로운 문식성 개념이 요청되는 이유이다.

　나는 주체가 세계와 사물을 비판적이고 비평적으로 이해/표현하는 능력을 교육 장의 체제 순응적인 문식성과 구분하여 '시적 문식성Litera-tologie'이라고 부르고자 한다. 시적 문식성은 정보의 이해와 축적을 중시하는 기존의 문식성 개념과 달리, 문학적 상상력을 통해 우리가 읽고 쓰는 언어/지식의 격률을 재구성하는 비평적 통찰력을 강조한다. 시적 상상력의 기반이 사물과 대상에 대한 관심과 사랑이듯이, 시적 문식성의 토대는 범람하는 자유정신이다. 시적 문식성은 객관적 지식을 기계적으로 총합해내는 이해의 과정이 아니라, 인간 정신의 고양된 양식을 배가하는 교양주의가 아니라, 그와 같은 지식과 정전 목록이 은폐하는 지식/권력의 자동화에 저항하는 주체의 문화적 자립 운동을 의미한다. 그래서 시적 문식성은 온건한 해석주의나 분석주의에 바탕한 독서 활동이 아니라, 규격화되고 자동화된 일상을 낯설게 하는 삶의 전위로서의 세상 읽기를 지향한다. 그것이 바로 삶의 전위와 시적인 것의 정치인 것이다. 하지만 시의 정치는 복잡하고 난해하거나 힘든 일이 아니다. 지금 우리 앞에 놓여 있는 어긋난 관계와 제도를 개선하기 위한 작은 실천이 시적인 것의 발현이자, 해방의 프락시스를 여는 수행의 정치(성)이기 때문이다.

　나는 뉴라이트 교과서 사건에 적극적으로 개입하는 학생(들)의 새로운 감수성과 표현 방식(대자보)에서 그 가능성을 엿보았다.[145] 학생(들)은 아직 자신을 표현할 말을 다 갖지 못했을 뿐, 그들의 말 자체를 박탈당한 것은 아니다. 그러므로 학생(들)의 잠재된 언어를 어떻게 정치적 에너지로 이끌어내느냐가 시적 문식성에 기반한 미래 교육의 과제가 될 것이다. 자, 이제, 우리 함께 시적인 것의 개활지로 나아가자. 세상을 다시 보고, 다르게 읽고, 주체적으로 표현하자. 그것이 바로 우리 삶의 모순과 부조리를 변화시키는 정치의 시작이고, 지금 우리가 할 수 있는 가장 강력한 '삶/정치'가 될 것이다. 지금, 여기, 이 자리에서, 우리의 정치를 즐기자!

ENGAGEMENT OF PASSION

# 너 또한 시가 될지니

**-이성철**(창원대학교 사회학과 교수)

2018년 제1회 '문화 다 평론상' 수상작이었던 박형준 교수의 『로컬리티라는 환영: 지역이라는 로맨티시즘과 문학/비평의 분열』을 읽고, sns에 독후감을 쓴 적 있다. 나의 전공(사회학)과 전혀 다른 문학비평에 관한 것이었지만, 정말 뜻깊게 읽었다. 그의 책에 소개된 다양한 문학이론가들의 이름과 주장들은 낯설었지만, 문화사회학에서 공부하는 여러 이론가의 내용과 선택적 친화성이 있는 것들이 많아서 책 읽기 흥미가 더 생겼을 것이다. 또 비평집에서 다루는 장르들은 시, 소설, 영화, 웹툰까지 얼마나 재미있는 것들인가. 더구나 글을 읽으면 그의 목소리까지 들리는 듯했다. 말과 글이 일치해서 얼이 얼마나 곧은지 짐작할 수도 있었다. 얼굴의 어원은 '마음(얼)'의 '길(골)'이라고 한다. 만약 이런 장르가 있다면, 그의 글을 다음과 같이 부르고 싶다. '장편 비평시'라고 말이다.

이번에 새로 출간된 그의 비평집 제목은 『마음의 앙가주망: 문학의 정치를 탈환하기 위한 마음의 진지전』이다. 첫 번째 책과의 공통점 또는 연속성은 신예들의 작품에 대한 관심과(물론 중견들의 작품들도 들어있다) 지역에 대한 여전한 애정이고, 지역문학, 더 나아가 한국문학을 둘러싼 문화정치의 논의를 한층 더 이어간다는 점이다. 책 제목에 이러한 내용이 고스란히 담겨있다. 하나씩 살펴보자.

추천사 🔑

첫째, 마음.

사회학자 미드G. H. Mead는 마음의 발달에 가장 기초가 되는 것을 자아라고 했다. 미드는 자아를 개인적인 자아I와 사회적인 자아Me로 나눈다. 개인적인 자아는 영어의 주어가 문장 어디서나 대문자로 표현되듯이 자기중심적이다. 반면 사회적인 자아 Me는 영어의 목적격처럼 항상 대상과의 관계를 전제한다. 즉 '관계적'이라는 말이다. 저자가 책에서 말하는 '마음'은 I를 거치면서 성숙하게 된 Me를 말한다. 당연히 이분법은 아니다. 저자는 I에서 Me로 가는 과정을 중시하는데 그것은 다름 아닌 '연대'이다. 그의 책 곳곳에 '연대'가 등장한다. 연대의 의미에 대해서는 뒤에서 다시 살펴보도록 한다.

둘째, 앙가주망.

앙가주망은 레지스탕스(저항)를 동반한다. 저자는 책의 곳곳에서 이를 '쟁투'로 표현한다. 그의 앙가주망은 마음의 구속에서부터 출발한다. '앙가주'의 어원이 '구속하다'에서 비롯된 것과 관계있다. 이러한 구속은 불편한 것이지만, '아름다운 구속'이다. 모든 관계에서 불편은 상수이지 않은가? 관계의 불편을 변수로 여긴다면, 사회참여나 쟁투는 일어나지 못한다. 그러므로 그의 앙가주망은 일상생활에서의 정치인 셈이다. 그래서 '마음의 앙가주망'이다. 그리고 일상생활에서의 마음이라는 분석단위는 결코 작거나 사소한 것이 아니다. 이는 책 제목, '정치'에서 찾아볼 수 있다.

셋째, 정치는 무엇인가?

저자가 안토니오 그람시를 한 번도 언급하지는 않지만, 그의 책에는 그람시주의자들의 이론들이 자리 잡고 있다. 널리 알려져 있듯이 그람시의 '정치사회' 프레임에서의 '정치'는 국회에서 일어나는 여야 간의 권력다툼만 의미하는 것이 아니다. 그람시가 말하는 정치는 광의의 개념이다. 일상에서부터 집단,

구조, 그리고 국가 수준까지 포괄하는 것이다. 이러한 정치 개념은 저자가 주요하게 소개하고 있는 피에르 부르디외의 '장場, Champ' 개념과 통한다. 장 개념과 연동된 부르디외의 아비투스Habitus를 흔히 '취향'으로 여기는데, 이는 오해를 살만한 번역이다. 왜냐하면 취향을 자칫 개인적인 것으로 생각하기 쉽기 때문이다. 부르디외의 아비투스는 개인, 집단, 계급, 그리고 구조를 넘나드는 개념이고, 각각의 개인-집단-계급이 지닌 취향들이 어떻게 정치를 하는지를 보여주는 개념이다. 이러한 정치가 일어나는 곳이 '장'이다. 저자는 '문학의 정치'를 이런 의미에서 사용하고 있다. 저자는 문학의 정치라는 장에서 일어나는 분단의 현상을 로컬리티, 노동 등에서 탐색한다. 저자가 보기에 이러한 영역들은 중앙과 자본, 그리고 국가 등에 의해 여전히 지배당하고 있는 동시에 앙가주망이 일어나는 곳이다. 저자는 앙가주망이 바람직하게 진전되기 위한 대안으로 진지전을 제시한다.

넷째, 탈환을 위한 진지전.

왜 기동전이 아니라 진지전일까? 기동전은 역사의 급격한 변동 시기에 집약적으로 이루어지는 운동의 형태이다. 국가와 자본의 지배적인 헤게모니가 관철되고 있는 상황에서 기동전을 주장하는 것은 옳은 말로 들린다. 그러나 역량의 문제를 살피지 않는다면 자칫 '유아론'에 빠지기 쉽다. 그렇다면 진지전은 자유주의자의 문제이거나 개량적 해법일까? 그렇지 않다. 진지전은 참호 하나를 파두고 거기에 들어앉아 고립된 상태에서 치루는 정치가 아니기 때문이다. 각 진지는 다른 진지와 무수한 통로로 연결되어 있다. 이 통로는 연대의 상징이다. 저자는 책의 어느 곳에서 포스트모더니즘에 대해 언급하고 있다. 포스트모더니즘이 지닌 탈 중심, 미시적 서사, 이성에 대한 불신, 생태학적 사고 등의 내용은 장점이다. 그러나 테리 이글턴도 말했듯이 포스트모더니즘은 국가나 자본의 일탈에 저항하는 연대의 내용이 탈각되어 있다. 저자는 이러한 점에 주목하고 있는 것이다. 그러므로 저자의 진지전은 연대를 전제로 한 쟁투이다.

　이상의 내용은 저자의 책 제목에 들어있는 의미들을 나름대로 설명해본 것이다. 저자는 이러한 비평 소재나 주제들을 분석하기 위해 탐색 도구heuristic device를 일관되게 사용한다. 그의 비평 방법론이라 할 수 있다. 어렵게 말할 필요 없이, 피터 위어 감독의 〈죽은 시인의 사회〉를 예로 들겠다. 영문학을 전공한 존 키팅 선생이 학생들에게 『시의 이해』 강의를 하는 장면이 있다. 교재는 J. 애번스 프리처드 박사가 쓴 책이다. 책의 서문에는 '시의 평가법'에 관한 내용이 들어있다. 이 내용을 그대로 옮겨본다.

"시를 완전히 이해하기 위해서는 음보와 각운, 비유에 익숙해져야 한다. 그러면 두 질문이 남는다. 첫째, 시의 대상이 얼마나 예술적으로 표현되었는가. 둘째, 그 대상이 얼마나 중요한가. 첫 번째 질문으로는 시의 완벽성을, 두 번째 질문으로는 시의 중요성을 알 수 있다. 이 질문들에 답을 하고 나면 비교적 쉽게 시의 위대함을 판단할 수 있다. 시의 완성도를 그래프의 가로축에 놓고, 중요도를 세로축에 놓으면 그에 해당하는 면적으로 시의 위대함을 알 수 있다. 바이런의 소네트는 세로축 수치가 높으나 가로축 수치는 보통이다. 반면, 셰익스피어의 소네트는 세로축, 가로축 모두 높은 수치를 기록하며 큰 면적을 만든다. 그러므로 시가 위대하다는 결과를 도출할 수 있다."

　이상이 책의 서문에 담긴 주요 내용이었다. 학생들이 읽었던 이 부분에 대해, 키팅은 '배설excretion'이라고 일갈한다.

"이건 배관공사가 아니야. 시에 대한 것이야. 어떻게 가수가 대결하듯 시에 점수를 매기겠나? 그 장을 찢어! 시를 측정하라니. 단어의 맛과 언어의 맛을 즐겨라. 언어와 생각으로 세상을 바꿀 수 있다. 우리가 시를 읽고 쓰는 것은 시가 보기 좋아서가 아니야. 우리가 시를 읽고 쓰는 건 인류의 일원이기 때문이지. 의학, 법률, 경제, 기술 따위는 삶을 유지하는 데 필요해. 하지만 시와 미, 낭만, 사랑은 우리가 사는 이유야. (…중략…) 너 또한 시가 될지니."

박형준 교수의 비평 방법론은 키팅 선생의 그것과 친화성이 있다고 생각한다. 인간 삶의 복잡성과 다단한 애환들을 어찌 간단한 도표 하나로 그릴 수 있겠는가? 그래서 그는 랑그langue보다는 파롤parole의 중요성을 말한다. 왜냐하면 언어의 두 가지 사용법을 당연히 이분법적으로 나누지도 않지만, 틀이나 문법, 사전적 정의에 해당하는 랑그의 범주에서 벗어나 맥락과 상황, 생활과 행위를 중시하는 '파롤의 개활지를 탐사'하는 것을 방법론으로 삼고 있기 때문이다. 더구나 '랑그로서의 말은 지배집단의 헤게모니를 기입하고 있는 것'이지 않은가? 그래서 파롤에 대한 강조는 문자 문학의 왜소화, 문학 언어의 위축을 넘어서기 위해 가장 필요한 것으로 판단하고 있다. 그는 흔히 낭만적인 것으로만 생각하기 쉬운 서정시에 대해서도 다음과 같이 말한다.(나는 서정시를 낭만적인 것이라고 여기게 만든 것은 랑그만을 주입한 교과서 중심의 교육 탓이 크다고 생각한다) "누구도 말하지 않으며, 때로는 사회 속에 내재해있는 통점을 찾아 그 속에 담긴 슬픔의 내력을 이해하고자 하는 것이 현대 서정시이다." 그는 이것을 '문화적 실천'이라 부른다.

그는 시가 지닌 문화적 실천을 다음과 같이 말한다. "시는 일상어의 속박과 식민화에 저항"하고, "시인의 걷기와 응시는 자본의 스펙터클한 집적물을 기록

추천사 🔑

하거나(단순하게) 재현하는 것이 아니라, 오히려 자본의 바깥에 위치해 있는 왜소한 풍경을 감각하는 행위"이다. 이를 나의 수준에서 거칠게 말해본다면, 아름다운 언어를 만들기 위한 조탁이나 말장난에 가까운 언어유희 등이 가끔 신선할 수는 있을지라도 자위행위에 그칠 수 있음을 말하는 것이라고 생각한다. 저자는 안현미 시인의 작품들을 예로 들면서 다음과 같이 평한다. "각자의 언어적 차이에 의해 무한히 의미가 미끄러지는 유보되는 상황보다는 서로의 어깨를 내주고 다시 기대면서 공통의 의미를 만들어 가는 실천적 과정"의 작품들이다. 여기서 자크 데리다의 '차연' 개념을 굳이 가져올 필요는 없다. '각자의 언어적 차이에 의해 무한히 의미가 미끄러지는 유보되는 상황'은 우리도 잘 아는 다음과 같은 노래이다. "원숭이 궁둥이는 빨개. 빨간 것은 사과. 사과는 맛있어. 맛있는 건 바나나. 바나나는 길어. 긴 것은 기차. 기차는 빨라. 빠른 것은 비행기…… 떴다 떴다 비행기 날아라 날아라~" 단어들의 의미들은 고정되지 않고 유보되며 무한히 미끄러지고 있다. 여기엔 일상과 사태, 사건과 국면, 그리고 역사가 없다.

박형준의 신간 『마음의 앙가주망』에서 비평의 대상은 시에 국한되지 않는다. 웹툰, 또 다른 비평문에 대한 비평, 소설, 영화 등이 풍부하고 알차게 소개된다. 끝으로 저자가 말하는 '마음의 앙가주망'에서 마음이 포괄하는 영역은 일종의 '사회학적 상상력'이라고 생각한다. 이 책을 읽으면서 저자가 소개한 김예강 시인의 『오늘의 마음』을 샀다.

1    이 주제에 관해서는 1부에 수록된 「업라이징 랩소디: 시와 시적인 것의 동시
     대성에 대한 비평적 전망·(3)」에서 상세하게 논의하였다.

2    이광수, 「문학이란 하(何)오」, 『매일신보』, 1916.11. 여기에서는 『이광수 전
     집』 1권, 우신사, 1979, 547-549쪽.

3    마사 누스바움, 박용준 옮김, 『시적 정의: 문학적 상상력과 공적인 삶』, 궁리,
     2013, 137쪽.

4    김금희, 『경애의 마음』, 창비, 2018, 60-352쪽.

5    김금희, 앞의 책, 292쪽.

6    김금희, 앞의 책, 72쪽.

7    장 폴 사르트르, 김붕구 옮김, 『문학이란 무엇인가』, 문예출판사, 1996, 5쪽.

8    잭 바바렛 엮음, 박형신 옮김, 『감정의 사회학』, 이학사, 2010, 8쪽.

9    이종형, 「통점」, 『꽃보다 먼저 다녀간 이름들』, 삶창, 2017, 14-15쪽.

10   유종호, 『문학이란 무엇인가』, 민음사, 1995, 92쪽.

11   손광수, 『음유시인 밥 딜런: 사랑과 저항의 노래 가사 읽기』, 한걸음더, 2015,
     239쪽.

12   장정일, 「시집」, 『생각』, 행복한책읽기, 2005, 48쪽.

13   마르틴 하이데거, 신상희 옮김, 「귀향―친지에게」, 『횔덜린 시의 해명』, 아카
     넷, 2009, 19-53쪽.

14   티머시 클라크, 김동규 옮김, 『마르틴 하이데거 너무나 근본적인』, 앨피, 2008,
     247쪽.

15   김동규, 『하이데거의 사이-예술론』, 그린비, 2009, 175쪽.

16   김수영, 『김수영 전집 2: 산문』, 민음사, 2014, 399쪽.

17   최영미, 「괴물」, 『황해문화』 97호, 2017년 겨울호, 128-129쪽.

18   마사 누스바움, 박용준 옮김, 『시적 정의: 문학적 상상력과 공적인 삶』, 궁리,

2013, 26-27쪽.

19    마사 누스바움, 앞의 책, 83쪽.

20    마사 누스바움, 앞의 책, 175쪽.

21    마사 누스바움, 황은덕 옮김, 「민주 시민과 서사적 상상력」, 『오늘의 문예비평』 79호, 2010년 겨울호, 25-26쪽.

22    스티븐 밀러, 「법 이론의 한계에 선 라깡: 법, 욕망, 최고 폭력」, 에띠엔느 발리바르 외, 강수영 옮김, 『법은 아무 것도 모른다』, 인간사랑, 2008, 153쪽.

23    장 폴 사르트르, 앞의 책, 1996, 16-17쪽.

24    변광배, 『사르트르 문학이란 무엇인가 다시 읽기』, 세창미디어, 2016, 145쪽

25    김진수, 「헛 장」, 『좌광우도』, 실천문학사, 2018, 12-13쪽.

26    로버트 단턴, 김지혜 옮김, 『시인을 체포하라』, 문학과지성사, 2013, 31쪽.

27    앤터니 이스톱, 박인기 옮김, 『시와 담론』, 지식산업사, 1994, 34쪽.

28    루이스 엠 로젠블렛, 김혜리·엄해영 옮김, 『독자, 텍스트, 시: 문학 작품의 상호교통이론』, 한국문화사, 2008, 21~36쪽.

29    루이스 엠 로젠블렛, 앞의 책, 45-46쪽.

30    짱 롱시, 백승도 외 옮김, 『도와 로고스』, 강, 1997, 254쪽.

31    짱 롱시, 앞의 책, 224쪽.

32    짱 롱시, 앞의 책, 179-254쪽.

33    짱 롱시, 앞의 책, 185쪽.

34    프랑코 베라르디 비포, 유충현, 『봉기: 시와 금융에 관하여』, 갈무리, 2012, 150쪽.

35    유계영, 『온갖 것들의 낮』, 민음사, 2015, 46-47쪽.

36    지그문트 바우만은 노동의 유연성(Flexibility) 문제를 이기기 힘든 게임이라고 말하고 있다. 그는 노동의 유연성이라는 "표어"는 "고용과 해고게임을 상

징"한다면서, "이 게임에는 규칙이란 게 없지만, 게임이 진행되는 동안 일방적으로 규칙을 바꿀 권력"이 있다고 말하고 있다. 경기가 불리해지면, 언제든지 게임의 규칙까지 바꿀 수 있는 자본/권력을 어떻게 이길 수 있을까? 지그문트 바우만, 이수영 옮김, 『새로운 빈곤: 노동, 소비주의, 그리고 뉴푸어』, 천지인, 2010, 54쪽.

37    노명우는 도박이라는 행위는 "노동에서 희망을 찾을 수 없는 사람들"이 "노동의 법칙을 정지시키는 마법의 세계"라고 말한다. 하지만 도박은 자본의 법칙에 저항하는 것이 아니다. 도박을 통한 '대박의 꿈'은 종국에 자본의 법칙을 추종하는 것이기 때문이다. 그래서 그는 "자본주의 사회는 확장된 카지노"라고 말한다. 노명우, 『프로테스탄트 윤리와 자본주의 정신, 노동의 이유를 묻다』, 사계절, 2008, 226-229쪽.

38    구해근, 신광영 옮김, 『한국 노동계급의 형성』, 창비, 2002, 112쪽.

39    노동계급의 연대가 불가능해진 상황을 '프롤레타리아'의 퇴장과 '프레카리아트'의 등장으로 해석한 연구로는 앙드레 고르의 『프롤레타리아여 안녕』과 이광일의 「신자유주의 지구화시대, 프레카리아트의 형성과 '해방의 정치'」를 참조할 수 있다. 이에 대해서는 다음 장에서 자세히 언급할 것이다.

40    프랑코 베라르디 비포는 '결속'과 '접속'을 구분한다. 결속이 특이성의 변화를 가능하게 하는 "불규칙한 형태들의 만남과 융합"으로서의 '타자-되기'라면, 접속은 각 요소들이 융합되는 것이 아니라 "기계적 기능성"으로만 상호작용하는 재설정 행위이다. 베라르디 식으로 말하자면, 노동계급의 연대는 '결속'에서 '접속'으로 변이되고 있다고 볼 수 있겠다. 프랑코 베라르디 비포, 강서진 옮김, 『미래 이후』, 갈무리, 2013, 68쪽.

41    구해근, 앞의 책, 289-291쪽을 참조할 것.

42    프랑코 베라르디 비포, 정유리 옮김, 『프레카리아트를 위한 랩소디』, 난장, 2013, 238-242쪽.

43    이는 노동을 "윤리적 기준"에서 "소비의 미학"으로 전회시키는 방식이다. 그러니 '생산'에서 '소비'로의 대전환에 대한 대안적 사유 역시 새롭게 가다듬어질 필요성이 있겠다. 지그문트 바우만, 앞의 책, 59-63쪽 참조.

44    이와 같은 상황을 잘 보여주는 예를 조성웅의 시 「선유도 가는 길」에서 찾아볼 수 있다. 시인은 "토요일 오후/ 이제 노동운동도 주말에는 집회조차 잘 조

직되지 않고/ 뭘 해도 되는 일 없는 나날들입니다"라며, 소비주의에 노출되는 주말에는 노동 투쟁과 집회가 제대로 조직되지 못함을 고백하고 있다. 물론 그의 시는 패배주의적이 아니다. 시인은 "지더라도 무릎 꿇지 않을" 것이며, 그 이유는 "우리 비록 강철은 아니어도 동지가 있어 다 괜찮"은 것이라고 말한다. 하지만 '동지'에 대한 연대감은 그리 낙관적이지 않다. 백무산·조정환·맹문제 엮음,『완전에 가까운 결단』, 갈무리, 2009.

45 앙드레 고르는 노동자의 단결 효과를 훼손하는 것이 노동자의 독자성이라고 설명한다. 노동계급에서 홀로 벗어나고자 하는 노동자의 개별적 행보는 종국에 프롤레타리아의 능력을 감퇴시키는 "프티부르주아의 개인주의"와 다르지 않다는 것이다. 앙드레 고르, 이현웅 옮김,『프롤레타리아여 안녕』, 생각의나무, 2011, 41-49쪽.

46 베라르디는『미래 이후』와『프레카리아트를 위한 랩소디』에서, 금융자본주의가 '프랙탈화'된 것과 마찬가지로 노동 역시 탈영토화, 프랙탈화되었다고 말한다. 이 때문에 노동자는 연대를 위한 신체(사회체와 구성체)를 상실하였다는 것이다. 즉, 연대의 불가능성이란 노동자의 의지가 아니라 결속을 가능하게 하는 사회적 '신체'의 상실을 의미하는 것이다.

47 앙드레 고르, 앞의 책, 9쪽.

48 이광일, 「신자유주의 지구화시대, 프레카리아트의 형성과 '해방의 정치'」,『마르크스주의연구』10권 3호, 경상대사회과학연구원, 2103, 116-125쪽.

49 조정환,『인지자본주의』, 갈무리, 2011, 304-305쪽.

50 조정환은 "권위주의적 산업자본주의 하의 노동과 삶이 '고역의 삶'이었다면 신자유주의적 인지자본주의 하의 노동과 삶은 '벌거벗은 삶'으로 나타난다"(조정환, 앞의 책, 333쪽)고 하였다. 그는 산업노동에서 인지노동(후기산업노동)의 흐름을 물질노동과 비물질노동의 관계 속에서 명쾌하게 설명하고 있다. 다만, 현대 사회가 인지노동의 자장 속에 놓여 있다고 하더라도 산업노동이 축소된 것은 아니다. 오히려 프레카리아트라고 부르는 '배제된 이들'의 노동 현장/공간은 여전히 산업노동의 그것과 근접한 경우가 많기 때문이다.

51 베라르디에 따르면, "자율성"은 "사회의 시간이 자본주의적 시간성에서 독립하는 것을 뜻"한다. 예를 들어, '노동거부'는 노동에 부과되는 강제성과 규율로부터의 탈주선을 생성하는 행위이다. 물론 자본/국가는 이를 전유하여 노동

의 유연화와 프랙탈화라는 역전 현상을 만들어내기도 한다. 이에 대해서는 『프레카리아트를 위한 랩소디』, 137-151쪽을 참조할 것.

52 이것은 노동의 분할 양상과 무관하지 않다. "노동의 분할로 불가피하게 노동자들은 비인격적인 존재가 된다. 노동의 분할로 노동은 타율적 활동이 되고, 자주관리는 변화의 결과물과 상부에서 내려오는 결정들을 자주관리하는 것에 그"치는 것이다. 앙드레 고르, 앞의 책, 162-163쪽 참조.

53 시간의 향기, 즉 여가의 회복은 근대 '노동윤리'에 대한 저항의 성격을 지닌다. 노동자 자신에게 엄격하게 적용되는 '노동윤리'는 근대 경영론의 발명품이며, 이는 노동자를 착취하는 엄정한 시스템으로 기능하였다. 이에 대한 대안적인 실천(론)은 김병철의 『피로사회』와 『시간의 향기』에서 찾아볼 수 있는데, 그는 "강제하는 자유", 즉 "과다한 노동과 성과는 자기착취로 치닫는다"라고 하였다. 물론 그는 '여가'와 '노동시간'의 문제를 직접 언급하지 않는다. 여기에서 '시간의 향기'를 회복하여야 한다는 그의 주장은 프로테스탄트 식의 '노동윤리'의 자본 친화적 기능을 어긋내는 실천 행위이다. 왜냐하면 '시간의 향기'란 자본의 질서에 의해 구축되어 있는 '시간'의 흐름을 거스르는 적극적 행위이기 때문이다. 하지만 전 지구적 빈곤과 고용 취약성에 노출되어 있는 21세기의 임금노동자는 '시간의 향기(한가로움)'를 누릴 수 없다. 일상의 굴레 속에서 서로를 감시하며 경쟁하게 만드는 신자유주의의 '경쟁 논리' 앞에서 '자기착취'로부터의 해방을 손쉽게 선언할 수 없기 때문이다. 그렇다면 생산양식을 소유하지 못한 노동자가 유일하게 할 수 있는 것은 무엇일까? 여기에 대해서는 김병철, 『피로사회』(문학과지성사, 2012)와 『시간의 향기』(문학과지성사, 2013)를 참조할 것.

54 제러미 리프킨, 이영호 옮김, 『노동의 종말』, 민음사, 1996, 225-326쪽.

55 프랑코 베라르디 비포는 이를 "노동계급의 정치적 사멸"이라고 표현한다. "노동계급의 정치적 사멸은 정치세력들 간의 어떠한 투쟁의 결과, 또는 사회적 배제의 효과가 아니었으며, 현재에도 그러하다. 노동자들은 계속 존재한다. 그러나 그들의 사회적 행위는, 전반적인 사회적 효과들을 실제로 낳고 있는 지배 과정들과 관련하여, 더 이상 유효하지 않다"는 대목에 주목할 필요가 있다. 프랑코 베라르디 비포, 서창현 옮김, 『노동하는 영혼』, 갈무리, 2012, 276쪽.

56 조지 카펜치스, 김의연 옮김, 「노동의 종말인가, 노예제의 부활인가? 리프킨과 네그리 비판」, 『탈정치의 정치학』, 갈무리, 2014, 188-189쪽 참조.

57    워너 본펠드, 김의연 옮김, 「자본주의국가: 환상과 비판」, 『탈정치의 정치학』, 갈무리, 2014, 316쪽.

58    조지 카치펜스는 자본/국가의 '임박한 파국'은 판타지라고 말한다. 자본/국가는 스스로 종말을 고하지 않으며, 또 "속임수"나 "저주"만으로는 소멸시킬 수 없다는 것이다. 앞의 글, 208-209쪽 참조.

59    조정환은 "오늘날의 노동이 이미 고용/비고용의 틀 너머에서 전개되고 있다는 사실은, 어떻게 비고용의 사람들을 고용관계 속으로 진입시킬 것인가라는 문제가 허구적 문제임을 보여준다"고 하면서, "필요하고 또 중요한 것은, 어떻게 사람들의 생명과 삶을 안전하게 보장할 것인가라는 문제이며, 이를 위해, 오늘날 전 지구적 수준에서 사회화된 노동에 기초하여 재생산되고 있는 사회적 부를 어떻게 공통적으로 분배할 것이며 부의 공통적 생산을 어떻게 촉진시킬 것인가의 문제"이며, 이를 위해 현대 유럽 정치철학의 다양한 주장과 마찬가지로 "정치적인 것의 만회"가 필요하다고 말한다. 조정환, 「인지자본주의에서 정치의 재구성」, 앞의 책, 315-353쪽.

60    마사 누스바움에 따르면 '혐오'는 특정 집단을 배척하기 위한 '사회적 무기'로 사용된다. 혐오 발언이 문제적인 것은 지배집단이 피지배집단을 배제하거나 추방하는 언어심리학적 기제로 작동한다는 점이다. 마사 누스바움, 조계원 옮김, 『혐오와 수치심: 인간다움을 파괴하는 감정들』, 민음사, 2015, 200-201쪽.

61    앙드레 고르의 다음과 같은 표현은 참고가 된다. 애덤 스미스는 많은 공장주들이 "반(半)은 천치인" 노동자들을 고용하려 한다는 사실에 주목했으며, 마르크스 역시 『자본』에서 자동화된 작은 공장에서의 노동을 노동자들의 정신적·육체적 능력을 치명적으로 손상시키는 것으로 묘사하고 있다는 사실이다. 즉, 근대 자본주의의 대공장은 "괴물들" 혹은 "독립적으로 일할 수 없는" 개인들, "바짝 야위고 뒤틀린", "소진된", "거의 군대와 같은 규율"에 순응하는 인간들을 양산해내는 장소로 묘사되고 있는 것이다. 앙드레 고르, 앞의 책, 33쪽.

62    지그문트 바우만, 이수영 옮김, 「노동의 의미: 노동윤리의 생산」, 앞의 책, 40-44쪽.

63    구해근, 앞의 책을 참조할 것.

64    주디스 버틀러, 유민석 옮김, 『혐오 발언』, 알렙, 2016, 55쪽.

65    주디스 버틀러, 앞의 책, 74-76쪽.

66    프란츠 파농, 이석호 옮김, 『검은 피부 하얀 가면』, 인간사랑, 2003, 68쪽.

67    물론 그것이 반드시 '노동시'와 같은 문학일 필요는 없다. 예들 들어, 장-피에르 다르덴 및 뤽 다르덴 감독의 영화 '내일을 위한 시간'은 노동자의 권리언어가 어떤 방식을 통해 구성되고 집약될 수 있는지를 잘 보여주고 있다. 노동문학의 다양한 장르 중에서 '노동시'가 중요한 까닭은 '노동시'의 현장 감각이 직핍한 언술 형태로 수시로 표출되는 데 있다. 그것은 현장성과 수행성의 시학에 근거한다.

68    정세훈, 「안전망이 될 수 있을까」, 『몸의 중심』, 삶창, 2016, 36-37쪽.

69    정세훈, 「몸의 중심」, 앞의 책, 26-27쪽.

70    이인휘, 『노동자의 이름으로』, 삶창, 2018, 319쪽.

71    이인휘, 앞의 책, 130쪽.

72    이인휘, 앞의 책, 396-397쪽.

73    이인휘, 앞의 책, 240-417쪽.

74    이인휘, 앞의 책, 471쪽.

75    장강명, 『산 자들』, 민음사, 2019, 313-320쪽.

76    장강명, 앞의 책, 299-343쪽.

77    가스통 바슐라르, 김병욱 옮김, 『불의 정신분석』, 이학사, 2007, 26쪽

78    이 평문은 2018년도 하반기 한국어문화교육학회 전국학술대회(2019.9.15)에서 발표한 핸드아웃 원고를 전면 재수정하고 보완한 것이다. 핵심 논거가 되는 데이터와 자료 분석은 공동 연구를 통해 마련되었으며, 공동 저자인 오현석 박사님께 양해와 허락을 구한 후 수록한다. 이 글에서 분석 대상으로 삼은 11종의 교과서 텍스트는 두산, 비상, 지학사, 미래엔, 천재교육, 해냄, 상문연구사, 창비 등의 출판사에서 발간한 고등학교 『문학』이다.

79    로버트 J. C. 영, 김택현 옮김, 『포스트식민주의 혹은 트리컨티넨탈리즘』, 박종철출판사, 2005, 22-23쪽.

80    엔리케 두셀, 박병규 옮김, 『1492년 타자의 은폐』, 그린비, 2011, 143-200쪽

참조.

81 테리 이글턴, 김명환 외 옮김, 『문학이론입문』, 창작과비평사, 1994, 20-21쪽

82 교육부, 『교육부 고시 제2015-74호 「별책5」 국어과 교육과정』, 교육부, 2015, 128쪽.

83 에드워드 사이드, 박홍규 외 옮김, 『오리엔탈리즘』, 교보문고, 2015, 154-159쪽.

84 정재찬 외, 『고등학교 문학』, 천재교육, 2014, 154쪽.

85 조정래 외, 『고등학교 문학』, 해냄, 2014, 386쪽.

86 권영민 외, 『고등학교 문학』, 지학사, 2014, 371쪽.

87 김창원 외, 『고등학교 문학』, 두산동아, 2014, 393쪽.

88 차선일, 「문학상을 둘러싼 소문과 진상」, 『오늘의 문예비평』 108호, 2018년 봄호, 152-162쪽.

89 로버트 J. C. 영, 김택현 옮김, 앞의 책, 320쪽, 343쪽, 350-372쪽.

90 조정래 외, 앞의 책, 391쪽

91 권영민 외, 앞의 책, 371쪽.

92 에드워드 렐프, 김덕현 외 옮김, 『장소와 장소상실』, 논형, 2005, 54쪽.

93 동길산, 「충렬사: 부산을 지키다 순절한 이들, 호국용이 되다」, 『길따라 역사따라 동래 한바퀴』, 부산광역시 동래구, 2016, 169쪽.

94 조성래, 「동래읍성 북장대」, 『천년 시간 저쪽의 도화원』, 신생, 2014, 43쪽.

95 마르쿠스 도엘, 「지리학에서 글렁크 없애기: 닥터 수스와 질 들뢰즈 이후의 공간과학」, 『공간적 사유』, 에코리브로, 2013, 216쪽.

96 임수생, 「우리들의 역사」, 『송인 임수생 문학선집』, 도서출판 푸른별, 2016, 185쪽

97 김석규, 「봉수대」, 『詩와 自由: 시와 자유 동인회』 제11집, 도서출판 빛남,

1991, 23쪽.

98    박진규, 「오후 6시 43분 지하철 밖으로 날아간 문자들」, 『문탠로드를 빠져나
      오며』, 신생, 2016, 54-55쪽.

99    동길산, 「4·19의 불꽃 강수영 열사」, 『101가지 서면 이야기』, 부산광역시 부
      산진구, 2016, 91쪽.

100   임수생, 「시위행진」, 앞의 책, 222쪽

101   김요아킴, 「그날, 광장에서」, 『길은 어느새 광화문: 촛불혁명 1주년 기념 시
      집』, 푸른사상, 2018, 27쪽.

102   프랑코 베라르디 비포, 유충현 옮김, 「시와 금융」, 『봉기: 시와 금융에 관하여』,
      갈무리, 2012, 153-155쪽.

103   에드워드 렐프, 앞의 책, 114쪽.

104   박영애, 「시간의 꽃을 들고」, 『부산을 쓴다』, 산지니, 2008, 180쪽.

105   한 국책은행이 정부의 하명을 받고 26억의 제작비를 부실 투자했다는 문제 제
      기와 함께―2017년 국정감사에서 중소기업은행과 박근혜정부의 관계에 대
      한 해명 요구가 있었다―, 영화 제작 투자 및 홍보 과정에 공영방송국이 적극
      지원한 사실(인터넷 위키백과사전에 따르면 "영화 <인천상륙작전>의 전체 예
      산 170억 원 중 KBS가 약 30억 원을 투자"했으며, "KBS 2TV는 영화 개봉을
      하루 앞두고 특집 다큐멘터리 <인천상륙작전의 숨겨진 이야기, 첩보전>을 주
      연배우 이정재의 내레이션으로 방영하였"음)이 확인되었다

106   김숨, 『L의 운동화』, 민음사, 2016, 89-271쪽.

107   김숨, 앞의 책, 55쪽.

108   김숨, 앞의 책, 126쪽.

109   김숨, 앞의 책, 80쪽.

110   김숨, 앞의 책, 207쪽.

111   김숨, 앞의 책, 210쪽.

112    여기서 이 '상태'에 대해 언급하지 않을 수 없는데, 주디스 버틀러는 'State'를 번역하면서 '상태'와 '국가'의 이중적 의미에 주목한 바 있다. 'State(국가/상태)' 번역의 이중성이 중요한 까닭은 이 언술 행위가 단순한 언어유희가 아니라, 사적 행위의 원인/결과로 환원될 수 있는 모든 '상태(State)'들이 '국가(State)'라는 법적 체계와 긴밀하게 연결되어 있음을 환기시켜주기 때문이다. 즉, 주체가 처해 있는 모든 '상태'란 바로 개인의 자유 의지와 책임 논리로 손쉽게 치환될 수 없는 공적 장치 속에 기입되어 있음을 의미한다. 주디스 버틀러·가야트리 스피박, 주해연 옮김, 『누가 민족국가를 노래하는가』, 산책자, 2008, 11-15쪽.

113    원래 장치는 주체를 생산하는 하나의 기계이지만 현대 사회의 장치는 오히려 '탈주체화'의 과정 속에서 작동한다. 그리하여 "현실적인 정체성(노동운동, 부르주아지 등)이나 주체를 전제로 삼았던 정치가 쇠퇴하고, 그 자신의 재생산만을 겨냥하는 순수한 통치활동인 오이코노미아가 승리한다"는 사실을 참조할 수 있다. 조르조 아감벤, 양창렬 옮김, 『장치란 무엇인가: 정치학을 위한 서론』, 난장, 2010, 44-45쪽.

114    알랭 바디우, 이종영 옮김, 『윤리학』, 동문선, 2001, 29쪽.

115    알랭 바디우, 앞의 책, 29쪽.

116    윌 킴리카, 장동진·황민혁·송경호·변영환 옮김, 『다문화주의 시민권』, 동명사, 2010, 172-180쪽.

117    서경식은 모어와 모국어를 구분하는데, 모어가 "태어나서 처음으로 익혀 자신의 내부에서 무의식적으로 형성된 말"이라면, 모국어는 "자신이 국민으로서 속해 있는 국가, 즉 모국의 국어를 가리킨다. 그것은 근대 국민국가에서 국가가 교육과 미디어를 통해 구성원들에게 가르쳐, 그들을 국민으로 만드는 장치"이다. 그는 모어와 모국어의 경계를 감각하고, 국민국가의 임계를 '몸'으로 부딪혀 확인하는 존재가 바로 '디아스포라 주체'라고 말한다. 서경식, 김혜신 옮김, 『디아스포라 기행』, 돌베게, 2006, 18쪽.

118    윌 킴리카, 앞의 책, 158쪽.

119    윌 킴리카, 앞의 책, 190쪽.

120    윌 킴리카, 앞의 책, 193쪽.

121  윌 킴리카, 앞의 책, 191쪽.

122  웬디 브라운, 이승철 옮김, 『관용: 다문화 제국의 새로운 통치 전략』, 갈무리, 2010, 74-74쪽.

123  웬디 브라운, 앞의 책, 62쪽.

124  웬디 브라운, 앞의 책, 49쪽.

125  슬라보예 지젝, 이현우·김희진·정일권, 『폭력이란 무엇인가』, 난장이, 2011, 199-200쪽.

126  조르조 아감벤, 정문영 옮김, 『아우슈비츠의 남은 자들』, 새물결, 2012, 37쪽.

127  <귀향>의 대화적 성격에 관해서는 박형준, 「심야의 엔딩 크레딧」, 『함께 부서질 그대가 있다면』, 호밀밭, 2020, 64-67쪽을 참고할 것.

128  보울스·진틴즈, 이규환 옮김, 『자본주의와 학교교육』, 사계절, 1986, 179쪽.

129  에베레트 라이머, 김석원 옮김, 『학교는 죽었다』, 한마당, 1982, 63-64쪽.

130  마단 사럽, 이혜영 옮김, 『마르크스주의와 교육이론』, 한길사, 1987, 207쪽.

131  피에르 부르디외, 최종철 옮김, 『구별짓기: 문화와 취향의 사회학·(상)』, 새물결, 2005, 314-316쪽.

132  피에르 부르디외·장 클로드 파세롱, 이상호 옮김, 『재생산: 교육체계 이론을 위한 요소들』, 동문선, 2000, 56쪽.

133  피에르 부르디외·장 클로드 파세롱, 앞의 책, 66쪽.

134  조선통신중학관의 교육과정에는 '조선역사(정확한 표기는 역사-조선지부)'가 교과목으로 포함되어 있었으나, 실제 통신교육 교재인 『중학강의록』에는 1-3호에만 그 내용이 수록되고 4호부터 20호까지는 '조선역사' 과목을 삭제하고 동양사와 일본사만을 교육 내용에 포함하였다. 또 조선인의 공식 언어인 '조선어' 과목을 '조선어급한문'으로 통합하는가 하면, 이후 아예 조선어 과목 자체를 폐지하기도 한다. 박형준, 「근대 통신학교의 성립과 국어교육」, 『국어교육학연구』 48집, 국어교육학회, 2013, 219-242쪽 참조.

135    마이클 애플, 김미숙 외 옮김,『문화 정치학과 교육』, 우리교육, 2004, 73쪽.

136    파울루 프레이리, 남경태 옮김,『페다고지』, 그린비, 2009, 85-86쪽.

137    주입식에는 두 가지 하위 기능이 있다. 하나가 주해이며 두 번째가 섭렵이다. 전자가 주어진 해석에 기대어 어휘와 문맥의 의미를 차입하는 과정이라면, 후자의 '섭렵'은 교육내용에 대한 비판적 검토 없이 지식을 양적으로 축적하는 과정을 의미한다. 실제로 주해와 섭렵은 분리되지 않고 주입이라는 방식으로 통합되어 전수된다. 이에 대한 역사적 탐구는 박형준의 「한국 문학교육의 제도화 과정 연구」, 부산대 박사학위논문, 2012, 140-157쪽을 참조할 것 ; 파울루 프레이리, 앞의 책, 88-104쪽.

138    2013년 겨울 우리 사회의 '안녕'을 묻는 대자보 저항이 대학에서 중고등학교까지 확장되었다. 하지만 일부 학교 현장에서는 대자보를 철거하거나, 혹은 CCTV로 대자보를 붙인 학생들을 색출하는 일까지 있었다. 이것은 우리 시대의 상징적 필화 사건에 가깝다.

139    프랑코 베라르디(비포), 유충현 역,『봉기: 시와 금융에 관하여』, 갈무리, 2012, 150-151쪽.

140    K.호스킨, 이우진 옮김, 「시험대 아래의 푸코」,『푸코와 교육: 푸코를 통해 바라본 근대교육의 계보학』, 청계, 2007, 87-89쪽.

141    마사 누스바움, 우석영 옮김,『공부를 넘어 교육으로: 학교는 시장이 아니다』, 궁리, 2011, 74-75쪽.

142    마사 누스바움, 앞의 책, 180쪽.

143    마사 누스바움, 박용준 옮김,『시적 정의: 문학적 상상력과 공적인 삶』, 궁리, 2013, 34쪽.

144    마사 누스바움, 앞의 책, 177쪽.

145    이 글은 2013년에 논쟁이 된 '뉴라이트 국사교과서 문제'를 계기로 작성한 원고를 현재의 맥락에 맞게 수정/보완한 것이다. 뉴라이트 교과서 문제는 교육제도를 정치적 목적을 위해 활용하고자 했다는 점에서 오히려 '반역사적 사건'이라 할 수 있다. 지식과 권력의 관계구조, 즉 지(知)의 역학을 사유하고 통찰해 볼 수 있는 계기이다.

# 마음의 앙가주망

ⓒ 2022, 박형준

| | |
|---|---|
| **지은이** | 박형준 |
| **초판 1쇄 발행** | 2022년 01월 28일 |
| **펴낸곳** | 두두 |
| **펴낸이** | 윤진경 · 장현정 |
| **편집** | 허태준 |
| **디자인** | 전혜정 |

| | |
|---|---|
| **등록** | 2018년 04월 11일(제2018-000005호) |
| **주소** | 부산 수영구 연수로357번길17-8 |
| **전화·팩스** | 051-751-8001, 0505-510-4675 |
| **전자우편** | doodoobooks@naver.com |

Published in Korea by DooDoo Publishing Co, Busan.
Registration No. 2018-000005.
First press export edition January, 2022.
**Author** Park Hyung Jun
**ISBN** 979-11-91694-08-6   03800

※ 이 도서는 한국출판문화산업진흥원의 '2021년 출판콘텐츠 창작 지원 사업' 의
　일환으로 국민체육진흥기금을 지원받아 제작되었습니다.